Captured

**Curham, Siobhan:**
Captured
ISBN 978 3 522 50399 0

Aus dem Englischen übersetzt von Sonja Fiedler-Tresp
Einbandgestaltung: Sandra Taufer
Innentypografie: Kadja Gericke
Schrift: Palatino Linotype
Reproduktion: HKS-Artmedia GmbH, Leinfelden-Echterdingen
Druck und Bindung: CPI Books GmbH, Leck
Titel der englischen Originalausgabe: *Dark of the Moon – a Shipwrecked Novel,*
Published in Great Britain 2014 by Electric Monkey,
an imprint of Egmont UK Limited,
The Yellow Building, 1 Nicholas Road,
London W11 4AN

Siobhan Curham

# CAPTURED

Übersetzt aus dem Englischen
von Sonja Fiedler-Tresp

PLANET GIRL

Für Seelenverwandte überall …

# PROLOG

Hortense zündet die letzte Kerze an und tritt einen Schritt vom Altar zurück. Rauchschwaden wabern durch die Dunkelheit wie geisterhafte Schlangen und erfüllen die Luft mit Salbeiduft. Aus ihrer Tasche zieht sie ein kleines hölzernes Püppchen und legt es in die Mitte des Altars.

Plötzlich beginnt der Wind in den Bäumen zu rauschen. Es klingt wie ein nervöses Keuchen – als ob die Insel ahnt, was gleich geschehen wird.

Während Hortense auf die Puppe blickt, macht sich eine ungewohnte Mischung aus Anspannung und Vorfreude in ihr breit. Blass leuchtet der sichelförmige Halbmond am Himmel. Nur noch wenige Tage und er wird ganz und gar verschwunden sein. Nur noch wenige Tage und die Dunkelzeit des Mondes wird anbrechen, und sie kann endlich beenden, was sie vor all den Jahren begonnen hat.

Hortense dreht sich um und tritt zu einem Weidenkorb, der auf der Lichtung steht. Als sie behutsam den Deckel anhebt, erscheint der Kopf einer Schlange. Ihre glatte Haut glänzt im Schein der Kerze. Hortense nimmt die Schlange vorsichtig aus dem Korb und hält sie hoch über sich. Zischend wölbt sie sich gen Himmel.

»Papa Labas, schenk mir deine Kraft!«, ruft Hortense. Dann senkt sie die Arme und legt sich die züngelnde Schlange um den Hals. Hortense erschaudert, als die kalte Haut des Tieres die ihre berührt. Schließlich beginnt sie zu tanzen, wiegt sich langsam hin und her, bis es sich so anfühlt, als ob sie und die Schlange eins wären. Sie schließt die Augen und spürt, wie sich die Kraft in ihr ausbreitet, heiß und drängend wie ein Buschfeuer.

Hortense legt die Schlange in den Korb zurück und schreitet zum Altar. Aus ihrem Gürtel zieht sie ein kleines gebogenes Messer und hält es ins Mondlicht. Dann greift sie nach der Puppe – und sticht ihr mit einem gezielten Hieb die Augen aus.

# KAPITEL 1

Ich treibe irgendwo in dem merkwürdigen Niemandsland zwischen Wachen und Schlafen. Cruz' Arm liegt um meine Taille und drückt meinen Körper sanft in den Sand unter uns, während meine Gedanken davongleiten, zurück in den Traum.

Dieses Mal fehlt das Feuer. Ebenso der stickige Rauch und das schreiende Baby. Dieses Mal höre ich nichts als Hortenses Gesang und nehme nichts weiter wahr als einen verschwommenen gelben Schimmer. Bis langsam das Gesicht eines wunderschönen Mädchens erscheint, wie auf einem alten Polaroid-Foto. Sie hat glänzende schokoladenfarbene Haut und dunkle braune Augen. Als sie mich anlächelt, läuft ihr eine Träne die Wange hinab. Sie öffnet den Mund, um etwas zu sagen, doch bevor sie das erste Wort aussprechen kann, schießt mit gefletschten Zähnen eine Schlange zwischen ihren Lippen hervor.

Sofort bin ich hellwach. Das Herz klopft mir bis zum Hals. Cruz zieht mich dichter an sich.

»Grace«, flüstert er mir ins Ohr. Seine Stimme klingt heiser und verschlafen.

Ich gestatte meinem Körper, in seinem zu versinken, sich zu entspannen, sauge seine Wärme auf, während ich versuche, in meinem Kopf Klarheit zu schaffen, um wieder in die Wirklichkeit zurückzufinden.

Der Gesang, das Mädchen, die Schlange – es war alles nur ein Traum. Jetzt bin ich wach. Cruz liegt direkt neben mir. Belle, Floh und Dan schlafen auf der anderen Seite der Palmen. Alles ist gut. Jedenfalls so gut, wie es eben sein kann, wenn man auf einer einsamen Insel gestrandet ist, die vom Geist einer Voodoo-Königin beherrscht wird.

Beim Gedanken an Hortense bricht mir eiskalter Schweiß auf der Stirn aus. *Reiß dich zusammen, Grace,* beschwöre ich mich selbst, *flipp jetzt bloß nicht aus!* Schnell denke ich an das Boot, das wir gestern gefunden haben, und daran, dass wir im Morgengrauen aufbrechen werden. Allerdings … wenn Hortense in meinen Kopf eindringen kann, weiß sie dann nicht auch, was wir vorhaben? Wird sie nicht versuchen, uns aufzuhalten? Reglos warte ich auf die Stimme, auf das Flüstern in meinem Kopf. Doch ich höre nichts als das Zischen und Knacken des Regenwalds und das Geräusch der Wellen, die sich am Strand brechen. Seit Hortense gestern versucht hat, mich zu sich zu locken, und wir Belle gerettet haben, habe ich weder ihre Stimme gehört noch ihre Gegenwart gespürt. Vielleicht hat Cruz recht. Vielleicht habe ich den Fluch gebrochen, indem ich mich geweigert habe, mit ihr zu gehen. Vielleicht ist der Albtraum wirklich vorbei.

Cruz drückt mich noch enger an sich, als ob er spüren würde, dass ich an ihn denke. Als sein Atem über mein Haar streift, beginnt die Haut an meinem Körper zu prickeln. Ganz vorsichtig drehe ich mich so um, dass ich ihn ansehen kann. Ein Teil von mir wünscht sich, dass er aufwacht, aber ein anderer Teil von mir ist froh, dass er schläft. Wenn er wach ist, muss ich mich zurückhalten, ihn nicht die ganze Zeit anzustarren, um nicht völlig liebeskrank zu wirken. Jetzt aber kann ich ihn so lange anschauen, wie mein Herz es verlangt. Ich betrachte die vielen schwarzen Locken, die sich über sein Gesicht ergießen, den scharfen Umriss seiner Wangenknochen und die Bartstoppeln, die sein Gesicht verdunkeln wie Schatten. Dann schweifen meine Augen weiter zu seinem Mund und den beiden Stellen, an denen sich Grübchen eingraben, wenn er lächelt.

Es ist schwer zu glauben, dass dieser Mund vor ein paar

Stunden die Worte »Ich liebe dich« ausgesprochen hat. Ob er das wirklich ernst meint? Kann er mich tatsächlich jetzt schon lieben? Wir kennen uns schließlich erst seit ein paar Tagen, auch wenn uns seitdem so viel passiert ist, wie manch anderem im ganzen Leben nicht. Damals, als ich nicht so recht wusste, ob Todd, mein Exfreund, der Richtige für mich ist, habe ich meine Mom gefragt, woher man eigentlich weiß, dass man verliebt ist. Darauf hat sie mich ganz traurig angelächelt und gesagt: »Ach, mach dir darüber keine Gedanken, Süße, das merkst du dann schon. Es heißt zu Recht, dass man sich *Hals über Kopf verliebt* oder mit *Haut und Haar*. Eigentlich ist es, als würdest du mit offenen Augen und Armen vom Empire State Building springen: Du weißt, dass dein Herz vielleicht irgendwann in Stücke bricht, aber es ist dir egal.«

Bei dem Gedanken an Mom füllen sich meine Augen mit Tränen. Wie es ihr wohl inzwischen geht? Wir sind schon so lange verschollen. *Ich liebe dich, Mom,* sage ich in Gedanken. *Ich liebe dich und ich bin ganz bald wieder zu Hause.* Ich bete, dass sie mich irgendwie über eine telepathische Mutter-Tochter-Verbindung bis nach Los Angeles hören kann.

Schließlich blinzle ich die Tränen weg. Wie friedlich Cruz aussieht – als wäre im Schlaf die ganze Aufregung der vergangenen Tage in den Sand geflossen. Als er sich bewegt, kommt sein Gesicht meinem so nahe, dass sich unsere Lippen berühren. Meine inneren Cruz-Sensoren schalten sich sofort ein und lassen mein Herz schneller schlagen.

»Hallo.« Er zieht mich an sich.

»Hallo«, wispere ich zurück.

Seine Finger gleiten unter mein T-Shirt, worauf mir sofort eine wohlige Wärme den Rücken hinaufkriecht. Vorsichtig umfasst er eine meiner Brüste. Ich stöhne unwillkürlich auf, woraufhin er sofort innehält. Vermutlich glaubt er, dass er zu weit gegangen ist. Aber das ist er nicht, absolut nicht. Meine Lippen finden seine. Wenn Synchronküssen eine olympische Disziplin wäre, wären wir jetzt auf Goldmedaillen-Kurs. Cruz rollt sich auf mich und flüstert mir etwas auf Spanisch ins Ohr.

»Was bedeutet das?«, frage ich leise.

»Du bist wunderschön«, flüstert er atemlos.

»Grace, Cruz, seid ihr wach?«

Beim Klang von Flohs Stimme zucken wir zusammen. Cruz rollt sich sofort neben mich in den Sand zurück.

»Was ist denn?«, rufe ich und streiche mein T-Shirt glatt. In dem blassen Mondlicht kann ich undeutlich Flohs schmale Silhouette vor den Bäumen ausmachen.

»Es ist wegen Belle.«

Sofort zieht sich mir der Magen zusammen. Ich richte mich auf. »Was ist mit ihr?«

Floh kommt näher. Sein T-Shirt ist verknittert und seine schwarzen Haare sind vom Schlaf völlig zerzaust. »Sie jammert und stöhnt, als ob sie einen ganz fürchterlichen Albtraum hätte. Aber ich bekomme sie nicht wach.«

Ich reiche Cruz die Hand, um ihm aufzuhelfen, bevor wir um die Bäume herum zu Dans und Belles Schlafplatz hasten. Aus Dans Handtuch-Kokon erklingt leises Schnarchen. Neben ihm aber atmet Belle flach und zuckend, als würde sie nach Luft ringen. Wir kauern uns um sie herum.

»Belle«, rufe ich ihr ins Ohr. »Belle, wach auf!«

Sie stößt ein Stöhnen aus, als hätte sie Schmerzen.

»Was ist bloß mit ihr?« Flohs Stimme zittert.

Cruz beugt sich vor und packt Belle an der Schulter. »Wach auf, Belle«, sagt er und schüttelt sie sanft.

Ihre Stirn zuckt, aber ihre Augen bleiben geschlossen.

»Belle, Süße, du musst aufwachen!«, ruft Floh.

Dan schreckt hoch wie eine Mumie in einem Horrorfilm, die sich aus dem Grab erhebt. »Was ist los?«, schreit er und blickt wild und kampfbereit um sich.

»Alles gut, wir versuchen nur, Belle aufzuwecken«, erkläre ich.

Dan starrt mich an, als hätte ich sie nicht mehr alle. »Was geht denn jetzt ab? Ist doch mitten in der Nacht.«

»Ich weiß, aber sie scheint einen schrecklichen Albtraum zu haben«, sagt Floh.

»Das Gefühl kenne ich.« Dan lässt sich seufzend zurück in den Sand fallen.

»Vielleicht sollten wir ihr Lieblingslied singen?«

»Wie jetzt?«, murmelt Dan.

»Das macht man, um Koma-Patienten zurückzuholen«, erklärt Floh. »Ich hab das mal in *Die schlimmsten Katastrophen der Welt* gesehen. Es ging da um ein Mädchen, das im Koma lag, nachdem es sich Krokodil-Aids eingefangen hatte …«

Dan streckt den Kopf unter dem Handtuch hervor. »Bitte *was?*«

»Krokodil-Aids.« Floh runzelt die Stirn. »Mein Gott, es war *Die schlimmsten Katastrophen der Welt!* Jedenfalls … Weil das Mädchen ein riesiger Beyoncé-Fan war, hat ihre Mom ihr ein paar Titel auf den iPod gespielt, und schon nach der ersten Werbeunterbrechung war sie wieder da.«

»Deshalb träller ich jetzt noch lange nicht *Single Ladies*«, murmelt Dan. »Mann, Belle ist nach dem ganzen Mist von gestern einfach nur grottenfertig. Lasst sie doch schlafen.«

Belles Gesicht glänzt vor Schweiß, aber als ich es berühre, fühlen sich ihre Wangen eiskalt an. »Ich weiß nicht«, sage ich. »Sie sieht wirklich nicht gut aus. Sollen wir mal versuchen, sie aufzusetzen?«

Cruz hilft mir, Belle in eine sitzende Position zu bringen. Und tatsächlich scheint sie dadurch aufzuwachen.

Verschlafen murmelt sie: »Was ist das für ein Geruch?«

Sofort stellen sich mir die Nackenhaare auf. »Was meinst du?« Ich starre Belle an. Nimmt sie etwa den gleichen seltsamen

Geruch wahr wie ich, wenn Hortense in der Nähe ist? Ich atme tief durch die Nase ein, aber alles, was ich rieche, ist der feuchte, erdige Duft des Regenwalds.

»Beau-Belle«, sagt Floh laut. »Los, komm, Süße, du musst aufwachen.« Er beugt sich vor und schüttelt sie.

Belles Lider flackern, dann öffnet sie langsam die Augen.

»Gott sei Dank.« Floh drückt sie fest an sich.

Cruz und ich lehnen uns zurück und lächeln uns erleichtert zu.

»Schön, sie ist wach. Dann können ja jetzt alle weiterpennen«, grunzt Dan unter seiner Decke aus Handtüchern.

Belle runzelt die Stirn. »Warum ist es denn so dunkel?«

»Weil Nacht ist«, seufzt Dan. »Die Zeit, in der normale Menschen versuchen zu schlafen.«

»Und heute Nacht sieht man den Mond kaum«, sagt Floh und legt den Arm um sie.

»Aber ich …« Belle schiebt Floh von sich weg und schaut gehetzt um sich. »Ich kann einfach gar nichts sehen.«

Floh starrt sie an. »Wie meinst du das?«

Belle fängt an zu zittern, die Augen weit aufgerissen vor Angst. »Oh mein Gott! Ich glaube, ich bin blind!«

# KAPITEL 2

Wie der Blitz springt Dan auf und hockt sich vor Belle. »Was soll das heißen, du kannst nichts sehen?«

Statt einer Antwort schluchzt Belle laut auf und schaut mit leerem Blick in seine Richtung. In ihren Augen steht Panik.

Floh nimmt ihre Hand. »Ich bin es, Jimmy. Ich bin direkt neben dir, Süße. Alles ist gut.« Er dreht sich entsetzt zu mir um.

Ich beuge mich vor und greife nach Belles anderer Hand. »Du kannst wirklich nichts sehen?« Mein Blick wandert zum Himmel. Über uns ist der Halbmond hinter den Wolken hervorgekommen. »Schau mal nach oben. Kannst du das Mondlicht sehen?«

Belle hebt den Kopf und zwinkert heftig. »Nein.« Ihre Stimme zittert. »Was ist mit mir passiert?«

Auch Cruz' Blick ist ein einziges Fragezeichen. »Vielleicht hat es etwas mit dem zu tun, was du durchgestanden hast«, sagt er leise zu Belle. »Manchmal macht unser Körper zu, wenn wir einen Schock erleiden. Wie eine Art Schutz, verstehst du?«

Belle schüttelt den Kopf. »Das ergibt doch gar keinen Sinn.« Sie umklammert Flohs Hand. »Oder, Jimmy? Vor was sollte es mich schützen, blind zu sein?«

Floh aber nickt. »Er könnte recht haben, Süße. Ich bin ziemlich sicher, dass ich so was schon mal in *Notaufnahme – Das wahre Leben* gesehen habe. Es ging da um ein Mädchen, das einen schrecklichen Autounfall hatte und taub wurde, weil sie so traumatisiert war, nachdem …«

»Ich will einfach nur wieder etwas sehen!«, schreit Belle und entreißt ihm ihre Hand. »Ich will einfach – nur – sehen!« Sie kauert sich zusammen und schluchzt los.

Floh starrt sie verstört an. »Bitte entschuldige. Ich wollte nur, dass du dich besser fühlst.«

Doch seine Worte gehen in Belles Schluchzen unter.

Ich blicke den Strand hinauf, wo die dunkle Silhouette des Regenwaldes lauert wie ein riesiges geöffnetes Maul, das darauf wartet, uns zu verschlingen. Wut überkommt mich und ich springe auf.

Floh schaut mich fragend an. »Gracie, was ist?«

Aber ich kann nicht antworten. Denn sonst müsste ich alles über Hortense erzählen und würde Belle dadurch noch mehr in Panik versetzen.

»Ich muss kurz etwas nachsehen«, sage ich und weiche Cruz' Blick aus. »Aber ich bin gleich wieder da.«

Ohne auf die Rufe der anderen zu achten, renne ich den Strand hinauf. Das Herz klopft mir bis zum Hals vor Angst, doch die Wut drängt mich vorwärts. Belle wurde entführt und jetzt ist sie blind. Jenna, Cariss, Ron und Todd treiben irgendwo mitten auf dem Ozean in einem kaputten Boot herum – und all das wegen eines bescheuerten Fluchs, den ich irgendwie zum Leben erweckt habe.

*Warum kannst du die anderen nicht einfach in Ruhe lassen?*, rufe ich Hortense in Gedanken zu. *Wenn ich es bin, die du willst, dann nimm mich. Aber halt die anderen da raus.*

»Grace?« Cruz ist mir nachgelaufen und packt mich an der Schulter. »Was hast du vor?«

»Ich werde sie finden«, sage ich keuchend und versuche, zu Atem zu kommen. »Das Ganze muss ein Ende haben!«

Cruz dreht mich zu sich herum. »Wovon sprichst du?«

»Hortense.« Ich senke die Stimme zu einem Flüstern. »Es ist ihre Schuld, dass Belle blind ist. Garantiert. Wir haben vielleicht gedacht, dass es vorbei ist – aber das stimmt nicht. Es ist erst vorbei, wenn ich zu ihr gehe. Ich bin es, die sie will. Denn ich war es, die ihren bescheuerten Fluch wieder heraufbeschworen hat.«

Cruz schüttelt den Kopf. »Nein. Das hat nichts mit dir zu tun. Es ist nicht deine Schuld.«

»Aber Hortense will mich. Warum, weiß ich nicht, aber nur aus diesem Grund sind wir hier gestrandet. Sie hat es mir selbst gesagt. Ich bin es leid, dass andere darunter leiden.« Entschlossen laufe ich weiter in Richtung Wald.

Cruz springt vor mich und versperrt mir den Weg.

»Lass mich bitte durch!« So wütend, wie ich bin, verspüre ich tatsächlich für einen Moment das Bedürfnis, ihn zur Seite zu schieben.

»Nein.«

»Du musst mich gehen lassen.«

»Zu ihr? Bist du verrückt?« In seinem Blick steht das pure Entsetzen. »Ich habe dir das Leben gerettet, schon vergessen? Und das bedeutet, dass ich auf immer und ewig für dich verantwortlich bin. Darum: never ever.«

Ich denke an den Moment auf dem Boot zurück, als ich beinahe ertrunken wäre und Cruz mich in Sicherheit gebracht hat. Und ich denke an alles, was er seitdem für mich getan hat. Meine Wut verraucht. Stattdessen überkommt mich tiefe Erschöpfung und ich sinke in mich zusammen.

»Verdammt, Cruz. Warum musstest du das sagen?«

Er lächelt. »Komm her.«

Sobald ich mich in seine Arme fallen lasse, wird mir klar, wie wahnsinnig mein Vorhaben war. Wer garantiert mir, dass Hortense die anderen in Ruhe lässt, wenn ich in den Wald presche und mich ihr aufdränge? Und wie sollte diese Harakiri-Aktion Belle das Augenlicht zurückgeben? Oder Jenna und die anderen in Sicherheit bringen? Tatsache ist, dass ich nicht die geringste Ahnung habe, was Hortense vorhat oder was sie eigentlich will.

»Ich möchte einfach nur, dass alles wieder in Ordnung kommt«, flüstere ich in Cruz' T-Shirt.

»Das wird es auch.« Cruz tritt lächelnd einen Schritt zurück. »Sieh doch!« Er zeigt nach oben. Hinter einer Wand aus goldfarbenen Wolken nimmt der Himmel eine tintenblaue Farbe an. »Sobald die Sonne ganz aufgegangen ist, sind wir hier weg.«

Ich zwinge mich zu nicken. Wie gern würde ich glauben können, dass es so einfach ist. Aber wenn sich Hortense die Mühe gemacht hat, mich auf die Insel zu holen, wird sie mich dann einfach kampflos gehen lassen?

Seufzend blicke ich über meine Schulter zum Regenwald. So still wie jetzt habe ich ihn seit unserer Ankunft noch nie erlebt, aber gut fühlt sich das nicht gerade an. Eher wie die Ruhe vor dem Sturm.

»Na, läufst du jetzt nicht mehr davon wie ein *Macaca-de-cheiro?*«, fragt Cruz grinsend.

»Wie ein was?«

»Wie ein *Macaca-de-cheiro*. Das ist eine Affenart aus Costa Rica. Sie können sehr schnell rennen – genau wie du.«

»Ah, verstehe. Okay, ich verspreche, ich laufe nicht mehr weg wie ein Macaco-de-cheerio oder wie auch immer das heißt.« Ich nehme Cruz' Hand und wir gehen zurück, den Strand hinunter. »Aber von jetzt an erinnerst du mich auch nicht mehr ständig daran, dass du mir das Leben gerettet hast. Das ist einfach nicht fair. Wie soll ich je einen Streit mit dir gewinnen, wenn du immer diese Karte ausspielst?«

Cruz lacht. »Aber es ist die Wahrheit!«

»Cruz!«

»Okay, schon gut.«

Ich drücke seine Hand ganz fest.

Bald schon erreichen wir die anderen.

»Was war denn gerade los, Gracie?«, fragt Floh sofort. »Warum bist du weggelaufen?«

Er schaut mich genauso erwartungsvoll an wie Dan. Belle sitzt noch immer zusammengekauert da.

»Tut mir leid«, murmle ich. »Ich hab wohl einfach die Nerven verloren.«

Dan springt auf und umarmt mich. »Die letzten Tage waren ziemlich crazy, was?«

Ich nicke. Allein die Tatsache, dass Dan Charles mich umarmt, beweist, wie verrückt alles gewesen ist – in unserem früheren Leben an der Dance Academy haben wir kaum ein Wort gewechselt. Wahrscheinlich war ich immer irgendwie misstrauisch, wegen all der Gerüchte um seinen Bruder und dessen Gang. Ganz schön dämlich.

So hat es wenigstens ein Gutes, dass wir auf dieser verdammten Insel gefangen sind: Ich hab kapiert, wie viel man verpasst, wenn man Leute verurteilt, ohne sie wirklich zu kennen.

Mein Blick wandert zu Floh, der Belle sanft übers Haar streicht.

Cruz läuft zu einer der Lebensmittelboxen, die wir aus dem Boot gezogen haben, und holt ein paar Dosen heraus. »Wollen wir vielleicht etwas essen? Wir sind sowieso wach. Und zum Segeln brauchen wir unsere ganze Kraft.«

»Gute Idee.« Floh grinst. »Was meinen Sie dazu, M'Lady?«, sagt er mit gespielt britisch-aristokratischem Tonfall. »Wären Sie zu einem Überraschungs-Hot-Dog zu so früher Stunde bereit?«

Belle runzelt die Stirn und wischt sich eine Träne von der Wange. »Und was ist die Überraschung?«

»Dass es keine beknackte Kokosnuss ist«, sagt Floh wieder in seinem echten New Yorker Slang.

Alle lachen, und selbst Belle verzieht den Mund zu einem Lächeln.

Floh legt den Arm um sie. »Wir sind schon sehr bald hier weg, Zuckerschneckchen. Und dann bringen wir dich auf schnellstem Wege ins Krankenhaus, wo sie herausfinden werden, was dir fehlt. Ehe du dich versiehst, bist du wieder die Alte.«

Belle nickt tapfer, aber ich sehe im Mondlicht noch immer Tränen in ihren Augen glitzern.

Als Cruz eine Dose mit Hot Dogs herumreicht, muss ich an den Mann denken, dessen Vorräte wir jetzt essen und dem das Boot gehört hat – und sofort ist mein Appetit im Keim erstickt. Seit wir hier sind, sind viele schreckliche Dinge geschehen, aber dass sich der Mann direkt vor unserer Nase in den Canyon gestürzt hat, war einfach zu entsetzlich, um es zu verkraften. In seinem Tagebuch stand, dass er auf der Insel war, um herauszufinden, was an der Legende um Hortense dran ist – um zu erfahren, ob es sie wirklich gibt. Ich denke daran, wie Hortense im Regenwald hinter uns her war und mir ihr keuchender Atem durch Mark und Bein ging. Was hat sie dem Mann angetan, dass er solche Angst vor ihr hatte? Dass er lieber in den Tod gesprungen ist, als sich ihr zu stellen? Ich fröstle und schaue erneut zum Himmel hinauf. Hoffentlich wird es bald hell.

»Wie es wohl den anderen geht?«, fragt Floh und starrt betroffen aufs offene Meer.

Zitternd folge ich seinem Blick. In der Dunkelheit wirkt das Meer, als wäre es unendlich.

»Zumindest war kein Sturm mehr«, sagt Floh. »Sie dürften eine ruhige Nacht gehabt haben. Wenn sie nicht inzwischen gerettet sind.«

Ich entspanne mich ein wenig. Wenn die anderen gefunden wurden, ist die Küstenwache vielleicht schon auf dem Weg zu uns.

»Ich kann immer noch nicht fassen, dass die ohne uns abgehauen sind«, murmelt Dan.

Cruz nickt, sagt aber nichts weiter. Ich weiß, er ist nach wie vor wütend, dass sie das Boot gestohlen haben.

»Ach kommt schon, Leute. Wir sind doch auch bald hier

weg«, sage ich mit so viel gespielter Begeisterung in der Stimme, dass es klingt wie ein Werbespot. Keiner antwortet.

Da sehe ich einen Vogel, der vom Regenwald über den Strand Richtung Meer fliegt. *Wäre ich doch auch ein Vogel. Könnte ich doch bloß den ganzen Weg nach Los Angeles zurückfliegen – zurück zu Mom und Dad und zu meiner Katze Tigger,* denke ich mit einem Kloß im Hals. Cruz legt seine Hand auf meine Schulter und gibt mir einen Kuss auf die Stirn. Ich atme tief durch und zwinge mich, ihn anzulächeln. Ich darf jetzt nicht aufgeben, nicht jetzt, wo wir so knapp davor sind, von hier wegzukommen.

»Wollen wir uns langsam fertig machen?«, fragt Floh. »Damit wir aufbrechen können, sobald die Sonne aufgeht?«

»Ja, das sollten wir!«, bestätigt Cruz und läuft mit Dan zum Boot. Floh umarmt Belle kurz, bevor er aufspringt und beginnt, seine Sachen zu packen.

»Ich bleibe bei dir sitzen, Belle«, sage ich, um sie ein wenig zu beruhigen, und rutsche näher an sie heran.

»Warum bist du vorhin weggelaufen?«, flüstert Belle mir zu.

Ich suche nach einer Antwort, die irgendwie logisch klingt und Belle nicht beunruhigt. »Ich weiß auch nicht. Frust, schätze ich, oder Ohnmacht. Ich wollte einfach denjenigen suchen, der hinter all dem verrückten Zeug steckt, das hier passiert ist.«

Belles Blick bleibt leer. »Den, der mich entführt hat?«

»Hmm, ja.«

»Weißt du denn, wer das war?«

Sofort wird mir so heiß, als stünde mein Gesicht in Flammen. »Nein, natürlich nicht.«

»Bist du sicher?«

»Klar bin ich sicher!«

Wie angespannt Belle wirkt! Vielleicht sollte ich ihr doch einfach erzählen, was ich weiß – oder zumindest was ich glaube, über Hortense zu wissen.

Dann aber sehe ich die zerrissene Kette von Belles Mom in

ihrer Hand glitzern. Und erinnere mich, was Floh uns erzählt hat: dass man bei ihrer Mom kurz vor unserer Abfahrt Krebs diagnostiziert hat. Ich kann ihr nichts sagen. Es würde sie nur noch fertiger machen.

»Wir wissen nicht mehr als du«, versichere ich ihr. »Als wir dich in dem Vulkan gefunden haben, war der, der dich dort hingebracht hat, schon weg.«

Belle verzieht misstrauisch das Gesicht. Überzeugt wirkt sie nicht gerade.

»Ich gehe noch mal kurz zum Wasser runter und wasch den Sand aus meinen Turnschuhen«, ruft Floh uns zu. »Bist du okay, Beau-Belle?«

Belle nickt.

»Cool. Ich brauche nicht lange. Danach helfe ich dir, dein Zeug zu packen, okay?«

»Ist gut.« Sobald er gegangen ist, dreht Belle den Kopf in meine Richtung. »Halt meine Hand, Grace«, flüstert sie.

Vorsichtig nehme ich ihre Hand und drücke sie sanft. Trotz der feuchtwarmen Luft ist sie kalt wie Eis. »Bald ist alles wieder gut«, sage ich leise.

Sie schließt die Augen und lehnt sich an mich. »Danke«, seufzt sie.

Ich blicke zu Cruz hinüber. Dan und er sind dabei, das Segel des Bootes zu überprüfen. Gerade will ich Belle davon erzählen, als Floh mit panischem Gesichtsausdruck und nach Luft schnappend auf uns zugerannt kommt.

»Stimmt was nicht?«, rufe ich ihm entgegen.

»Wieso?«, fragt Belle und drückt meine Hand fester.

»Floh ist zurück«, sage ich, und zu ihm: »Was ist denn?«

Floh steht einfach nur japsend und mit weit aufgerissenem Mund da, bekommt aber keinen Ton heraus.

»Hey, was geht?«, fragt Dan und kommt mit Cruz herüber.

»D-das Boot«, stottert Floh.

»Es ist alles in Ordnung damit, Dan und ich haben es gerade gecheckt«, sagt Cruz.

»Nein, nicht dieses Boot. Unser Boot. Dein Boot – das, das die anderen genommen haben«, sagt Floh. Er ist totenbleich.

Sofort wirkt Cruz alarmiert. »Was ist damit?«

Floh schluckt. »Es ist an den Strand gespült worden. Leer. Es ist ein einziges Wrack.«

# Kapitel 3

Während wir den Strand hinunterlaufen, muss ich die ganze Zeit an Jenna denken. An ihre leise, ängstliche Stimme, als wir während des Sturms im Schiffsbauch gefangen waren und der ganze Albtraum begann.

Etwas Dunkles lässt sich am Ufer ausmachen. Es sieht aus wie ein gestrandeter Wal. Doch als ich näher komme, erkenne ich, dass es ein Bootsrumpf ist. An der Seite prangt ein riesiges Loch, das aussieht, als ob jemand ein großes Stück herausgebissen hätte.

»Oh nein.« Meine Knie geben nach und ich sinke auf den nassen Sand. Meine Gedanken schwirren wild durcheinander und bleiben an dem Moment in der Vergangenheit hängen, an dem ich allein an Deck zurückgeblieben war und dachte, mich würden die Wellen mit sich reißen. Die Vorstellung, dass genau das den anderen tatsächlich geschehen ist, ist einfach unerträglich und nimmt mir schier die Luft.

Floh tigert auf und ab. »Ich kapier das nicht. Ich kapier's einfach nicht. Es gab doch keinen Sturm. Es war absolut ruhig!«, schreit er zum Himmel hinauf, als würde er es den Wettergöttern zubrüllen.

»Könnte mir bitte jemand helfen?«, ruft Belle.

Ich wische mir die Tränen von den Augen und rapple mich auf.

Obwohl wir Belle gebeten haben, bei den Bäumen zu warten, stolpert sie blind über den Strand auf uns zu.

»Ich hole sie«, sagt Floh.

Dan und Cruz machen sich daran, das Boot zu begutachten. Für einen Moment kann ich mich vor lauter Angst kaum noch rühren. Ich weiß nicht, ob ich noch mehr sehen will. Trotzdem zwinge ich mich, zu ihnen hinüberzulaufen. Das Meerwasser klatscht eisig gegen meine warmen Füße und lässt meinen ganzen Körper erschaudern.

»Wie … Wie schlimm ist es?«, frage ich sie von der anderen Seite des Bootes.

»Sehr schlimm«, antwortet Dan. So ernst habe ich ihn noch nie erlebt.

Cruz schüttelt nur ungläubig den Kopf.

Ich unterdrücke einen Würgereiz, während ich um den zerschmetterten Schiffsrumpf laufe. Das Wasser klatscht mir an die Beine.

Das Innere des Bootes ist nichts als eine leere Schale. Das Deck ist herausgerissen und lediglich die Bodenbretter des Schiffsbauchs sind übrig. »Wie kann denn so was passieren? Ich begreif das nicht.« Ein Gefühl der Ohnmacht übermannt mich.

Cruz runzelt die Stirn. »Ich weiß auch nicht. Sicher, sie könnten in einen Sturm geraten sein, aber das hätten wir eigentlich mitkriegen müssen. Ohne Motor sind sie nicht weit gekommen. Und dass das Boot so schwer beschädigt ist …« Er hockt sich hin und untersucht das Loch im Rumpf. »Sieht aus, als wären es Steine gewesen. Aber wie kann das sein?«

Alle sehen sich fragend an.

»Die Rettungswesten sind auf jeden Fall weg. Vielleicht haben sie sich ja damit retten können.« Mein verzweifelter, hoffnungsvoller Blick wandert zu Dan, als ob ausgerechnet er wüsste, was sich abgespielt hat.

Doch er hat nur Augen für etwas anderes, hinter mir, auf dem Meer. »Oh … schaut mal, da!«

»Was?« Ich versuche, seinem Blick zu folgen.

Etwas Rechteckiges, Weißes treibt auf uns zu, wird von einer

Welle erfasst und von ihr an den Strand gespült, als würde sie höhnen: *Ihr glaubt, die Sache mit dem Boot ist schlimm? Dann schaut mal, was ich jetzt für euch habe.*

Mein Herz setzt aus. Es ist ein Koffer – ein Beautycase. Jennas Beautycase. Mit großen Schritten laufe ich darauf zu, packe ihn am Griff – und sinke zu Boden, den kleinen Koffer an mich gedrückt, als wäre er Jenna selbst.

»Warum musstet ihr auch abhauen?«, schreie ich. »Warum?«

Sofort versammeln sich Cruz, Dan, Floh und Belle um mich herum.

»Ganz ruhig«, sagt Cruz sanft. »Du hast recht, die Rettungswesten sind nicht da. Vielleicht haben sie sich ja wirklich gerettet.«

»Genau«, sagt Dan. »Vielleicht hat sie sogar jemand aufgenommen, bevor das Boot gecrasht ist.«

»Niemals wäre Jenna ohne ihr Beautycase von Bord gegangen«, schluchze ich.

»Stimmt«, sagt Floh. »Aber möglicherweise war es eine Rettung in letzter Sekunde und sie hatte einfach keine Zeit, ihn mitzunehmen.«

Ich klammere mich verzweifelt an den Gedanken, dass es so gewesen sein könnte.

»Und, was machen wir jetzt?« Floh schaut in die Runde.

»Was meinst du?«, fragt Belle nervös zurück.

»Wollen wir trotzdem noch mit dem Boot losfahren? Ich meine … hallo, wir haben nicht mal Rettungswesten.«

Alle Blicke wandern zu Cruz. Er wirkt unentschlossen. »Das Boot, das wir gefunden haben, ist in einem viel besseren Zustand als das hier …«

»Sehr witzig«, sagt Dan mit einem Blick auf das Wrack.

»Nein, ich meine, auch als sie losgefahren sind, war dieses Boot nicht seetüchtig«, ergänzt Cruz. »Sonst wäre ich doch längst mit euch allen von hier abgehauen! Im Sturm sind viel zu viele wichtige Teile kaputt gegangen. Aber das Boot, das wir jetzt haben, ist in Ordnung.«

»Was, wenn wir auch in einen Sturm geraten?«, fragt Floh.

»Wir können nicht hierbleiben«, ruft Belle so laut, dass wir alle aufspringen.

»Wir müssen vorsichtig sein, Süße«, sagt Floh behutsam.

»Wir können nicht hierbleiben!« Belle kreischt jetzt beinahe.

Wir anderen wechseln Blicke.

»Schon gut«, sage ich schließlich. »Wir brechen auf, sobald die Sonne aufgegangen ist. Okay?«, rufe ich den anderen zu.

»Okay«, stimmen Dan und Cruz zu, und, mit einem deutlichen Zögern, auch Floh.

Mein Blick wandert zur Silhouette des Vulkans, der über dem Regenwald aufragt. Hinter ihm nimmt der Himmel eine violette Färbung an. »Es dauert nicht mehr lange.« Ich nehme Belles Hände in meine. Sie sind immer noch eiskalt. »Du frierst ja. Komm, lass uns zum Feuer zurückgehen.«

Mit Jennas Koffer in der Hand führe ich Belle zum Lagerfeuer zurück und lege ein paar neue Scheite auf. Die Flammen züngeln hungrig hervor.

»Ich muss hier weg, Grace«, flüstert Belle. »Ich muss zu meiner Mom.«

»Ich weiß. Und du wirst auch zu deiner Mom zurückkommen.« Ich setze mich neben sie und lege ihr den Arm um die Schulter. Dann spähe ich zum Strand hinauf, zu den schattenhaften Umrissen des Regenwalds. Eine Gänsehaut kriecht mir über den Rücken.

*Bist du da*?, rufe ich Hortense in Gedanken zu, doch die einzige Antwort, die ich erhalte, ist der Schrei eines Papageis.

»Cruz bringt uns hier weg«, sage ich mit fester Stimme und versuche, auch mich selbst davon zu überzeugen. »Hörst du? Die Vögel erwachen. Es dauert nicht mehr lang bis zum Sonnenaufgang.«

»Auf geht's Beau-Belle, lass und deine Sachen packen«, sagt Floh bemüht euphorisch. Er kommt zu ihr herüber und hilft ihr auf, während Dan und Cruz das Bootswrack weiter den Strand hinaufziehen. Da fällt mein Blick wieder auf Jennas Koffer in meiner Hand und ich verspüre den plötzlichen Drang, ihn zu öffnen. Das Wasser tropft mir über die Finger, als ich den Verschluss löse. Im Innern ist es für Jennas Verhältnisse erstaunlich unordentlich, aber natürlich musste sie sehr eilig zusammenpacken, als sie beschlossen haben, ohne uns aufzubrechen. Der Schmerz zerdrückt mir schier das Herz. Eine jahrelange Freundschaft ist nicht über Nacht ausgelöscht, schätze ich, egal, wie sich die Dinge zwischen uns entwickelt haben.

Ich denke an meine letzte Begegnung mit Jenna zurück. Sie hat vom Boot auf mich heruntergeblickt, und ich habe sie angefleht zu bleiben. War dies wirklich unsere allerletzte Begegnung? Ich verdränge die Vorstellung und nehme ihr Glätteisen aus dem Koffer. Schon der Gedanke an ein Glätteisen wirkt jetzt absurd. Was haben all diese Dinge für eine Bedeutung – Glätteisen, Make-up, der neueste Look – wenn man jeden Moment dem Tod ins Gesicht sehen könnte?

Ich wühle weiter, bis ich plötzlich den Umschlag eines kleinen, gebundenen Buches ertaste. Ich schlage es auf. Die erste Seite ist in Jennas Handschrift beschrieben, aber durch das Wasser ist die Tinte verlaufen, sodass die Wörter zu einer langen gewellten Linie verschmolzen sind.

Ist dies ihr Tagebuch? Eine seltsame Mischung aus Schuldgefühlen und Verlangen überkommt mich. Natürlich weiß ich, dass man nicht in den privaten Gedanken eines anderen schnüffelt, aber es könnte die einzige Möglichkeit sein, Jennas Stimme noch einmal zu hören. Vorsichtig blättere ich eine Seite weiter hinten auf. Auch dort sind die meisten Wörter verschwommen, nur wenige Zeilen sind lesbar:

*Ich kann nicht fassen, dass ich G beinahe erzählt hätte, dass ich mit Todd geschlafen habe, noch dazu jetzt, wo wir hier feststecken auf dieser …*

*Bitte?* Ich halte das Blatt hoch, ins Licht des Feuers, aber meine Augen haben mich nicht getäuscht. Hier steht es, schwarz auf weiß. Jenna hat mit meinem Freund geschlafen. Aber wann denn, bitte schön? Meine Gedanken fahren Karussell. Etwa auf der Insel? Oder noch zu Hause? Hier kann es eigentlich nicht passiert sein – es wäre so gut wie unmöglich für die beiden gewesen, sich wegzuschleichen, ohne dass es jemand mitbekommen hätte. Das heißt …

Als ich daran denke, wie Jenna mich in den Wochen vor unserer Abfahrt immer wieder gelöchert hat, ob ich während der Kreuzfahrt mit Todd schlafen würde, beginnen meine Hände zu zittern. Ich lege das Notizbuch zur Seite. Meine Gedanken wandern zu dem Sturm zurück, in den Schiffsraum. »Grace, es tut mir so leid. Ich muss dir was sagen«, hat Jenna angefangen, gleich nachdem sie mich gefragt hat, ob wir sterben müssen.

War es das, was sie mir erzählen wollte? Wollte sie ihr Gewissen bereinigen? Ich ziehe meine Knie an die Brust und atme langsam und tief ein. Auch wenn Todd und ich Schluss gemacht haben, ist es, als hätte sich Jenna aus dem Notizbuch erhoben und mir einen Schlag in die Magengrube versetzt. Ich nehme es wieder in die Hand und stehe auf. Die ganze Zeit habe ich gegrübelt, was ich wohl getan habe, dass sie sich so komisch verhält. Dabei war sie es, die mit meinem Freund geschlafen hat. Es war schlimm genug, herauszufinden, dass sie auf ihn steht, aber das ist wirklich Hochverrat. Und es spielt keine Rolle, dass Todd und ich nicht zusammengepasst haben. Sie war angeblich meine beste Freundin.

Ich beginne, um das Feuer herumzutigern. War ich ihr so egal? Sie hat mich die ganze Zeit über angelogen. Hat mir das Gefühl gegeben, dass sie die Einzige war, auf die ich zählen konnte, und in Wirklichkeit … Aber vielleicht ist sie tot. Die

Tragweite dieser Erkenntnis lässt meine Wut sofort verstummen. Mit einem letzten Blick auf das Notizbuch schmeiße ich es ins Feuer. Eine Rauchwolke steigt in den Himmel.

»Grace, Süße, ist alles okay?«, ruft Floh mir von der Baumgruppe her zu, wo er gerade Belle beim Packen hilft.

»Ja, alles gut«, murmle ich und schaue noch einmal in das Beautycase. Etwas Glitzerndes, Silbernes fällt mir ins Auge und ich betrachte es genauer. »Oh nein!«

»Was ist denn?« Floh kommt sofort angelaufen.

Um Jennas Nagellackentferner ist ein Silberkettchen geschlungen. Ich nehme es ab und halte es in das Licht des Feuers. Ein Anhänger baumelt daran, ein Anhänger, in den eine Schlange eingraviert ist, über dem Buchstaben H – H wie Hortense.

»Das Amulett!«, ruft Floh aus. Ich nicke wie betäubt.

Floh kratzt sich verständnislos am Kopf. »Wie zum Teufel ist das dort gelandet? Was hast du denn damit gemacht, nachdem du es wiedergefunden hattest?«

Ich versuche, meine Gedanken zu lenken, und tatsächlich wandern sie zu dem Tag zurück, als der Anhänger zum letzten Mal aufgetaucht ist, neben dem HILFE-Zeichen, das wir in den Sand gegraben hatten. Ich habe das Amulett mit aufs Boot genommen – und ins Meer geworfen. Wie also ist es in Jennas Beautycase geraten? Da schießt mir in den Kopf, was mir Hortense im Wald zugeflüstert hat: Sie hat Jenna alles, was sie mir angetan hat, zurückgezahlt. Wollte sie mir auf diesem Weg mitteilen, dass sie es war, die das Boot zerstört hat? Hat sie Jenna meinetwegen getötet? Was ist mit den Zeilen in dem Notizbuch, den einzigen, die lesbar waren? Hat Hortense sie auf irgendeine Weise vor dem Wasser geschützt – damit ich sie lese? Damit ich die Wahrheit herausfinde?

»Wo ist Cruz?«, frage ich panisch.

»Gleich da vorne beim Boot, Süße.« Floh nimmt meinen Arm. »Was ist denn?«

»Ist alles in Ordnung, Grace?«, ruft Belle hinter den Bäumen hervor.

»Ja, alles gut«, rufe ich zurück, aber meine Stimme ist zu schrill. Ich drehe mich zu Floh um. »Wie ist das Medaillon in ihrem Koffer gelandet?«, flüstere ich. »Ich habe es doch ins Meer geworfen.«

Floh starrt mich an. »Wieso hast du das getan?«

Verlegen bohre ich meine Zehen in den Sand. »Ich … ich hab mich damit unwohl gefühlt. Weil es immer wieder einfach so aufgetaucht ist.«

Floh hebt eine Augenbraue. »Dann ist es wahrscheinlich wieder angespült worden und Jenna hat es eingesteckt. Du weißt doch noch, wie sie ausgeflippt ist, als es das erste Mal verschwunden war.«

Ich nicke und atme tief durch. Ich will ihm so gerne glauben. Wirklich. Doch die Angst hat sich in meinen Gedanken festgebissen.

»Okay, Leute, seid ihr so weit?«, ruft Cruz und kommt auf uns zu.

Ich drehe mich zum Feuer um und lasse den Anhänger in die Flammen fallen.

*Es ist mir egal, was Jenna mit Todd gemacht hat,* rufe ich Hortense im Kopf zu. *Lass mich einfach in Ruhe. Lass uns alle in Ruhe!*

Ich warte auf ihre Antwort, darauf, dass ihre finstere Stimme zu mir zurückschallt, aber wieder kommt nichts. Alles, was ich höre, sind Schritte im Sand hinter mir. Ich wirble herum. Es ist Belle, die nach meiner Hand tastet. Ich nehme ihre und drücke sie fest. Dann atme ich tief durch.

»Lasst uns aufbrechen«, sage ich. Auch wenn Stürme draußen auf dem Meer lauern. Ich muss weg von dieser Insel. Weg von Hortense, bevor sie mich in den Wahnsinn treibt.

# KAPITEL 4

Als sich das Boot vom Ufer entfernt, beginne ich unkontrolliert zu zittern. Es ist so weit. Wenn Hortense vorhat, uns mit irgendeinem Trick zum Bleiben zu zwingen, muss sie jetzt etwas tun. Mein Hals ist so zugeschnürt, dass ich kaum noch Luft bekomme. Ich schließe die Augen und denke an Mom. Bevor Dad uns verlassen hat und Moms Leben zerplatzt ist wie ein Ballon, war sie ein absoluter Yoga-Freak. Als ich vor ein paar Jahren wegen einer Mathearbeit die Krise geschoben habe, hat sie mir beigebracht, mich auf meine Atmung zu konzentrieren, um ruhig zu bleiben. Ich stelle mir ihre Stimme vor, die mir Anweisungen gibt: »*Durch die Nase einatmen, Süße, durch den Mund ausatmen. Ein durch die Nase und aus durch den Mund.*«

Die ganze Zeit, während Dan und Cruz das Segel bedienen, versuche ich, genau so zu atmen. Eine plötzliche Brise bläht den ausgeblichenen Stoff auf und das Boot nimmt Fahrt auf. Erst als wir schon mehrere Minuten unterwegs sind, wage ich es, zurückzublicken. Im Licht des Sonnenaufgangs leuchtet die Spitze des Vulkans so glühend rot, als würde er im nächsten Moment ausbrechen. Mein Blick wandert zum Strand hinab. Der helle Sand ist mit den versengten Resten unseres Feuers gesprenkelt und direkt in der Mitte prangt noch immer unser HILFE-Zeichen aus Stöcken. Ich denke an unsere Ankunft zurück und wie wunderbar und einladend die Insel nach dem Horror des Sturms gewirkt hatte. Wenn wir damals schon gewusst hätten … Ich wende mich ab und blicke aufs Meer. Mein Herz wummert wie ein ganzes Schlagzeug.

*Bitte, bitte, lass uns gehen,* bete ich still.

Vom anderen Ende des Bootes lächelt Cruz mich an, aber sein Blick wirkt ängstlich und ich bin mir sicher, dass er das Gleiche denkt wie ich – wird es wirklich so einfach sein?

Ein plötzlicher Windstoß reißt das Segel so heftig herum, dass wir uns bücken müssen, damit es uns nicht am Kopf erwischt.

»Scheiße!« Cruz packt das Segel und versucht, das Boot wieder auf Kurs zu bringen, doch der Wind ist zu stark.

»Was ist denn? Was passiert hier?«, fragt Belle.

»Es kam gerade nur eine Windböe auf. Kein Grund zur Panik«, sagt Floh, doch seine Stimme klingt gepresst.

»Helft mir«, ruft Cruz.

Alle außer Belle greifen nach dem Segel, doch selbst wir vier sind nicht stark genug, gegen den Wind anzukommen.

Ich blicke zum Himmel hinauf und erwarte, dass sich dort Sturmwolken aufbauschen, doch der Himmel ist strahlend blau.

»Zumindest werden wir nicht auf die Insel zurückgetrieben«, sagt Floh erleichtert.

Cruz, der immer noch gegen den Wind ankämpft, verzieht das Gesicht. »Aber weg kommen wir auch nicht.«

Wir segeln mit vollem Speed parallel zur Insel, vorbei an dem Strand und der Bucht. Eine zerklüftete Wand aus dichtem Regenwald rast an uns vorbei. Der Wald scheint unendlich zu sein.

Die Insel ist viel größer, als ich dachte.

Wir stemmen uns mit unserem ganzen Gewicht gegen das Segel, aber es hilft nichts. Der Wind ist wie ein Magnetfeld, das uns einschließt. Dann wechselt er auf einmal die Richtung. Das Segel fliegt erneut herum. Doch diesmal fährt das Boot direkt auf die Insel zu.

»Oh nein«, stöhnt Floh.

»Was ist denn?«, fragt Belle nervös.

»Das Segel hat sich gedreht. Nichts Schlimmes«, rufen Floh und ich, auch wenn unsere Blicke etwas anderes sagen.

»Los, auf!«, ruft Cruz, und wieder versuchen wir, das Segel zu halten.

Floh dreht sich zu mir um und wispert fast lautlos: »Was geht hier ab?«

Ich zucke mit den Schultern. Wie ein Knoten zieht sich die Angst in meinem Bauch zusammen. Ich kann mich kaum noch auf den Beinen halten.

Das Boot durchschneidet das Wasser wie ein Speedboat und rast in Richtung Insel. Nur dass an dieser Stelle kein Strand ist, an dem wir an Land gehen könnten.

Alles, was ich sehe, ist eine dunkle und unheimliche Wand aus Regenwald.

»Mist. Glaubst du, da vorne sind Felsen?« Dan ist völlig außer sich.

»Keine Ahnung«, antwortet Cruz und auch in seiner Stimme schwingt Angst mit.

»Was sollen wir tun?«, fragt Floh panisch.

»Kann mir vielleicht jemand sagen, was los ist?« Belles Stimme zittert. Ich setze mich neben sie.

»Der Wind treibt uns zur Insel zurück.«

»Zurück zum Strand?« Belle klammert sich an meinen Arm.

»Nein, auf die andere Seite der Insel.«

»Hey, seht euch das an!« Dan deutet nach vorn – auf einen kleinen Spalt mitten in der Wand aus Grün. Als wir näher kommen, wird der Spalt größer.

»Das ist eine Bucht«, ruft Cruz. »Los, versuchen wir, das Boot dort hineinzusteuern.«

Aber wir brauchen gar nicht zu steuern. Das Boot wird von dem schmalen Loch angezogen wie von einem Magnet. Wir seufzen erleichtert auf, als wir an zerklüfteten Felsnasen vorbei in die Bucht segeln.

»Halleluja!«, ruft Floh erleichtert aus. Die Bucht ist so eng, dass sich die Bäume von beiden Seiten des Wassers berühren und einen dichten grünen Tunnel bilden. Ein lautstarker Chor aus Kreischen und Schreien bricht los, als würden uns die Tiere des Urwalds begrüßen. Bei einem Blick nach oben bemerke ich zwei blutrote Papageien, die uns aus wachsamen schwarzen Augen beobachten. Ihre gebogenen Schnäbel sind riesig.

»Was geht hier vor sich?«, wispert Belle.

»Wir fahren in eine Bucht, mitten im Urwald«, sage ich.

Belle schließt seufzend die Augen.

Dan nimmt sein Cap ab und lässt den Blick schweifen. Auch Floh wirkt ehrfürchtig. Cruz steht so kerzengerade und angespannt am Bug, als ob er sich für einen Kampf wappnet.

Mir zieht sich der Magen zusammen, als ich darüber nachdenke, was uns am anderen Ende des Tunnels wohl erwartet. Bilder kommen mir in den Sinn, wie Hortense aussah, als wir ihr im Wald begegnet sind – an ihre schrumpelige Haut und ihre krallenartigen Finger, an das unheimliche, kratzende Geräusch, das von ihr ausging, als sie uns verfolgt hat.

»Seht doch!« Cruz weist nach vorn.

In der Ferne schimmert ein Licht. Das Boot steuert uns direkt darauf zu. Ich blicke die anderen an, und ein schrecklicher Gedanke durchzuckt mich: *Was, wenn wir direkt in den Tod segeln?*

Doch als wir endlich das Ende des Tunnels erreichen, weitet sich die Bucht zu einer riesigen Lagune mit leuchtend türkisfarbenem Wasser. Sie ist von einer hohen Wand aus Regenwald umgeben. Der Anblick ist so atemberaubend schön, dass ich für einen Moment meine Angst vergesse. Den anderen scheint es genauso zu gehen, denn alle schauen sich mit offenen Mündern um. Einzig Belle sitzt noch immer steif da.

»Wo sind wir?«, fragt sie.

»Ich weiß nicht, aber es kommt mir vor wie das Paradies«, ruft Floh aus.

»Wir sind in einer Art Lagune«, erkläre ich Belle. Mein Blick wandert herum, auf der Suche nach Anzeichen für etwas Bedrohliches.

Als das Boot eine Ecke der Bucht ansteuert, nehme ich auf den Felsen am Wasser eine Bewegung wahr.

»Seht ihr das? Da ist jemand«, flüstere ich.

»Wer?«, zischt Belle.

»Wissen wir noch nicht«, sagt Floh und blinzelt in Richtung Ufer.

Schweigend warten wir ab, während das Boot dem Land immer näher kommt.

Wer auch immer es ist, sitzt im Schneidersitz auf den Felsen und hat uns den Rücken zugewandt. Das Einzige, was ich erkenne, ist kurz geschnittenes weißblondes Haar und gebräunte Haut.

Dan schaut uns an. »Sollten wir ihn rufen?«

»Er sieht uns sowieso gleich«, sagt Floh. »Also, warum nicht?« Vorsichtig richtet er sich auf. »Hallo!«

Die Gestalt springt hoch und dreht sich zu uns um. Es ist ein Mädchen. Sie trägt ein leuchtend korallenrotes Sommerkleid und beschirmt ihre Augen mit einer ihrer gebräunten Hände.

»Alter Schwede! Ich kann es nicht glauben, hier ist wirklich jemand!«, ruft Floh aus.

»Ja, und vor allem sieht sie gar nicht nach Horrorfilm aus«, sagt Dan mit gequältem Lachen.

Das Mädchen läuft über den Felsen auf uns zu.

»Hallo!«, ruft sie.

»Hi!«, antwortet Floh ihr begeistert. Mit großen Augen starrt er uns an. »Sie spricht Englisch!«

»Wer seid ihr denn?«, fragt das Mädchen mit deutlich britischem Akzent, als sie das Ufer erreicht hat. Dann lacht sie. »Sorry, das klang jetzt nicht gerade nett. Aber wo kommt ihr her?«

»Sie spricht nicht nur Englisch – sie ist Engländerin!«, flüstert Floh aufgeregt.

Das Mädchen watet durch das Wasser auf uns zu. Sie hat ein herzförmiges Gesicht, freundliche Augen und ein offenes Lächeln, bei dem man sich sofort wohlfühlt. Als sie näher kommt, bemerke ich einen kleinen silbernen Nasenstecker und ein hellblaues Schmetterlingstattoo an ihrem Handgelenk.

»Geht es euch gut?«, fragt sie mit großen besorgten Augen, als sie uns erreicht hat.

»Ja, alles gut, danke. Jetzt geht es uns sogar absolut großartig, weil wir dich gefunden haben«, ruft Floh in seinem besten britischen Akzent. »Ich bin Jimmy Patterson, aber du kannst mich Floh nennen, wie alle. Wir freuen uns so sehr, dich kennenzulernen.« Er streckt einen Arm über die Reling und hält ihr zur Begrüßung die Hand hin.

Das Mädchen schüttelt sie lachend. »Ich bin Lola. Ich freue mich auch, eure Bekanntschaft zu machen.«

Sie betrachtet uns und grinst. »Das ist so cool!«

Wie sie das sagt, so freudig erregt und sorglos, lässt mir Tränen in die Augen steigen. Es scheint eine Ewigkeit her zu sein, dass wir diese Art von Normalität erleben durften, und ich weiß nicht mehr so recht, wie man darauf reagiert.

Cruz nickt Lola zu, springt dann ins Wasser und zieht das Boot in Richtung Strand. Dan hilft ihm dabei. Auch Lola packt mit an. »Wie seid ihr hier gelandet?«, fragt sie mich.

»Das ist eine sehr lange Geschichte«, sage ich.

»Wir waren vor ein paar Tagen schiffbrüchig«, erklärt Floh. »Drüben, auf der anderen Seite der Insel.«

Lola schüttelt ungläubig den Kopf. »Unmöglich.«

Floh nickt stolz. »Oh doch.«

Ich klettere neben Lola ins Wasser. Sie nimmt meinen Arm, damit ich nicht umfalle. Dabei grinst sie über beide Ohren.

»Das ist so cool. Ich meine, natürlich nicht das mit dem

Schiffbruch, aber es ist einfach gigantisch, dass ihr gerade heute kommt. Rubys letzte Gäste sind vorhin abgereist und ich hab schon befürchtet, dass es langweilig wird, bis die nächste Truppe kommt.«

»Wer ist Ruby?«, fragen Floh und Dan wie aus einem Mund.

Lola lächelt. »Ihr gehört die Lodge.«

»Die Lodge?« Dan dreht sich zu mir um und hebt die Brauen.

Lola nickt. »Ja, klar! Ich wohne auch dort. Ruby hat sie vor ein paar Jahren eröffnet, als sie vom Leben in der Stadt die Nase voll hatte. Ihr werdet sie ja gleich kennenlernen. Sie ist echt total gechillt und gelassen, eigentlich die lebendige Werbung für das Leben auf einer Insel.«

Floh beugt sich zu mir herüber. »Okay, du kannst mir jetzt sagen, dass ich träume«, flüstert er.

»Ist was?«, fragt Lola.

»Nein«, sagt Floh schnell. »Aber auf dieser Seite der Insel scheint alles so anders zu sein.«

Lola blickt ihn verwirrt an. Dann bemerkt sie Belle, die noch immer im Boot sitzt und vor sich hin starrt. »Ist mit eurer Freundin alles in Ordnung?«, flüstert sie mir zu.

»Ja, obwohl – nein. Nicht wirklich. Sie kann nicht mehr sehen.«

Lola reißt vor Schreck ihre Augen auf. »Das ist ja furchtbar! Was ist passiert?«

Ich schüttle den Kopf. Wenn Belle hört, dass wir über sie reden, fühlt sie sich gleich eine Million Mal schlechter.

Zum Glück begreift Lola, was ich mit dem Kopfschütteln zu sagen versuche, und nickt. »Okay, dann bringe ich euch jetzt erst mal zur Lodge. Ihr seht ziemlich fertig aus.«

Floh und ich helfen Belle von Bord.

»Es ist alles gut, Belle«, flüstere ich ihr ins Ohr. »Sie wirkt sehr nett.«

Belle schenkt mir ein kleines Lächeln.

»Mir nach«, ruft Lola, bevor sie auf die Felsen klettert.

Floh nimmt Belles Arm und folgt ihr. Dan schließt sich ihnen an. Cruz lässt sich zurückfallen und greift nach meiner Hand.

»Was denkst du über das Ganze?«, frage ich ihn.

Er zuckt mit den Schultern. »Keine Ahnung.«

»Ich kann nicht glauben, dass wir wieder auf der Insel sind.«

Cruz nickt.

»Meinst du, das ist Hortenses Werk?« Ich wage es kaum, ihn anzusehen.

»Ich weiß nicht. Sicher, es kann schon mal so seltsame Winde geben wie diesen, aber trotzdem …«

Er braucht nicht weiterzureden. Ich weiß genau, was er denkt, weil ich dasselbe denke – Hortense hat nie vorgehabt, uns einfach so gehen zu lassen.

Vom Ende der Felsen führt unser Weg weiter durch einen Wald. Doch die Bäume hier stehen nicht so dicht wie in dem endlosen Dschungel auf der anderen Inselseite. Dieser Wald ist luftiger und öffnet sich schon nach wenigen Minuten zu einer Lichtung. Mitten hindurch fließt ein breiter, grüner Fluss, der mit tellergroßen Seerosenblättern bedeckt ist. Über das Wasser schlängelt sich eine wacklige Holzbrücke.

»Wir sind gleich da«, ruft Lola uns zu. »Ruby ist allerdings im Moment nicht in der Lodge. Sie ist zur Bucht gegangen, um die letzten Gäste zu verabschieden.«

Wir tauschen einen Blick. Es ist einfach unfassbar, wie beiläufig sie erwähnt, dass jemand die Insel verlassen hat, nachdem wir schon so lange dort feststecken. Doch es fühlt sich unendlich gut an.

Vielleicht ist ja doch noch nicht alles verloren. Vielleicht kommen wir bald von hier weg.

Wir überqueren die Brücke, die ziemlich schwankt, doch ich bin viel zu erschöpft, um auch nur einen Gedanken daran zu verschwenden, was in dem Wasser unter uns lauern könnte. Als wir auf der anderen Seite ankommen, führt Lola uns durch weitere Bäume hindurch zu einer zweiten Lichtung.

»Alter!«, ruft Floh.

Die Lichtung wird von einer Reihe von Bambushütten gesäumt. Mein Blick aber wird sofort von dem angezogen, was in der Mitte steht: Dort, über den Hütten, türmt sich das seltsamste Haus auf, das ich je gesehen habe. Es ist drei Stockwerke hoch und ruht auf so hohen Pfählen, dass es unmöglich ist, von unten hineinzuschauen. Gebaut ist es aus Bambus und Baumstämmen, was den Wänden eine hell-dunkle Maserung gibt. Als Dach dienen leicht schräg aufliegende Wellblechplatten.

Als Lola unsere erstaunten Blicke bemerkt, lacht sie. »Das da oben ist Rubys Haus. Cool, oder? Die Gäste wohnen dort drüben.« Lola deutet auf ein paar Hütten. »Es ist massig Platz. Jetzt, wo die andern weg sind, sind nur noch Michael und ich übrig. Michael ist mein Fr… mein Exfreund. Ja, und Ruby ist natürlich auch da. Die nächsten Gäste kommen in ein paar Tagen – zur Party.« Sie grinst. »Ihr werdet doch auch bis zur Party hierbleiben, oder?«

»Was für eine Party?«, fragt Dan. Er wirkt ziemlich geplättet.

»Wir können nicht bleiben, um auf irgendeine Party zu gehen«, flüstert Floh. »Wir müssen Belle ins Krankenhaus bringen.«

Doch bevor Lola antworten kann, tritt ein Junge in Badeshorts aus einer der Hütten und reibt sich verschlafen die Augen. Er hat breite Schultern, ist blass und hat kupferfarbenes welliges Haar, das ihm fast bis zur Schulter reicht. Auf seiner Brust prangt das auffällige Tattoo eines Drachens.

Er starrt Lola wütend an. »Wo warst du?«, fragt er, ebenfalls mit britischem Akzent. Da erst bemerkt er uns. »Wer ist das denn?«

»Ich hab sie unten an der Lagune gefunden«, erklärt Lola. »Sie sind Schiffbrüchige und waren …«

»Und du hast sie hierher gebracht?«, poltert Michael los.

»Ja, wie du siehst.«

»Und was ist mit Ruby?«

Lola starrt ihn an. »Aber sie sind Schiffbrüchige!«

Voller Optimismus geht Floh auf Michael zu und reicht ihm die Hand. »Ich bin Jimmy, auch Floh genannt. Freut mich, dich kennenzulernen«, sagt er gut gelaunt. Michael aber ignoriert ihn völlig und starrt weiter Lola an.

»Ruby macht das nichts aus, da bin ich mir sicher«, sagt Lola errötend. »Ich konnte sie doch nicht dort unten zurücklassen!«

Michael lacht sarkastisch auf. »Wie mitfühlend von dir!«

Langsam werde ich sauer. Was hat der Typ denn eigentlich für ein Problem?

»Wir sind hier gestrandet«, sage ich. »Wir brauchen Hilfe, um wieder nach Hause zu kommen.«

Michael sieht mich mit leerem Blick an, bevor er sich wieder Lola zuwendet. »Du wirst schon sehen, was du davon hast.« Dann stapft er wieder in die Hütte zurück.

# KAPITEL 5

Ich stehe da wie angewurzelt. Was geht denn hier ab? Warum hat Michael solche Angst vor Rubys Reaktion? Auch Cruz schüttelt nur den Kopf.

Lola dreht sich zu uns um und lächelt uns verkrampft an. »Tut mir leid. Zwischen uns beiden ist es im Moment nicht ganz so einfach. Wir haben uns gerade erst getrennt und er kommt damit nicht so gut klar.«

»Was du nicht sagst«, murmelt Dan und blickt Michael finster nach.

Ich lächle Lola ebenfalls an. »Ist schon gut.«

»Er scheint irgendwie besorgt zu sein wegen Ruby …«, stellt Cruz fragend in den Raum.

Lola blickt zu dem bizarren Haus auf Pfählen hinauf. »Ruby ist sehr verschwiegen, was die Lodge betrifft. Sie kann es nicht leiden, wenn einfach so fremde Leute auftauchen.«

»Und ihr? Wart ihr eingeladen?«, fragt Cruz sofort zurück.

Lola nickt. »Ja. Als wir in Mittelamerika herumgereist sind, haben wir ein paar Freunde von Ruby getroffen. Sie haben uns gefragt, ob wir mit ihnen herkommen möchten.« Sie senkt die Stimme. »Michael war nicht gerade begeistert. Er fand es zu riskant, mit lauter Fremden auf eine Insel ans Ende der Welt zu fahren.« Sie lächelt mich an. »Aber darum reist man doch, oder? Um aus dem normalen Trott rauszukommen und Abenteuer zu erleben.«

Ich nicke lächelnd, doch innerlich zieht sich mir bei den Worten »normaler Trott« alles zusammen. Seit wir zu der Kreuzfahrt aufgebrochen sind, habe ich mehr Abenteuer erlebt, als mir lieb war.

»Aber keine Sorge«, sagt Lola schnell. »Ruby hat sicher nichts dagegen, dass ihr hier seid. Wenn sie euch erst kennt und weiß, dass sie euch vertrauen kann, ist sie echt cool. Warum geht ihr nicht einfach rein und legt eure Sachen ab?«

Lola zeigt auf eine der Hütten. Zum Glück ist es nicht die, in die Michael gestürmt ist.

Ich nicke. »Gern.«

Gemeinsam steuern wir auf die Hütte zu, auch Belle, die von Floh geführt wird. Innen ist es schlicht, aber sauber. An einer Wand stehen mehrere Betten mit bunter Bettwäsche aufgereiht. Auf dem Holzboden liegt eine grob geflochtene, gelb-grüne Matte. So ähnlich habe ich mir immer das Haus der Sieben Zwerge vorgestellt.

»Alter!«, ruft Dan aus und läuft hinein. »Darf ich mich vorstellen?«, sagt er zum nächstbesten Bett und nimmt schwungvoll sein Cap ab. »Ich bin Dan Charles, und dies ist der Moment, von dem ich immer geträumt habe.« Er lässt sich auf das Bett fallen, wickelt sich in die Decke und seufzt tief.

Floh lacht. »Es gibt hier Betten, Belle, richtige Betten! Selbst gebaute zwar, aber mit rustikalem Charme – stell dir eine Mischung aus Bergbauernhof und Dschungelbuch vor.«

Belle nickt.

»Was haltet ihr von der ganzen Sache?«, flüstere ich, während ich meine Tasche in die Ecke stelle.

»Na ja, unser Freund Michael scheint ein paar Vorbehalte zu haben«, flüstert Floh zurück, »und ich freue mich nicht gerade auf die Begegnung mit dieser Ruby. Aber Lola ist großartig, und verglichen mit den Insulanern, die wir bisher getroffen haben, wirkt auch Michael regelrecht charmant.«

»Und wenn diese Ruby ausflippt, weil wir hier sind, soll sie uns doch einfach helfen, von der Insel runterzukommen«, sagt

Dan mit geschlossenen Augen. Er hat sich auf dem Bett ausgestreckt.

Floh nickt. »Exakt. Ist ja nicht so, dass wir unbedingt hierbleiben wollen, und wenn es ihr so wichtig ist, dass dies ein Geheimtipp bleibt, unterschreibe ich gern, dass wir niemandem davon erzählen. Ist mir völlig egal. Ehrlich, nach dem, was wir erlebt haben, würde ich alles tun, um hier wegzukommen.«

»Habt ihr Hunger?«, ruft Lola von draußen. »Soll ich euch ein paar Pfannkuchen machen?«

»Was?« Dan springt in Sekundenschnelle auf.

Floh grinst wie ein Irrer und selbst Belle lächelt.

»Hat sie gerade Pfannkuchen gesagt?«, flüstert Dan mit untertassengroßen Augen.

»Ich glaube, ja«, antwortet Floh grinsend.

»Und ob!«, ruft Dan Lola zu.

»Okay, kommt einfach raus!«

»Sollen wir ihr erzählen, was uns passiert ist?«, frage ich leise. »Ihr wisst schon, das von Belle und von der Sache im Wald.«

Dan schüttelt unschlüssig den Kopf. »Weiß nicht.«

»Vielleicht sollten wir das spontan entscheiden«, sagt Cruz. »Erst mal abwarten, was hier abgeht. Und wie diese Ruby drauf ist.«

Wir nicken zustimmend, bevor alle außer Cruz und mir nach draußen stürmen.

»Wir müssen vorsichtig sein«, flüstert er und nimmt meine Hand.

Ich nicke. Genau das denke ich auch. Es erscheint mir unmöglich, dass nach allem, was wir auf der anderen Seite der Insel durchgemacht haben, dieser Ort nicht von Hortense beherrscht wird. Und dass es hier eine friedliche Hippie-Lodge geben kann. Das ergibt überhaupt keinen Sinn.

»Glaubst du, dass Hortense uns immer noch beobachtet?«

Cruz runzelt die Stirn. »Keine Ahnung.«

Ich zwinge mich, positiver zu denken. »Aber wenn hier drüben alles normal ist und die Leute kommen und gehen …«

Cruz lächelt mich an. »Ich weiß. Dann können auch wir gehen.« Seine Augen beginnen zu strahlen. »Und wieder habe ich dir das Leben gerettet.«

»Ach ja? Und wie das?«

»Ich habe dich auf diese Seite der Insel gebracht.«

Ich hebe eine Braue. »Wie merkwürdig, ich hätte schwören können, es war der Wind.«

»Ja, klar, aber das war … wie heißt das? Nur ein winziges Detail.«

Ich fange an zu lachen. »Hmmm.«

Er zieht mich an sich und küsst mich sanft auf die Stirn.

Ich lächle zu ihm auf. »Los, holen wir uns auch ein paar Pfannkuchen.«

Draußen haben sich alle vor einer der Hütten versammelt, einer kleineren als der, in der wir gerade waren. Als wir näher kommen, erkenne ich, dass es die Küche ist. Die Wände hängen voller schiefer Regale, und ich kriege kaum mehr den Mund zu, als ich die Berge von exotischem Obst und Gemüse sehe, die darauf lagern. Die anderen wirken nicht weniger begeistert. Lola nimmt einen Tontopf aus dem Schrank und kippt daraus hellgelbes Pulver in eine große Schüssel.

»Maismehl«, sagt sie, als sie Flohs Blick bemerkt. »Ruby hat hier den reinsten Bauernhof. Absolut unglaublich. Sie baut einfach alles an, sogar Kaffee.«

»Kaffee!«, ruft Floh. »Alter, was würde ich jetzt für eine Vanilla-Latte geben!«

Lola lacht. »Genau das kann ich dir vermutlich nicht bieten, aber vertrau mir, Rubys Kaffee ist göttlich.«

»Ob er auch so gut ist wie der Kaffee aus Costa Rica?«, fragt Cruz.

»Kommst du aus Costa Rica?«

Cruz nickt. »Ja. Warst du schon mal da?«

Lola strahlt. »Natürlich. Von dort aus sind Michael und ich doch hergekommen. Wir haben in San José in einem Freiwilligenprojekt gearbeitet. Es ist ein wunderschönes Land. Und, woher kennt ihr euch alle?«, fragt sie und beugt sich hinunter, um unter einem Schrank eine Schüssel hervorzuziehen, die mit einem Tuch bedeckt ist.

»Wir gehen in L.A. zusammen zur Schule«, sagt Floh. »Auf die Dance Academy.«

Lola sieht zu ihm hoch. »Echt?«

Floh nickt. »Ja, alle außer Cruz. Er hat das Boot gesteuert, mit dem wir in den Sturm geraten sind.«

»Ihr zwei kanntet euch also vorher gar nicht?«, fragt Lola Cruz und mich direkt.

Ich schüttle den Kopf und spüre, wie ich rot werde. So wie Cruz den Arm um mich gelegt hat, ist es offensichtlich, dass wir zusammen sind. Ich habe mich so an unser Inseldasein gewöhnt, dass ich gar nicht daran gedacht habe, wie das wohl auf Außenstehende wirkt. Aber Lola scheint es völlig egal zu sein, und wenn nicht, zeigt sie es nicht. Sie lächelt mich bloß an, greift noch einmal nach unten und zieht einen Korb Eier hervor.

»Heiliges Omelett!«, ruft Floh.

»Eier!«, keucht Dan in dem gleichen entzückten Ton, mit dem er sich mit dem Bett unterhalten hat.

»Habt ihr hier denn Hühner?«, frage ich, während in meinem Hirn die Vision eines goldfarbenen Omeletts Gestalt annimmt, dekoriert mit einem frischen Zweig Petersilie. Ich bin auf einmal so hungrig, dass sogar meine Fingerspitzen zu schreien scheinen: »*Gib mir etwas zu essen!*«

Lola nickt. »Ja, gleich hinter dem Gemüsegarten.«

»Gemüsegarten«, wiederholt Floh ihre Worte mit so viel Gefühl, als würde er ein Liebesgedicht rezitieren.

»Ich kann mir gar nicht vorstellen, wie es ist, schiffbrüchig zu sein«, sagt Lola und schlägt ein Ei nach dem anderen über der Schüssel auf.

Ich beobachte sie fasziniert.

»Das muss doch total gruselig sein.«

»Nicht halb so gruselig wie der ganze Scheiß, der danach passiert ist«, murmelt Dan.

»Was denn?« Lola hält inne und schaut ihn an.

»Nichts.« Dan wendet schnell den Blick ab.

Lola zieht das Tuch von dem Krug und gießt etwas, das verdächtig nach Milch aussieht, in die Schüssel.

»Entschuldige, aber ist das ...« Floh hält sprachlos inne. »Ist das Milch? Ich meine, von einer Kuh?«

»Ja.« Lola lacht. Dann wird ihr Gesicht ernst. »Wann habt ihr das letzte Mal etwas Richtiges gegessen?«

»Ungefähr vor einem Jahr«, sagt Floh und starrt sehnsüchtig auf die Schüssel. »Jedenfalls kommt es mir so vor. Wir haben uns hauptsächlich von Kokosnüssen ernährt. Und ab und zu von Fisch.«

»Und kalten Hot Dogs«, ergänzt Dan.

Lola starrt ihn an. »Hot Dogs?«

»Ja, die waren in dem Boot, das wir gefunden haben«, platzt Floh hervor.

Wir starren ihn an, und er wendet sich verlegen ab.

Lolas Blick wandert zu Floh. »Ihr habt ein Boot gefunden?«

»Ja, das, mit dem wir auch hierhergekommen sind«, antwortet Floh. »Wir haben es durch Zufall entdeckt«, fügt er hastig hinzu und klingt dabei so überzeugend wie ein kleines Kind, das behauptet: »Ich war's nicht, ich hab nicht an die Wand gekritzelt.«

Lola hebt eine Braue. »Was für ein Glück!«

Floh nickt, noch immer mit gesenktem Blick. »Und ob.«

Mit einem Löffel rührt Lola den Pfannkuchenteig um. Mein Mund, der sich den ganzen Morgen so trocken angefühlt hat wie eine Sandwüste, produziert plötzlich Speichel wie eine magische Quelle. Lola nimmt eine altmodische gusseiserne Bratpfanne von einem Haken an der Wand und führt uns wieder nach draußen, zu den Überresten eines Lagerfeuers. Sie legt einige getrocknete Blätter darauf und erweckt die Flammen wieder zum Leben, bevor sie die Pfanne auf einen Rost über dem Feuer stellt und etwas Teig hineingibt. Mit einer Mischung aus Hunger und Verlangen bilden wir schweigend einen Kreis um das Feuer herum und warten.

»Ach du liebe Scheiße! Ist es das, was ich denke?«, ruft Floh plötzlich aus. Wir folgen seinem Blick an den Rand der Lichtung. Dort, im Schatten hoher Bäume, steht eine runde Konstruktion aus großen Lehmziegeln. Rechts und links ragen zwei Stangen auf, auf denen ein Balken ruht. An dem Balken hängt ein Seil, das zwischen den Steinen verschwindet.

»Ist das ein … Brunnen?«, flüstere ich. Ich wage es kaum, das Wort laut auszusprechen.

Lola nickt, als wäre eine Quelle mit frischem Wasser das Normalste der Welt.

»Und … funktioniert er auch?« Floh starrt sie hoffnungsvoll an.

»Ja sicher.« Lola rüttelt leicht an der Pfanne und der Teig zischt.

Dan stößt einen Freudenschrei aus und Floh lacht los.

»Ich habe das Gefühl, dass dies das beste Frühstück aller Zeiten wird.« Ich lege den Arm um Belle. »Siehst du, Belle, wie ich gesagt habe: Alles wird gut. Sie haben hier sogar einen Brunnen – mit Wasser.«

Belle nickt, wirkt aber immer noch angespannt. Ich kann mir beim besten Willen nicht vorstellen, wie es ist, plötzlich nichts mehr sehen zu können. Es muss schrecklich unheimlich sein.

»Ich hole schnell ein paar Teller«, sagt Lola. »Könnt ihr so lange ein Auge auf den Pfannkuchen haben?«

»Oh, keine Sorge«, sagt Dan und starrt auf den Teig, der lustig in der Pfanne blubbert.

Lola lacht und läuft zur Küche.

»Ich glaube, hier ist alles in Ordnung«, flüstert Floh, sobald sie außer Hörweite ist. »Ich kann mir nicht vorstellen, dass wir uns irgendwelche Gedanken machen müssen.«

Ich weiß nicht, ob es der göttliche Duft der brutzelnden Pfannkuchen ist, der mich einlullt und mir ein fatales Gefühl der Sicherheit gibt, aber selbst ich gebe ihm langsam recht. Was wohl Cruz denkt? Er starrt mit ausdruckslosem Gesicht zu Boden.

»Ob sie auch noch Ahornsirup haben?«, fragt Dan träumerisch.

»Oh Gott, dann bin ich wirklich im Himmel«, ruft Floh.

Dan reibt sich die Hände. »Oder wie wäre es mit Schokosoße? Oder …«

»Was ist denn hier los?« Die tiefe, strenge Stimme einer Frau schallt über die Lichtung. Irgendwo im Wald erklingt das Geräusch von Flügelschlagen.

Wir blicken uns um.

»Was hier los ist, habe ich gefragt!«

Aus den Augenwinkeln nehme ich eine Bewegung wahr und wende den Blick. Am Eingang der Lichtung steht eine Frau. Sie trägt ein weites, ausgeblichenes T-Shirt wie ein Kleid mit einem breiten schwarzen Ledergürtel, der fest um die Hüften geschlungen ist. Ihre Afro-Locken rahmen ihr Gesicht ein wie ein Heiligenschein und ihre braune Haut glänzt in der Sonne. Sie hat lange, schlanke Arme und Beine und steht kerzengerade. Ein bisschen erinnert sie mich an eine Amazonenkönigin. Das Einzige, was fehlt, ist der Speer.

Floh springt auf. »Sind Sie Ruby?«

Die Frau läuft auf uns zu. »Wer zum Teufel will das wissen?« Ihre Sprache verrät, dass sie aus Amerika stammt. Aus den Südstaaten vermutlich. Als sie näher kommt, sehe ich, dass sie gar nicht so alt ist, wie ich dachte – höchstens Anfang zwanzig. Es ist ihre Größe und die Art, wie sie auftritt, die sie älter wirken lässt.

»Wir sind Schiffbrüchige!«, sage ich, während ich mich erhebe.

Ruby starrt mich an. Ihre Augen sind blassblau und wirken aufgrund ihrer dunklen Haut unglaublich stechend.

Instinktiv senke ich den Blick. »Wir haben versucht, zu …«

»Grace!«

Mein Körper überzieht sich explosionsartig mit Gänsehaut. Wie in Trance starre ich in den dunklen Regenwald. Vielleicht höre ich Stimmen. Vielleicht war sie es gar nicht …

»Grace, bist du das?«

Und da sehe ich mit klopfendem Herzen, wie Jenna hinter Ruby aus dem Wald stolpert.

# KAPITEL 6

»Ich dachte, ich sehe dich nie wieder!« Jenna rast über die Lichtung auf mich zu und drückt mich an sich. Ihr hellblondes Haar wirkt so spröde wie Stroh und unter ihren Augen bilden Mascara-Reste dicke dunkle Ringe.

Wie gelähmt stehe ich da, ohne ein Wort herauszukriegen. Über Jennas Schulter hinweg sehe ich Todd auf die Lichtung treten. Und direkt hinter ihm Cariss. Ihre Klamotten sind triefend nass und zerrissen und alle drei wirken völlig verstört.

Meine Augen suchen die Lücke zwischen den Bäumen ab. Jetzt fehlt nur noch Ron.

»Grace, was geht hier vor sich?« Belles blinde Augen sind angstgeweitet.

»Es ist alles gut. Die anderen sind da.« Mein Mund ist auf einmal so trocken, dass ich kaum sprechen kann. »Jenna, Todd, Cariss. Sie sind hier.« Ich drücke Jennas Arm. Ich muss sichergehen, dass ich mir das Ganze nicht einbilde.

»Sind das die Freunde, von denen ihr mir erzählt habt?«, fragt Ruby Jenna. »Die, die bei dem Schiffbruch dabei waren?«

Jenna nickt, ohne den Blick von mir zu lösen. Ihre Augen sind tränenverhangen.

Ich schlucke heftig. Sie sind am Leben. Ich bin so erleichtert, dass ich am ganzen Körper zu zittern beginne. Mein Blick wandert zurück zu den Bäumen, doch von Ron gibt es noch immer keine Spur.

Inzwischen sind alle außer Belle aufgesprungen und starren sich schweigend an. Es ist, als ob keiner so richtig weiß, was er sagen oder tun soll. Alle scheinen darauf zu warten, dass jemand anderes das Wort ergreift.

Ruby beobachtet uns regungslos.

»Was ist denn bloß mit euch passiert?«, bricht Floh endlich die unerträgliche Stille. »Das Boot ist am Strand angespült worden und war völlig im Eimer.«

»Wir sind auf irgendwelche Felsen aufgelaufen«, murmelt Jenna. »Und … und mussten zur Insel zurückschwimmen.«

Todd starrt zu Boden. Seine Hände zittern.

»Und wie habt ihr zur Lodge gefunden?«, fragt Ruby an Floh gewandt, die Stimme so eisig wie ihre hellen Augen.

»Lola hat uns hergebracht«, sagt Floh. »Sie hat uns entdeckt, unten an der …«

»Ruby!« Beim Klang von Lolas Stimme fliegen alle Köpfe herum. Sie steht mit einem Stapel Teller im Arm in der Küchentür. Als sie die anderen sieht, bleibt ihr vor Überraschung der Mund offen stehen. »Oh! Wer ist …«

»Das sind unsere Freunde«, sage ich. »Sie waren …«

»Ich habe sie in der Bucht entdeckt«, unterbricht mich Ruby. »Kann ich kurz mit dir reden, Lola? Im Haus.«

»Klar.« Als Lola an mir vorbeikommt, nickt sie mir zu. »Keine Angst«, flüstert sie. »Ich krieg das hin.«

Ich lächle sie dankbar an.

Lola reicht Floh die Teller und folgt Ruby die Leiter hinauf in ihr Haus.

Ich mache mich darauf gefasst, gleich ihre lauten, aufgebrachten Stimmen zu hören, doch es bleibt unheilvoll still.

Floh läuft zum Feuer und greift nach der Pfanne. »Die anderen sind in Sicherheit, Beau-Belle. Ist das nicht großartig?«

Belle lächelt verkrampft. Wenn man bedenkt, welche Hölle sie wegen Cariss und Jenna durchgemacht hat, sind von ihr sicher keine Jubelschreie zu erwarten.

»Wo ist Ron?«, flüstere ich Jenna zu.

Ihre Augen füllen sich erneut mit Tränen und sie weicht meinem Blick aus.

»Todd – was ist mit Ron passiert?«

Doch er schüttelt nur den Kopf.

Eine eiskalte Hand greift nach meinem Herz.

Dan legt Todd den Arm um die Schulter. »Was ist passiert, Bro'?«

»Wir haben …«, beginnt Jenna mit zittriger Stimme. »Wir haben ihn verloren.«

Todd stößt einen schrillen Jammerlaut aus und bedeckt sein Gesicht mit den Händen.

»Verloren?« Floh stellt erschrocken die Pfanne ab. »Wo denn?«

Jenna ist viel zu außer sich, um antworten zu können, sie schluchzt laut auf und kommt kaum zu Atem. Alle Blicke wandern zu Cariss.

»Im Meer«, murmelt sie. Dann kommen auch ihr die Tränen. Sie sinkt zu Boden und zieht die Knie an die Brust.

Ich keuche vor Entsetzen auf. Sofort ist Cruz neben mir und nimmt meine Hand.

Dan legt Todd den Arm um die Schulter. »Oh Mann!«

»Vielleicht ist er ja okay«, stammelt Cariss unter Schluchzen.

»Ist er nicht!«

Todds Gesicht ist nass vor Tränen. »Durch das Zeug aus dieser Flasche war er komplett weggetreten. Ich hab versucht, ihn festzuhalten, aber ich hab es nicht geschafft. Er ist abgetrieben. Ich hab gesehen, wie er …« Tod hält kurz inne und wischt sich die Tränen von der Wange. »Ich hab gesehen, wie er untergegangen ist.«

Cruz lässt meine Hand los und sieht Todd ernst an. »Du kannst nichts dafür«, sagt er leise. »Das Meer ist zu mächtig. Du hast getan, was du konntest. Dich trifft keine Schuld.«

Todd reibt sich die Augen und starrt Cruz an. Ich denke daran, wie verquer die Lage zwischen den beiden eigentlich ist, und fürchte einen schrecklichen Moment lang, dass Todd Cruz wieder angreift. Doch stattdessen nickt er nur bedächtig.

»Danke«, flüstert er.

Cruz legt ihm die Hand auf den Arm. »Schon gut.«

»Ist Ron wirklich tot?«, fragt Belle so plötzlich, dass alle zusammenzucken.

Floh hockt sich neben sie. »Es sieht ganz so aus, ja.« Ich habe ihn noch nie so ernst erlebt.

Jenna versucht, wieder eine aufrechte Haltung einzunehmen und mustert Belle. »Was ist denn mit ihr?«, flüstert sie mir zu. »Warum starrt sie so komisch vor sich hin?«

Ich rutsche näher an sie heran. »Sie sieht nichts mehr.«

Jenna schreckt zurück. »Was?«

Ich schüttle den Kopf und lege einen Finger an die Lippen.

»Was ist denn?«, fragt Cariss sofort.

»Nichts«, sagt Jenna schnell, ohne den Blick von mir zu nehmen. »Aber wieso?«, flüstert sie. »Was ist mit ihr passiert? Und wo habt ihr sie gefunden?«

»Erzähle ich dir später«, wispere ich zurück.

Jenna nickt und schenkt mir ein schmales Lächeln.

Wieder schweigen alle.

»Wie seid *ihr* eigentlich hierhergekommen?«, will Cariss schließlich von uns wissen.

»Wir sind gesegelt«, antwortet Floh.

»*Gesegelt?*«

»Womit denn?«, fragt Jenna, senkt aber gleich mit errötenden Wangen den Blick.

Als ich sie so verlegen sehe, fällt mir ihr Tagebuch ein und das Unfassbare, was ich darin gelesen habe. Ich warte darauf, dass die Wut mich überkommt, doch alles, was ich spüre, sind Erschöpfung und unfassbare Erleichterung, dass es den dreien gut geht.

»Möchte jemand Pfannkuchen?«, fragt Floh zögernd.

»Pfannkuchen?«, wiederholt Cariss ungläubig. Ihre Stimme klingt so schüchtern und schmal wie bei einem kleinen Mädchen und erinnert nicht im Geringsten an die Oberzicke, die sie eigentlich ist.

»Ja, wir wollten gerade essen, als ihr aufgetaucht seid«, antwortet Floh und nickt in Richtung Pfanne.

»Sehr gern. Bitte«, sagt Cariss kaum hörbar.

»Wir haben ein anderes Boot gefunden«, nehme ich Jennas Frage wieder auf. »Es war …«

»Und was ist mit Belle los?«, unterbricht mich Cariss.

Belle tastet suchend im Sand herum.

»Belle, alles in Ordnung?«, frage ich.

»Ich hab die Kette verloren«, murmelt sie.

Neben ihrem Fuß sehe ich im Sand etwas glitzern und lege ihr die Kette in die Hand.

Belle atmet erleichtert auf. »Danke, Grace.«

»Kein Problem.«

»Was ist mit ihr?«, wiederholt Cariss.

»Belle kann nichts mehr sehen«, sagt Floh schnell, während er den Pfannkuchen wendet. Der Duft weht zu mir herüber und trotz allem knurrt mir laut der Magen.

»Wie jetzt?«, fragt Cariss verwirrt, ohne den Blick von dem Pfannkuchen abzuwenden.

»Wissen wir nicht«, sagt Floh. »Aber ich bin sicher, dass alles wieder gut wird, wenn wir zu Hause sind und sie ins Krankenhaus kommt.«

Ich drücke Belles Hand, die zu einer Faust geballt ist.

»So, ich würde sagen, Beau-Belle kriegt den ersten Pfannkuchen«, schlägt Floh vor und reicht Belle einen Teller.

Belle tastet nach dem Pfannkuchen, und als sie ihn zum Mund führt, könnte ich wetten, dass jeder Einzelne von uns sie nachahmt, wie sie einen Bissen nimmt.

Wieder breitet sich eine unbehagliche Stille aus, die nur von einem Zischen unterbrochen wird, als Floh neuen Teig in die Pfanne gießt.

Todd macht einen Schritt auf Cruz zu.

»Ich muss mich bei dir entschuldigen«, murmelt er. »Wir hätten dein Boot nicht nehmen dürfen. Es tut mir echt leid.«

Alle Blicke ruhen auf Cruz. Für eine Sekunde zögert er, dann klopft er ihm auf die Schulter. »Schon gut. Lass uns nicht mehr darüber reden.«

Ich merke, wie alle erleichtert aufseufzen.

»Gut«, sagt Todd und sieht jetzt mich aus den Augenwinkeln an.

Ich nicke ihm zu. Auch von mir ist seine unausgesprochene Entschuldigung angenommen.

»Am besten, wir ziehen einen Schlussstrich unter alles, was bisher passiert ist«, sagt Cruz. »Wir müssen jetzt zusammenhalten, um von hier wegzukommen.«

»Amen«, sagt Dan.

Jenna schenkt mir ein kleines, hoffnungsfrohes Lächeln. Ich lächle zurück.

Nach allem, was geschehen ist, fühlt es sich richtig an, den ganzen alten Mist ruhen zu lassen.

»Das mit Belle ist aber schon merkwürdig«, wiederholt Cariss, trotz der gerade getroffenen Abmachung.

Ich stöhne innerlich auf.

Belle hört auf zu essen.

»Ich hab doch schon gesagt, wenn wir sie ins Krankenhaus bringen, wird sie wieder gesund«, sagt Floh barsch.

»Aber man erblindet doch nicht einfach ohne Grund!« Cariss baut sich vor Belle auf und starrt sie an, als wäre sie ein Ausstellungsstück in einer Freak-Show.

Belle schluchzt erneut auf und macht ein unendlich trauriges Gesicht.

»Wo ist Lola?« Michael steht mit verschränkten Armen vor seiner Hütte.

»Sie ist oben, im Haus. Mit Ruby«, antwortet Floh leicht unterkühlt.

Michaels Blick wandert zum Haus hinauf, und so großspurig er auch tut, überzieht ein Anflug von Angst sein Gesicht.

»Wer ist das denn?«, fragt Cariss.

»Er heißt Michael und ist Lolas *Freund*«, sagt Dan gedehnt und wendet den Pfannkuchen.

Michael zuckt unter den Worten kurz zusammen, doch dann schaut er wieder ängstlich zum Haus hinauf. Warum wirkt er immer so verängstigt, sobald es um Ruby geht? Vielleicht würde es sich lohnen, mal mit ihm zu reden und genau das herauszufinden …

»Wie lange seid ihr eigentlich schon hier, Lola und du?«, rufe ich ihm zu.

Michael zögert einen Moment, als würde er abwägen, ob es sich lohnt, Energie auf ein Gespräch mit mir zu verschwenden.

»Ungefähr einen Monat«, antwortet er schließlich. »Auch wenn es sich deutlich länger anfühlt«, murmelt er vor sich hin.

Mein Blick trifft Cruz. Ohne Zweifel denken wir das Gleiche. Ist Michael wegen seiner Trennung von Lola so wütend oder geht es hier um etwas anderes?

Doch bevor ich etwas erwidern kann, kommt Lola die Leiter herunter.

»Gute Neuigkeiten!« Sie springt die letzten drei Sprossen in den Sand hinunter. »Ruby sagt, dass ihr bleiben könnt.«

»Aber wir wollen doch gar nicht bleiben«, antwortet Cariss schnell.

Lola lächelt sie an. »Natürlich nicht für immer. Nur bis zur Party. Danach können euch die anderen Gäste mit dem Boot mitnehmen.«

»Was für eine Party?«, fragt Jenna.

Lola gesellt sich wieder zu uns. »Ende der Woche feiert Ruby ein großes Fest. Dafür kommen extra jede Menge Leute angereist. Das wird der Hammer!«

Wir tauschen besorgte Blicke. Die Vorstellung, nach dem, was mit Ron passiert ist, zu feiern, ist unerträglich. Ganz zu schweigen von Belles momentanem Zustand.

»Hmm«, murmelt Michael, und für einen Moment schwindet Lolas Lächeln, bevor es sich erneut auf ihr Gesicht zaubert.

»Um ehrlich zu sein: Ich glaube, wir sind alle nicht so richtig in Partylaune«, sage ich, und die anderen nicken. »Einer unserer Freunde …« Mir bricht die Stimme.

»Einer unserer Freunde ist gerade gestorben«, fährt Cariss fort.

Lola starrt uns an. »Oh mein Gott! Wie schrecklich!! Was ist geschehen?«

»Es ist passiert, als das Boot gegen einen Felsen gecrasht ist«, sage ich schnell. »Darum würden wir gern so bald wie möglich weg von hier. Wir sind schon seit Tagen verschollen und unsere Familien sind sicher krank vor Sorge.«

Lola nickt. »Klar. Aber ich fürchte, vor der Party kommt ihr trotzdem nicht weg.«

»Was?«, ruft Cariss aus und verschränkt beleidigt die Arme vor der Brust. »Warum denn nicht?«

Lola sieht zum Haus hinauf. Ich folge ihrem Blick und könnte schwören, dass hinter einem der Fenster ein Schatten vorbeihuscht.

»Ruby hat kein Boot«, erklärt Lola ruhig. »Darum ist sie ja hier – sie will keinen Kontakt zur Außenwelt. Ein Boot ist nur dann da, wenn Gäste kommen.«

Cariss verzieht das Gesicht. »Und wie organisiert sie die Besuche der Gäste, wenn sie so absolut vom Rest der Welt abgeschnitten ist?«

»Das arrangiert sie immer vorher mit ihrem Freund Carlos. Er bringt die Besucher zu vereinbarten Terminen her.«

»Und wenn es einen Notfall gibt?«, fragt Cariss. »Was, wenn sie hier wegmuss?«

Lola zuckt mit den Schultern. »So will sie es halt.«

Michael murmelt irgendetwas, woraufhin Lola ihn mit einem eisigen Blick bedenkt.

»Ihr seid doch hierhergesegelt. Können wir denn nicht mit dem Boot wegfahren, das ihr gefunden habt?«, fragt Jenna.

Ich schüttle den Kopf. »Das hatten wir vor, ja, aber für uns alle ist es nicht groß genug.«

»Vielleicht sollten dann ein paar von uns vorfahren und Hilfe holen«, sagt Cariss.

»Was, schon wieder?«, fragt Dan ungläubig. »Da bin ich voll dagegen. Wir fahren hier nur zusammen weg.«

»Ist denn das Boot, das die Gäste bringt, groß genug, um uns alle mit zurückzunehmen?«, frage ich hoffnungsvoll, worauf alle gespannt zu Lola blicken.

Sie nickt. »Ja, sicher. Carlos' Boot ist mehr als groß genug, oder, Michael?« Michael nickt abwesend.

»Rubys Freund Carlos bringt die Leute vom Festland rüber«, erklärt Lola.

»Festland?«, fragt Floh.

»Wie heißt das Festland?«, fragt Cruz sofort.

Lola lacht. »Costa Rica natürlich.«

»Costa Rica?«, fragt Cruz entsetzt.

Sein Gesichtsausdruck verwirrt Lola. »Ja, ich …«

»Wie weit ist das?«, unterbricht Cruz sie.

»Ich weiß nicht genau.« Lola tauscht einen Blick mit Michael. »Was schätzt du, Michael?«

»Keine Ahnung. Wir haben ein paar Stunden gebraucht, um herzukommen.«

Cruz sieht aus, als hätte ihm gerade jemand erklärt, dass der

Mond tatsächlich aus Käse besteht. Schockt es ihn, wie nah die Île de Sang seiner Heimat ist?

»Dann warten wir eben noch ein paar Tage«, sagt Floh und wirft Belle einen gequälten Blick zu, während er den nächsten Pfannkuchen auf einen Teller legt.

In Gedanken versuche ich, alles noch aufzuschlüsseln. Wir haben die Lodge gefunden, nur um gleich darauf zu erfahren, dass wir weiter auf der Insel festsitzen. Das macht mich mehr als nervös, vor allem wegen all dem, was Ron und Belle geschehen ist. Mir dröhnt der Kopf. Statt Hortense zu entfliehen, sagt mir mein Gefühl, dass sich ihr Netz weiter zuzieht.

# KAPITEL 7

Als auch ich endlich einen Pfannkuchen bekomme, fühle ich mich gleich etwas besser.

»Das ist so lecker«, murmle ich mit vollem Mund.

»Und ob, Schwester«, ruft Dan und leckt sich die letzten Krümel von den Lippen.

Lola lächelt mich an. »Es gibt noch mehr!«

»Ich glaube, das sind die schönsten Worte, die ich seit Langem gehört habe«, seufzt Floh.

Verwirrt sehe ich von einem zum andern. Lola wirkt so normal und so nett. Sie würde doch sicher nicht so einen glücklichen Eindruck machen, wenn mit der Lodge irgendwas nicht stimmen würde! Vielleicht macht es Ruby einem nur am Anfang schwer. Und vielleicht *ist* es hier so cool, wie Lola sagt. Und wenn das so ist, brauchen wir einfach nur die paar Tage durchzustehen, bevor wir endlich hier wegkönnen.

Die wohlige Wärme des Pfannkuchens breitet sich in meinem Körper aus. Ich gähne so heftig, dass ich das Gefühl habe, nie mehr aufhören zu können.

Lola betrachtet uns mitfühlend aus ihren grünen Augen. »Ihr seht ganz schön müde aus. Warum legt ihr euch nicht einfach hin, und ich führe euch später in der Lodge herum?«

»Schlafen«, murmelt Floh.

»In einem Bett«, ergänzt Dan träumerisch.

»Mit einem richtigen Kissen«, fügt Floh hinzu.

»Und echten Decken«, legt Dan noch nach.

Lola steht auf. »Na dann los«, sagt sie. »Die Jungs nehmen

die Hütte da drüben.« Sie zeigt auf die Hütte, in der Michael wieder einmal schmollend verschwunden ist. »Und die Mädchen die, in der ihr vorhin euer Zeug abgestellt habt.«

Cruz und ich tauschen einen wehmütigen Blick. Es war in den letzten Nächten wunderbar, in seinen Armen einzuschlafen. Jetzt aber bin ich so kaputt, dass es mir beinahe egal ist, wer bei mir in der Hütte übernachtet. Ich will mich nur noch in ein richtiges Bett fallen lassen.

Ich nehme Belles Hand. »Komm, Belle, ich helfe dir.«

Sie lächelt mich an. »Danke, Grace.«

Alle machen sich auf den Weg zur Mädchenhütte, auch Dan, Cruz und Floh, die ihre Sachen holen müssen. Jenna starrt mit aschgrauem Gesicht zu Boden. Kein Wunder. Der Schock über Rons Tod sitzt bei ihr tief. Sie ist mit ihm aufgewachsen und er hat sie regelrecht angebetet. Auch wenn sie seine Gefühle nicht erwidert hat, muss sein Verlust entsetzlich hart für sie sein.

In der Hütte begleite ich Belle zu dem Bett, das direkt neben der Tür steht. Als ich mich umdrehe, bemerke ich Cruz neben mir. Er nimmt meine Hand und verschränkt seine Finger mit meinen.

»Bis später«, flüstert er.

Ich nicke. »Schlaf gut.«

»Du auch.« Er küsst mich flüchtig und ich verspüre ein sehnsüchtiges Ziehen in meinem Bauch, als er die Hütte verlässt.

Nachdem die Jungs gegangen sind, hole ich meine Tasche und stelle sie auf das Bett neben Belles. Jenna sitzt auf meiner anderen Seite und Cariss schläft am Ende der Hütte und hat die Augen bereits geschlossen. Ich hocke mich neben Belle. Sie liegt zusammengekauert auf der Seite.

»Ist alles in Ordnung?«, flüstere ich.

»Hm, ja.«

Ich streiche ihr übers Haar. »Vergiss nicht, bald sind wir für immer hier weg und können deine Augen untersuchen lassen.

Und jetzt haben wir zumindest ein Dach über dem Kopf und etwas Richtiges zum Essen.« Ich drücke ihre Hände. Sie sind noch immer eiskalt.

Dann gehe ich zu meinem eigenen Bett und ziehe die Decke zurück. Ich kann einfach nicht glauben, dass dort, direkt vor mir, ein Kissen liegt. Ein Teil von mir möchte nicht einmal die Hand ausstrecken, um es zu berühren, für den Fall, dass es eine Wahnvorstellung ist. Jenna sitzt noch immer aufrecht da und starrt auf ihren Schoß.

Ich schlüpfe unter die Bettdecke. Bei dem Gefühl der kalten Baumwolllaken an meinen erhitzten Beinen seufze ich auf und strecke mich behaglich aus. Ich kann buchstäblich hören, wie jeder einzelne Muskel meines Körpers dankbare Jubelschreie ausstößt.

»Wow!«, flüstere ich und blicke an die Decke. Auch wenn die Luft in der Hütte beinahe genauso feucht ist wie draußen, fühlt es sich so irrsinnig gut an, auf etwas Bequemem zu liegen, dass das gar keine Rolle spielt.

»Grace!«, flüstert Jenna.

Ich rolle mich auf die Seite. »Ja?«

»Es tut mir so leid!« Die Tränen laufen ihr die Wangen hinab und hinterlassen schwarze Mascara-Spuren. In diesem Moment erinnert so wenig an die perfekte, eiskalte Jenna von früher, dass es beinahe unheimlich ist. Ich strecke die Hand nach ihr aus, und sie beugt sich über die Lücke zwischen unseren beiden Betten, um danach zu greifen. Ihre eigene Hand zittert.

»Ich dachte, wir müssen alle sterben«, flüstert sie mit tränenerstickter Stimme. »Ich dachte, ich würde dich nie wiedersehen und …«

»Was ist denn?«, fragt Cariss verschlafen.

Belle sitzt sofort aufrecht. »Ist was passiert?«, fragt sie beunruhigt und blinzelt blind durch den Raum.

Sofort springe ich auf und setze mich zu ihr. »Alles in Ordnung. Jenna hat mir nur gerade etwas erzählt. Versuch zu schlafen.«

Belle legt sich wieder mit geöffneten Augen zurück. »Kannst du einen Moment bei mir bleiben?«, flüstert sie.

»Klar«, sage ich und streiche ihr wieder übers Haar. Irgendwann schließt sie mit einem Seufzen die Augen und ich gehe zu meinem eigenen Bett zurück. Jenna hat sich auf die Seite gerollt und wendet mir den Rücken zu.

»Jenna«, flüstere ich, während ich mich hinlege. Doch sie dreht sich nicht mehr um.

Als ich später erwache, ist die Luft so feucht, dass sie zum Schneiden dick ist. Der Schweiß läuft mir über das Gesicht wie heiße Tränen. Einen Moment lang habe ich keine Ahnung, wo ich bin. Mein Mund ist staubtrocken und mein ganzer Körper scheint zu pulsieren. Ich fühle mich wie damals, als ich das erste und einzige Mal einen Kater hatte. Damals habe ich bei Jenna übernachtet. Weil wir allein zu Hause waren, hatten wir beschlossen, Cocktails zu mixen. Wir waren damals erst dreizehn und hatten nicht gerade viel Ahnung von Cocktails. Genau genommen waren wir der Meinung, man müsste einfach nur mehrere bunte Liköre in einem Shaker vermischen – ohne einen Schimmer, dass man eigentlich bestimmte Mengen und Zutaten verwendet. Und Hilfe! Am nächsten Tag mussten wir die Zeche zahlen. Es war das einzige Mal in meinem Leben, dass ich etwas ausgekotzt habe, was neonblau war.

Jenna hat sich mir mittlerweile zugewandt und schläft fest. Ihr Gesicht glänzt vor Schweiß und die Haarsträhnen kleben ihr auf der Stirn. Wieder denke ich an die Übernachtung zurück und wie viel Spaß wir dabei hatten. Wenn mir an jenem Abend jemand gesagt hätte, wie kompliziert und düster unsere Freundschaft einmal werden würde, hätte ich es nicht geglaubt. Ich frage mich, ob Jenna mir vorhin vor dem Einschlafen erzählen wollte, dass sie mit Todd geschlafen hat. Ob ich es selbst je schaffe, das Thema anzuschneiden, weiß ich nicht so recht.

Ich drehe mich auf meine andere Seite. Auch Belle schläft fest und atmet in kleinen, schnellen Stößen aus. Cariss liegt auf dem Bauch. Wie schwindelig mir ist – das kommt garantiert von der Hitze. Ganz langsam, weil ich die anderen nicht wecken möchte, stehe ich auf und schleiche zur Tür. Als ich sie aufziehen will, entdecke ich, dass dort ein Bild hängt. Zumindest denke ich das. Doch als ich mit den Fingern über das Glas fahre, um den Schmutz zu entfernen, erkenne ich, dass es ein Spiegel ist. Als ich weiterwische, erscheint nach und nach ein Gesicht, das mich fassungslos anstarrt. Mein Gesicht. Es ist, wie mein Großvater sagen würde, kaffeebraun. Meine Wangenknochen scheinen gewachsen zu sein … Nein, meine Wangen sind eingefallen und bilden Löcher, als ob jemand einen Teil meines Gesichts weggemeißelt hätte.

So schnell ich kann, blicke ich weg und stoße die Tür auf. Die Lichtung ist verwaist und die Sonne brennt mit weißen, heißen Strahlen auf die Erde. Ich laufe zur Küche hinüber, wo mein Blick sofort von einem Stoß Mangos auf dem Regal angezogen wird. Vorsichtig nehme ich eine herunter, hole ein Messer von einem Haken an der Wand und ziehe vorsichtig die Schale ab. Das Verlangen, meinen Durst zu stillen, ist so stark, dass ich ein großes Stück des leuchtend orangefarbenen Fleisches herausschneide und mir in den Mund schiebe. Als sich der Saft über meine ausgetrocknete Zunge ergießt, zittern mir regelrecht die Knie. Sofort fühle ich mich besser. Hastig verspeise ich die komplette Mango und schlecke mir anschließend die letzten Tropfen Saft von den Fingern. Gerade als ich wieder nach draußen gehen will, höre ich etwas.

»Mein Gott, jetzt sei doch nicht so naiv«, sagt eine männliche Stimme mit britischem Akzent. Michael.

»Ich bin nicht naiv«, antwortet Lola.

»Stehst du auf sie? Geht es darum?«, keucht Michael. Es klingt, als stünde er jetzt direkt vor der Küche. Ich verziehe mich in eine Ecke.

»Jetzt werd nicht kindisch«, faucht Lola. Es ist seltsam, ihre sonst so fröhliche Stimme derart aufgebracht zu hören. »Nur weil ich mit dir Schluss gemacht habe, heißt das nicht, dass ich plötzlich lesbisch bin. Du machst dich einfach nur lächerlich.«

»*Ich* mache mich lächerlich?« Michael schreit jetzt beinahe.

»Psst, du weckst die anderen auf.«

»Ist mir doch egal!« Michael lacht sarkastisch. »Gott, gerade als ich dachte, dass es hier nicht noch schlimmer werden könnte, tauchen diese hirnamputierten Schiffbrüchigen auf.«

Meine Haut prickelt vor Wut. Wenn mir von der Hitze nicht so schwindelig wäre, würde ich jetzt rausgehen und ihm ein paar Takte erzählen.

»Michael!«, seufzt Lola.

»Was?!«

»Hör zu, ich weiß, dass das alles schwierig ist. Aber wir sind nur noch ein paar Tage hier. Gleich nach der Party fahren wir nach Hause. Kannst du nicht wenigstens versuchen, dich bis dahin zivilisiert zu benehmen?«

»Ich?«, schnaubt Michael höhnisch. »Hab ich dich vielleicht überredet, wegen der blöden Party hierzubleiben? Oder dich um die halbe Welt geschleift, um mit dir Schluss zu machen?«

»Das ist nicht fair, ich …«

»Nicht fair? Ich sag dir, was nicht fair ist: Seinen Freund abzuschieben, um das Schoßhündchen von einer durchgeknallten Tussi zu werden.«

»Ruby ist nicht durchgeknallt und ich bin nicht ihr Schoßhündchen.« Lolas Stimme klingt jetzt wieder wütend und angespannt.

Michael lacht. »Ach nein? Du hast dir sogar extra für sie die Haare abgeschnitten!«

Schritte erklingen auf der Lichtung und ich atme erleichtert auf. Doch gerade als ich zur Tür gehen will, stürmt Lola in die Küche. Erschrocken taumelt sie zurück.

»Tut mir leid«, sage ich und werde puterrot vor Verlegenheit.

Lola seufzt. Sie wirkt ziemlich aufgewühlt. »Schon gut. Ich schätze, du hast alles mitgekriegt?«

Ich nicke. »Sorry, ich hatte solchen Durst, und weil niemand da war, bin ich in die Küche gegangen, um mir etwas zu holen. Ich hoffe, es war in Ordnung, dass ich mir eine Mango genommen habe?«

»Natürlich. Bedient euch einfach. Aber mir tut es leid, dass du unseren Streit mit anhören musstest. Michael ist manchmal so …« Sie bricht ab.

»Möchtest du jetzt lieber allein sein?«

»Nein!« Sie schüttelt den Kopf. »Ehrlich gesagt, hätte ich gern jemanden zum Reden. Wär das okay?«

»Klar.«

Lola lächelt mich dankbar an. »Lass uns in den Garten gehen. Da ist es ein bisschen kühler.«

Draußen ist von Michael nichts mehr zu sehen. Ich folge Lola über die Lichtung zu einem schmalen Pfad, der direkt in den Regenwald zu führen scheint.

»Es ist nicht weit«, sagt sie. »Ruby hat den Garten ganz allein angelegt. Man kommt sich vor wie im Paradies.«

Als wir den Garten erreichen, verstehe ich, was sie meint. Jeder Winkel ist mit tropischen Gewächsen und Blumen in den buntesten Farben bepflanzt. Der Anblick erinnert mich an die Farbpalette, mit der Mom abstrakte Bilder malt.

Wir lassen uns auf einer Holzbank unter einer riesigen Palme nieder. Die Palmwedel breiten sich über uns aus, sodass sie eine Art Baldachin bilden, der uns willkommenen Schatten spendet. Ich überlege noch, ob ich Lola auf das ansprechen sollte, was gerade geschehen ist, als sie selbst damit anfängt.

»Michael ist manchmal ein richtiger Kontrollfreak«, sagt sie und blickt in die Ferne. »Zu Hause hat mich das gar nicht gestört. Jeder hatte sein Leben und seine eigenen Freunde. Aber als wir dann zusammen losgezogen sind, gab es nur noch ihn und mich, vierundzwanzig Stunden am Tag. Und ich bin schier verrückt geworden.«

Ich nicke.

»Darum habe ich mich schon bald entschieden, mit ihm Schluss zu machen. Aber ich wollte warten, bis wir wieder zu Hause sind. Doch als wir hierherkamen ...« Lola stockt und blickt verträumt um sich.

»Ruby ist so inspirierend!« Ihre großen grünen Augen funkeln. »Sie bringt dich dazu, dass du ein besserer Mensch werden willst, einfach nur, weil du hier bist. Verstehst du, was ich meine?«

»Hm, ja.« Ich ahne es jedenfalls, denn genau das habe ich immer von meiner Mom gedacht – bis Dad sie verlassen hat und sie daran zerbrochen ist.

»Aber Michael wurde so eifersüchtig«, fährt Lola fort.

»Auf Ruby?«

Lola nickt. »Ich glaube, er hatte sich daran gewöhnt, dass ich immer mache, was er sagt. Es hat ihm nicht gepasst, dass ich plötzlich eine eigene Meinung hatte.« Sie lächelt. »Ich weiß, dass Ruby anfangs ziemlich abweisend rüberkommt, aber wenn du sie erst einmal richtig kennst, merkst du, was für eine tolle Frau sie ist. Dass sie hierhergekommen ist, um ihren Traum zu leben und die Lodge aufzubauen, hat mir eins klargemacht: Das Leben ist zu kurz, um seine Zeit irgendwo oder mit irgendwem zu verplempern, der einen nur unglücklich macht.«

»Oh, allerdings«, sage ich. »Das hat mich der Schiffbruch auch gelehrt.«

Lola sieht mich fragend an.

Ich atme tief durch. Warum sollte ich sie nicht ein bisschen ins Vertrauen ziehen, wenn sie so offen zu mir war? »Erinnerst du dich an den Blonden, Todd, der bei den anderen war, die Ruby gefunden hat?«

Lola nickt.

»Als wir auf die Insel kamen, waren er und ich noch ein Paar.« Ich beobachte, wie Lola eins und eins zusammenzählt und mich dann verwirrt anschaut. »Das mit uns ging erst ein paar Wochen«, füge ich hastig hinzu. »Und ich war mir sowieso unsicher, ob wir wirklich zusammenpassen. Dann habe ich Cruz getroffen.«

Lola nickt. »Den Jungen aus Costa Rica.«

»Genau.«

»Er wirkt sehr nett.«

Dummerweise nehmen meine Wangen sofort eine liebeskranke pinke Färbung an. »Stimmt. Schon als wir das erste Mal miteinander geredet haben, hat es gefunkt. Verstehst du? Es ist, als wäre er für mich geschaffen – und ich für ihn. Wenn ich mit ihm zusammen bin, brauche ich mich kein bisschen zu verstellen und kann einfach ich selbst sein.«

Lola nickt traurig. Wahrscheinlich war es nicht gerade taktvoll, jemandem, der eben erst eine heftige Auseinandersetzung mit dem Kontrollfreak-Ex hatte, von der wahren Liebe vorzuschwärmen.

»Entschuldige. Ich schätze, ich klinge wie in einem Werbespot für Brautmoden oder so.«

Lola schüttelt den Kopf. »Nein, gar nicht. Es ist schön zu hören, dass es irgendwo gut läuft. Aber wie hast du mit Todd Schluss gemacht und gleichzeitig etwas mit Cruz angefangen? Das stelle ich mir ziemlich heftig vor.«

Ich nicke. »War es auch. Aber jetzt ist es okay. Ich glaube, dieser ganze Schock – erst der Schiffbruch, dann der Tod von unserem Freund Ron – hat bei uns allen die Perspektiven verschoben.«

»Ganz bestimmt.« Lola senkt den Blick. »Das mit eurem Freund tut mir so leid. Ihr seid wirklich durch die Hölle gegangen, hm?«

Ich denke an die anderen Dinge, die geschehen sind, an all das, was ich ihr nicht erzählt habe – an Hortense. Das Wort Hölle umschreibt das Ganze ziemlich gut.

Ich seufze. »Ja, allerdings.«

»Wir kennen uns zwar kaum, aber falls du reden möchtest …«

Ich lächle sie an. »Danke.«

»Gleich als ich dich gesehen habe, habe ich gespürt, dass wir uns gut verstehen werden«, sagt Lola.

»Wirklich?«

Sie sieht verlegen zur Seite. »Ja. Und das gleiche Gefühl hatte ich bei Ruby. Als ob ich von Anfang an geahnt hätte, dass sie in meinem Leben eine wichtige Rolle spielen würde.«

»Wow. Hm, danke. Ich fand dich auch auf Anhieb nett. Und nicht nur, weil du der erste Mensch warst, den wir seit unserem Schiffbruch getroffen haben.«

Wir lachen, und es fühlt sich gut an, etwas so Normales zu tun und mit einem anderen Mädchen zu sprechen.

»Woher kommt Ruby eigentlich?«, frage ich. Jetzt ist der perfekte Zeitpunkt, mehr herauszufinden.

Doch bevor Lola antworten kann, raschelt hinter mir das Laub und ich blicke mir hastig über die Schulter. Im Bogengang steht Ruby, die Hände in die Hüften gestemmt.

»Sie stammt aus Louisiana«, sagt Ruby kühl.

# KAPITEL 8

»Entschuldigung, ich …«

Während ich mich aufrichte, beginnen meine Gedanken zu kreisen. Ruby ist aus Louisiana. New Orleans ist in Louisiana. New Orleans, der Ort, aus dem Hortense stammt und wo mein Vater mir die antike Schale gekauft hat. Die Schale, die, wie wir inzwischen wissen, früher Hortense gehört haben muss und uns alle irgendwie hierhergebracht hat. Was für ein Zufall. Es muss ein Zufall sein. Aber was, wenn alles genauso düster ist, wie es klingt?

»Und ihr? Wo kommt ihr her?«, fragt Ruby, während sie zu uns herüberkommt. Sie läuft so anmutig und aufrecht wie jemand, der sein ganzes Leben lang Ballett getanzt hat.

»Ich …« Mein Mund ist auf einmal wieder ganz trocken. »Aus Los Angeles.«

»Ach ja, natürlich.«

Was soll das heißen – *natürlich?* Wusste sie das schon? Woher denn?

»Die anderen haben es mir erzählt, als ich sie in der Bucht gefunden habe«, sagt Ruby, als ob sie meine Gedanken lesen könnte.

»Ich habe Grace gerade den Garten gezeigt«, sagt Lola. »Ich hoffe, du hast nichts dagegen.«

Ruby starrt mich mit ihren durchdringenden blauen Augen an. Ich versuche, nicht nervös zu werden.

»Sie hat mitbekommen, dass Michael und ich uns gestritten haben und hat mir danach angeboten, mich bei ihr auszuheulen.

Voll lieb.« Lola lächelt mich ermutigend an, als wolle sie sagen: *Keine Angst, ich passe schon auf, dass sie nett zu dir ist.*

Ruby sieht Lola an, und mit Erstaunen stelle ich fest, dass ihr Blick weich wird. Sie wirkt sogar regelrecht besorgt. »Was hat er denn jetzt schon wieder getan?«

»Ach, du weißt schon, das Übliche …« Lola weicht ihrem Blick aus und beißt sich auf die Unterlippe. Es scheint, als würde sie mit den Tränen kämpfen.

Ruby seufzt. »Es ist ein ungeschriebenes Gesetz, dass sich Männer von starken Frauen angezogen fühlen. Doch sobald sie sich in diese Kraft verliebt haben, überkommt sie bereits der unbändige Drang, sie zu zerstören.«

Lola nickt heftig.

Ich denke an Cruz und wie wir füreinander brennen. Es ist schwer vorstellbar, dass er meine Kraft »zerstören« möchte. Warum sollte er auch?

»Ja, Männer können sehr schwach sein«, sagt Ruby und setzt sich im Schneidersitz vor uns auf den Boden. Ich lasse mich wieder auf der Bank nieder. »Wenn sie spüren, dass ihre Macht bedroht ist, ist ihr erster Instinkt immer, blindlings um sich zu schlagen.« Sie zieht eine kleine verbeulte Dose aus einer Gürteltasche, öffnet sie mit ihren langen, eleganten Fingern und greift nach einer selbst gedrehten Zigarette und einem silbernen Feuerzeug.

»Und genau das ist passiert«, sagt Lola. »Michael war so wütend. Er hat echt bescheuerte Dinge gesagt.«

Ruby nickt, während sie ihre Zigarette anzündet. »Das war so klar.« Sie stößt eine schmale Rauchwolke aus, und ich sehe ihr nach, wie sie sich in der heißen Luft spiralförmig nach oben dreht.

»Hast du einen Freund, Grace?«, fragt Ruby auf einmal und sieht mich an.

Instinktiv schaue ich weg. Der Blick aus ihren hellen Augen

ist so durchdringend, dass ich das Gefühl habe, sie könnte meine geheimsten Gedanken sehen. »Äh … ja, ich denke schon.«

»*Ich denke schon?*« Ruby hebt fragend ihre schmalen Augenbrauen.

»Warte, bis du Grace' Geschichte gehört hast«, sagt Lola jetzt plötzlich so aufgekratzt, als würde sie gleich die neuesten Storys aus *Gossip Girl* zum Besten geben. »Das ist echt nicht ohne.«

Mein Gesicht beginnt zu brennen. »Ach, ich weiß nicht, ob …«

»Was denn?«, unterbricht Ruby mich barsch.

In meiner Fantasie sehe ich mich eine der Weinranken ergreifen, die über dem Garten hängen, und an ihr davonschwingen wie Tarzan. Doch bevor ich überhaupt irgendwie reagieren kann, hat Lola Ruby bereits mit einem detaillierten Bericht über mein Privatleben versorgt.

»… und dann hat sie Cruz kennengelernt«, schließt sie ihren Bericht.

»Cruz?«, fragt Ruby.

»Den Jungen aus Costa Rica, den mit den dunklen Locken.«

»Ach den.«

»Und es war Liebe auf den ersten Blick.«

»Das habe ich nicht gesagt«, korrigiere ich hastig. Hilfe, wie peinlich wird das denn noch?

Lola lächelt mich an. »Ach komm, ich hab euch zwei doch zusammen erlebt. Es ist unübersehbar.«

Ohne mich dagegen wehren zu können, strahle ich – auch wenn ein Teil von mir Lola noch immer diesen spontanen Tratsch verübelt.

»Wie romantisch!«, sagt Ruby in herablassendem Ton.

Das reicht. Ich habe definitiv genug von diesem sehr speziellen Mädchengespräch. »Ich gehe dann mal zurück – nachschauen, ob die anderen schon wieder wach sind«, sage ich und stehe auf.

»Warum hat sich eure Gruppe eigentlich getrennt?«, fragt Ruby und lässt einen perfekten Ring in die Luft steigen. Wir schauen ihm nach, wie er davonschwebt.

»Was meinst du?«, frage ich, obwohl ich sie genau verstanden habe. Doch ich versuche, Zeit zu gewinnen, um mir eine Antwort zu überlegen.

»Warum habt ihr euch aufgeteilt?«, fragt Ruby wieder, so ungeduldig, als würde sie mit einem Kleinkind reden.

»Die anderen haben sich Sorgen um Ron gemacht«, sage ich und bin schon in der Hocke. »Es ging ihm nicht gut und sie wollten ihn zu einem Arzt bringen.« Bei dem Gedanken an Ron wird mir so flau, dass ich mich wieder hinsetze. Auch wenn er mich oft genervt hat, streckt mich die Vorstellung, dass er wirklich tot ist, zu Boden.

»Und ihr wart alle dafür, dass sie das Boot nehmen?«

»Klar.« Ich sehe Ruby direkt an. Wenn ich als Erste wegschaue, weiß sie, dass ich lüge.

»Aha.« Ruby bläst mir den Rauch ins Gesicht. Noch immer blinzle ich nicht. »Und woher habt ihr das Boot, mit dem ihr hergekommen seid?«

»Das haben wir gefunden.«

»Auf der Insel?«

»Ja.« Ich warte darauf, dass sie fragt wo. Doch stattdessen schaut sie mich nur weiter an. Ihr Blick hat etwas an Härte verloren. Jetzt betrachtet sie mich, als könnte ich vielleicht doch von Interesse sein.

»Gut.« Sie springt auf. »Ich muss zu den Kühen«, sagt sie zu Lola. »Bis später dann.«

Sprachlos sehe ich ihr nach, wie sie davonschwebt.

»Ist sie nicht unglaublich?«, fragt Lola strahlend.

»Hmm, vermutlich.« Jetzt stehe ich endgültig auf. Ich muss zu Cruz und ihm erzählen, was gerade vorgefallen ist. »Wollen wir zurückgehen?«

Lola nickt und erhebt sich ebenfalls. »Klar. Und danke, Grace, für vorhin. Es hat gutgetan, mit dir über Michael zu reden.« Sie blinzelt verträumt. »Man muss doch seinem Herz folgen, oder? Wenn sich etwas nicht mehr richtig anfühlt, muss man es doch beenden?«

Ich lächle sie an. »Absolut.«

In der Lodge steht Floh vor der Hütte der Jungs und streckt sich. Als er uns entdeckt, winkt er uns zu.

»Ich mache mal für alle Saft«, sagt Lola und läuft zur Küche.

»Gracie, wo warst du denn?« Floh springt zu mir herüber.

»In Rubys geheimem Garten«, sage ich.

»Machst du Witze?« Floh stemmt mit gespielter Entrüstung die Hände in die Hüften. »Oh mein Gott, ein Garten! Gibt es dort auch Blumenbeete, eine Terrasse und einen Springbrunnen?«

Ich schüttle lachend den Kopf. »Nein, aber um ehrlich zu sein, habe ich gar nicht so richtig darauf geachtet. Ich war viel zu sehr mit Lola in ein Gespräch über Michael vertieft – bis Ruby aufgetaucht ist.«

»Ruby? Mit ihrem Mach-mich-an-und-ich-bring-dich-um-Blick?« Floh bleibt vor Schreck der Mund offen stehen. »Hast du ernsthaft mit ihr *geredet?*«

»So was in der Art.« Jetzt, wo ich wieder bei Floh bin, kommt mir die Begegnung mit Ruby nicht mehr ganz so dramatisch vor.

»Was ist passiert? Wie war sie denn?«

»Nicht gerade das, was du als *warmherzig* bezeichnen würdest. Und Männer mag sie, glaube ich, nicht besonders.«

Floh runzelt die Stirn.

»Hetero-Männer jedenfalls«, füge ich schnell hinzu. »Bei dir könnte das etwas anderes sein.«

»So ein Glück!« Floh grinst. »Mit diesem tollen Afrolook ist sie schließlich genau mein Typ!«

»Tja, da würde ich mir lieber keine allzu großen Hoffnungen

machen.« Hastig blicke ich um mich, um sicherzugehen, dass Ruby nicht wieder plötzlich aus dem Nichts auftaucht.

»Jimmy!« Wir zucken zusammen, als Belles Schrei über die Lichtung schallt. Irgendwo im Regenwald kreischt ein Papagei, als würde er sie nachahmen. »Jimmy! Grace! Wo seid ihr?«

Ich sehe Floh alarmiert an. »Komm, schnell!«

Wir rennen zur Mädchenhütte hinüber. Belle sitzt mit schweißgetränktem Gesicht und Haar auf dem Bett.

Jenna richtet sich gerade verschlafen auf.

»Jimmy!«, keucht Belle.

»Es ist alles gut, Süße, ich bin hier.« Floh eilt zu ihr.

Ich lasse mich auf der anderen Seite des Bettes nieder. »Ist alles in Ordnung?«

»Ich hatte einen schrecklichen Albtraum.«

Vorsichtig nehme ich ihre Hand. »Schon gut. Jetzt bist du wach. Wir sind bei dir.«

»Könntet ihr vielleicht mal leise sein?«, faucht Cariss von der anderen Seite der Hütte. Sie liegt noch immer auf dem Bauch und hat sich das Kissen über den Kopf gezogen. Jenna lächelt mich entschuldigend an. Ich lächle zurück. Dieser Eiertanz, den wir beide miteinander aufführen, fühlt sich merkwürdig an, aber ich schätze, so ist es immer noch besser als vorher.

»Und, Belle, wollen wir uns etwas zu trinken holen? Du bist total verschwitzt«, sagt Floh.

Belle schweigt einen Moment, nickt dann aber.

Hilflos sehe ich zu, wie Floh sie aus der Hütte bugsiert.

»Was war denn nun mit ihr, als sie verschwunden war?«, flüstert Jenna. Sie hat die Knie an die Brust gezogen wie ein kleines ängstliches Mädchen.

Ich lasse mich auf meinem eigenen Bett nieder. »Ich weiß nicht genau, was passiert ist. Wir haben sie in einer Höhle gefunden.«

»In einer Höhle?« Jennas Augen weiten sich vor Schreck.

»Ja. Im Inneren des Vulkans.«

Jenna schüttelt ungläubig den Kopf. »Ihr wart beim Vulkan?«

Ich nicke.

»Was hat sie dort gemacht?«

»Sie war bewusstlos und …« Ich stocke, unsicher, ob ich den eigenartigen Altar erwähnen sollte, auf dem wir sie gefunden haben.

»Was?«

»Sie lag auf einer Art Altar.« Vermutlich würde Jenna es ohnehin irgendwann von einem der anderen hören.

Jennas Blick wird panisch. »Was? Wie ein Menschenopfer?«

»Vielleicht.«

»War dort noch jemand?«

»Ja.« Ich denke an die dröhnenden Schritte, die wir gehört haben, als wir auf die Höhle zugelaufen sind. »Aber wer auch immer es war, ist weggerannt, als wir gekommen sind.«

»Und als sie wieder aufgewacht ist, war sie blind?«

»Ja – nein. Nicht sofort. Erst heute Morgen, als sie die Augen geöffnet hat, konnte sie nichts mehr sehen.«

»Oh mein Gott, die arme Belle.«

Ich betrachte Jennas Gesicht, suche nach einem Zeichen dafür, dass das ironisch gemeint war, aber ihr Entsetzen wirkt aufrichtig.

»Und ihre Mom …« Jennas Stimme zittert. »Ich kann einfach nicht glauben, dass Ron tot ist, Grace. Ich kann nicht glauben, dass er nicht mehr wiederkommt.«

Ich gehe zu ihr und nehme sie in den Arm. Es fühlt sich merkwürdig an. Wie in einem Film, bei dem die bisher so gute Hauptfigur in Wirklichkeit der Mörder ist. Ich habe das Gefühl, Jenna nicht mehr zu kennen.

»Es tut mir so leid«, keucht sie in meine Schulter. »Es tut mir alles so furchtbar leid.«

»Schon gut«, sage ich sanft.

»Ich war so eine blöde Kuh.«

»Ach, komm.«

»Nein, du verstehst nicht.« Sie sieht mich tränenüberströmt an. »Ich war so mies zu Ron, und jetzt ist er tot, und ich kann mich nicht mehr mit ihm aussprechen. Aber bei dir habe ich noch eine Chance.«

Sofort graut mir vor dem, was mich erwartet.

»Ich bin eine schreckliche Freundin.«

Ich warte.

»Ich habe etwas getan. Bevor wir losgefahren sind. Etwas ganz, ganz Furchtbares.«

Mein Brustkorb scheint enger zu werden, engt mein Herz ein wie ein Korsett. »Was denn?«

»Ich habe mit Todd geschlafen.«

Für einen Moment bleibt mir die Luft weg. »Ich weiß.«

# KAPITEL 9

Jenna starrt mich an. Ihre Augen glänzen vor Tränen. »Du weißt das?«

»Ja.«

»Aber woher?«

Ich schaue zur Seite. »Das spielt keine Rolle.«

»Hat Todd es dir erzählt?«

Ich schüttle den Kopf.

»Aber sonst weiß doch niemand davon.«

»Hey, wollt ihr was trinken?«

Wir drehen uns um. Lola steht in der Tür, so gut gelaunt und sorglos, dass ich mir vorkomme wie achtzig.

»Und ob – wir kommen in einer Minute«, sage ich.

Lola sieht uns für einen Moment verwirrt an.

»Ich will mich nur schnell umziehen«, erkläre ich.

»Ah, okay.« Sie lächelt und tritt wieder nach draußen.

»Hat sie irgendetwas von trinken gesagt?«, fragt Cariss und sitzt plötzlich aufrecht.

Ich nicke.

Cariss springt auf und läuft zur Tür – wo sie auf einmal einen durchdringenden Schrei ausstößt.

Sofort bin ich auf den Füßen. »Was ist?«

»Um Gottes willen!« Cariss weicht von der Tür zurück und schlägt sich die Hand vor den Mund.

Jenna reibt sich die Augen und steht auf. »Was ist denn?«

Cariss zeigt mit zitternden Fingern auf die Tür. »Ein Spiegel«, keucht sie. Mit offenem Mund dreht sie sich zu uns um.

»Ich sehe abscheulich aus!« Verzweifelt blickt sie sich in der Hütte um. »Kann man sich hier irgendwo frisch machen?«, fragt sie. »Am besten sofort?«

»Weiß ich nicht«, sage ich, aber als ich ihren panischen Blick bemerke, füge ich schnell hinzu: »Vermutlich ja.«

»Frag doch einfach das englische Mädchen«, schlägt Jenna vor.

Doch Cariss ist schon draußen.

»Es tut mir so leid«, flüstert Jenna, kaum dass sie weg ist.

Ich setze mich wieder auf mein Bett. Jenna lässt sich auf ihrem nieder und spielt mit der ausgefransten Kante ihrer Decke. »Ich war eifersüchtig«, sagt sie leise.

»Auf wen?«

»Auf dich.«

*Soll das ein Witz sein?*

Jenna zieht einen Faden aus der Decke und wickelt ihn sich um den Finger. »Ich mochte Todd schon so lange, und ich konnte einfach nicht glauben, dass ihr plötzlich zusammen wart.« Sie spielt weiter mit dem Faden. »Es hat überhaupt keinen Sinn gemacht. Mädchen wie du sind nicht mit Typen wie Todd zusammen.«

Sofort verkrampft sich alles in mir. »Was soll das heißen?«

»Na ja, du bist so …« Jenna scheint nach Worten zu suchen, die »Mädchen wie mich« zwar beschreiben, aber nicht beleidigen. »… intelligent. Und umsichtig.«

Aha, mit anderen Worten: langweilig. Ich sehe sie an, aber sie weicht meinem Blick aus.

»Und er hat richtig verliebt gewirkt«, fährt Jenna fort. »Da bin ich durchgedreht. Vor allem, als du – du weißt schon – nicht mit ihm schlafen wolltest.«

Ich stöhne innerlich auf. Dieses Gespräch ist für meine Gefühle so, als würde man mir einen Verband abreißen und Salz auf eine offene Wunde streuen.

»Warum trinken wir nicht erst mal was? Es macht keinen Sinn, das jetzt durchzukauen, es …«

»Doch«, unterbricht Jenna mich. »Ich muss es dir erklären. Bitte, Grace.«

Ich seufze. »Also gut.« Bereit, alles möglichst schnell über mich ergehen zu lassen, senke ich den Blick.

»Eines Abends habe ich Todd an der Tankstelle getroffen. Er war gerade bei dir gewesen und auf dem Weg nach Hause. Er war ziemlich wütend, ihr hattet euch gestritten, und ich …«

»Du hast ihm eine Schulter zum Ausweinen angeboten«, murmle ich. Ich weiß genau, welcher Abend das war. Todd war bei mir gewesen, weil wir die Tangoschritte noch einmal durchgehen wollten, und hat auf einmal einige merkwürdige zusätzliche Bewegungen erfunden – obwohl meine Mom im Nebenzimmer war. Als ich ihm gesagt habe, dass er sich zurückhalten soll, hat er mich plötzlich beschimpft. Ich sei genauso wie seine Schwester Ingrid, alles müsse immer nach meiner Nase gehen. Und dann ist er wütend abgerauscht. Später hat er mich angerufen und sich entschuldigt. Er hat ziemlich kleinlaut geklungen. Und ich habe seine Entschuldigung angenommen. Ein bisschen hat er mir sogar leidgetan, als er damit anfing, wie schwer es sei, mit Ingrids Magersucht zu leben. Aber anscheinend hat er mir diese tränenreiche Geschichte nur aufgetischt, um seine Schuld zu kaschieren.

Jenna beginnt wieder zu weinen, aber ich rühre mich nicht vom Fleck. Genau zu hören, wie sich ihr Verrat abgespielt hat, verursacht mir Übelkeit. »Es tut mir so leid«, schluchzt sie. »Aber falls es ein Trost ist: Er hat nur mit mir geschlafen, weil er so wütend auf dich war. Gleich danach war er eiskalt. Als ob er realisiert hätte, was für ein Riesenfehler es war. Das hat mich aber nur noch eifersüchtiger gemacht. Weil du es warst, die er wirklich wollte, und ich nur eine, mit der er schläft und die er dann wegschickt. Es war wie … wie …«

Ich nicke. Ich weiß, was sie sagen will.

*Es war genau wie bei ihrem Dad, der sich für Taylor entschieden hatte statt für sie.*

Zuerst will ich sie anschreien: *Deshalb hättest du noch lange nicht mit ihm schlafen müssen*, doch sie wirkt so verzweifelt, dass meine Wut verraucht und ehrlichem Mitleid weicht. Unsere Freundschaft kann nie wieder so werden, wie sie war – dafür ist zu viel passiert. Aber das ist nicht das Ende der Welt. Vielleicht wächst man manchmal aus einer Freundschaft heraus wie aus einem Kleid und muss das einfach akzeptieren.

Ich lege den Arm um sie. »Lass gut sein, Jenna. Es spielt keine Rolle mehr.« Und komischerweise glaubt ein Teil von mir das wirklich. Weil es sich so anfühlt, als würde Jenna über eine andere Welt reden, ein anderes Leben. Sie ist nicht die Einzige, die sich verändert hat – auch ich bin nicht mehr dieselbe.

Die anderen sitzen um das Feuer in der Mitte der Lichtung und trinken gierig aus Bechern, die Lola immer wieder aus einem Tonkrug nachfüllt. Als Jenna und ich näher kommen, stellt Cariss ihren Becher ab.

»Kann ich mich jetzt bitte waschen?«, fragt sie finster.

Lola lächelt sie geduldig an. »Natürlich. Wenn alle ausgetrunken haben, bringe ich euch zum Wasserfall. Hey, Grace, nimm dir einen Becher.«

Sobald Cruz mich entdeckt, kommt er zu mir und legt mir eine Hand auf den Rücken, wodurch sich der ganze Stress wegen Jenna und Todd in Wohlgefallen auflöst. Ich lächle ihn an. Vermutlich ist das Gute daran, aus etwas herauszuwachsen, dass es die Chance eröffnet, in etwas Besseres hineinzuwachsen. Ich nehme Lola eine Tasse ab und lasse den Saft meine Kehle hinabrinnen. Er fühlt sich auf meiner Zunge an wie flüssiger Samt.

»Erzähl mal, was ist das für ein Wasserfall?«, fragt Floh neugierig.

Lola grinst. Zwischen den Schneidezähnen hat sie eine kleine Lücke, womit sie – nicht zuletzt auch wegen ihrer kurzen Haare – aussieht wie ein frecher kleiner Junge. »Der Wasserfall ist einfach der Hammer. Wie die private Mega-Dusche von Mutter Natur.«

»Oh Mann, genau das, was ich brauche«, sagt Dan seufzend.

Lola blickt von einem zum anderen. »Möchtet ihr, dass ich euch jetzt hinbringe?«

Ein Chor aus begeisterten Ja!-Schreien erschallt über die Lichtung, sogar von Belle. Todd ist der Einzige, der nicht einstimmt – er blickt deprimiert zu Boden.

»Hast du vielleicht Shampoo für trockenes Haar?«, meldet sich Cariss plötzlich. »Am besten mit Seidenpeptiden?«

»Das darf nicht wahr sein!« Dan verdreht die Augen.

»Du verstehst das nicht, meine Haare sind total ruiniert!«, zischt Cariss.

»Deine Haare sind ruiniert?« Todd richtet sich auf. »Deine Haare sind ruiniert?«, wiederholt er.

Cariss erhebt sich ebenfalls. »Ja, und wie! Von dem ganzen Salzwasser und von der Sonne, es ist …«

»Ron ist tot!«, schreit Todd. »Und du kannst nur an deine verdammten Haare denken?«

»Entschuldigung.« Cariss weicht erschrocken zurück. Sie wirkt tatsächlich so, als würde sie dieses eine Mal etwas bereuen.

Mit klopfendem Herzen lege ich Todd die Hand auf den Arm. Er reißt sich von Cariss los und blickt mich mit wildem, rasendem Blick an. Ihn so zu sehen, macht mir Angst.

»Ist schon gut«, beruhige ich ihn. Auch wenn die Gesamtsituation im Moment alles andere als gut ist.

Todd atmet heftig ein und aus, als ob er gerade gerannt wäre. »Ich gehe wieder ins Bett«, sagt er schließlich und läuft zu seiner Hütte zurück.

Ich wechsle einen unsicheren Blick mit den anderen.

»Soll ich ihm nachgehen?«, fragt Dan.

Cruz bedeutet ihm zu bleiben. »Nein, lass ihn lieber allein. Er braucht Zeit – Zeit, mit dem klarzukommen, was passiert ist.«

Dan nickt.

Wir stehen noch eine Weile wortlos herum, bevor einer nach dem anderen losgeht, um Handtücher zu holen. Dann führt uns Lola den Weg zur Lagune entlang. Keiner sagt ein Wort, und ich weiß, dass alle an Ron denken – als würde eine riesige Gedankenblase über uns hängen wie eine dunkle Wolke. Kurz vor dem Fluss schlägt Lola einen schmalen Weg durch die Bäume ein. Ein dichtes Netz aus Lianen bildet über unseren Köpfen ein spinnennetzartiges Dach. Die Sonne bahnt sich ihren Weg und wirft punktförmige Strahlen vor uns auf den Boden.

Cruz und ich bilden das Ende der Gruppe. Er drückt fest meine Hand und lehnt sich an mich. Als ich gerade denke, dass er mich küssen will, flüstert er mir ins Ohr: »Ich muss mit dir reden!«

Ich nicke. »Ich auch mit dir.«

»Heiliger Strohsack!«, ruft Floh von ganz vorne. Als auch wir das Ende des Weges erreichen, wird mir klar, was er meint. Wir stehen vor einer Miniaturausgabe der Lagune. Auf einer Seite strömt Wasser eine steile Felswand hinunter und sammelt sich schäumend in einer Art kleinem See. Das Ganze wirkt so einladend, dass ich nur staunend den Mund aufreißen kann. Als wir wieder aus unserer Trance erwachen, rasen alle über die Felsen, reißen sich die Klamotten bis zur Unterwäsche vom Leib und springen nacheinander ins Wasser.

Dan stößt einen Freudenschrei aus, bevor er unter der schäumenden Oberfläche verschwindet.

Ich lasse mich von einem der Felsen am Rand hineingleiten. Das kühle Wasser schwappt gegen meine Haut und blubbert wie in einem Whirlpool – ein großartiges Gefühl.

Floh führt Belle langsam zum See. Als sie sich hineinsinken lässt, wird ihr angespanntes Gesicht weich und sie lächelt.

Cariss stellt sich direkt unter den Wasserfall. Durch die Kraft des Wassers klebt ihr das Haar platt am Kopf. Lola lacht.

»Kommst du nicht rein?«, ruft Floh.

»Nein, ist nicht nötig, danke. Ich war heute Morgen schon hier.« Sie bückt sich und reicht mir ein Plastikdöschen. »Nimm was von dem Shampoo«, sagt sie. »Ruby macht es aus Sheabutter – es duftet einfach himmlisch.«

Ich stelle das Döschen neben mich und öffne es. Eine cremig-weiße Flüssigkeit leuchtet mir entgegen. Als ich meine Fingerspitzen eintauche und daran schnuppere, fühle ich mich in unser Badezimmer zu Hause versetzt, zu meiner Mom – es riecht wie eines ihrer Bade-Öle. Ein warmes Gefühl durchströmt mich und ich muss lächeln.

»Magst du es?«, fragt Lola.

»Und wie.« Ich tauche mit dem Kopf unter, verteile dann etwas Shampoo auf meinen Haaren und seife mich ein. Mit geschlossenen Augen sauge ich den Duft in mich auf und stelle mir vor, dass ich zu Hause bei meiner Mom bin, am Badewannenrand sitze und endlos mit ihr über Gott und die Welt plaudere.

Auf einmal spüre ich, dass sich hinter mir jemand im Wasser bewegt. »Ich glaube, du brauchst meine Hilfe«, flüstert Cruz mir leise ins Ohr.

Ich drehe mich zu ihm um. Das nasse Haar hängt ihm in kleinen schwarzen Locken ins Gesicht. »Ach ja?«

»Natürlich! Oder wie willst du da hinten hinkommen?« Er massiert mir sanft den Kopf. Es fühlt sich großartig an.

»Wow, du kannst Leben retten und auch noch Haare waschen? Hast du noch mehr Talente, von denen ich wissen sollte?«, witzle ich.

»Du hast ja keine Ahnung!«, sagt er, legt mir den Arm um die Taille und zieht mich an sich.

Als ich über Cruz' Schulter nach hinten blicke, bemerke ich, dass Jenna uns anstarrt. »Lass uns zum Wasserfall gehen.« Ich nehme Cruz' Hand und durchquere mit ihm den See.

Lola hatte recht – der Wasserfall braust auf uns herab wie die absolute Powerdusche. Neben uns hilft Floh Belle vorsichtig dabei, sich die Haare zu waschen. Sie legt den Kopf zurück und seufzt erleichtert auf. Cariss massiert sich mit beiden Händen wie manisch die Kopfhaut.

Nach einer Weile schüttle ich meine Haare aus und trete wieder unter dem Wasserfall hervor. Cruz strahlt mich an. »Du bist wunderschön«, wispert er mir ins Ohr. Und zum ersten Mal in meinem Leben habe ich das Gefühl, dass das tatsächlich wahr sein könnte.

Wir bleiben so lange in der Gumpe, bis meine Fingerspitzen so schrumpelig sind wie Rosinen. Es ist, als hätte das Wasser einen magischen Ort geschaffen, an dem wir glücklich und entspannt sein können und uns keine Gedanken über all die furchtbaren Dinge machen müssen. Ich habe das Gefühl, dass keiner von uns diesen Zauber brechen und in die Wirklichkeit zurückkehren möchte. Doch als die Sonne über dem See untergeht und golden schimmernd hinter den Bäumen verschwindet, lösen wir uns schließlich vom Wasser und ziehen uns wieder an.

Zurück in der Lodge sehen wir, dass über dem lodernden Feuer ein Topf aus Metall hängt. Ein köstlicher Duft aus Kräutern und Gewürzen erfüllt die Luft. Jetzt, wo die Sonne untergegangen ist, ist auch die Luftfeuchtigkeit nicht mehr so extrem, und unsere Gespräche schallen über die Lichtung wie Vogelgezwitscher. Erst als ich zur Mädchenhütte gehe, um mein Handtuch abzulegen, bemerke ich Michael, der mit einem Block auf dem Schoß im Schneidersitz dahockt. Der Boden um ihn herum ist mit Stiften in verschiedenen Farben übersät.

»Hi«, sage ich, als ich auf seiner Höhe bin.

Er nickt, sieht aber nicht von dem Block auf.

Sollte ich noch mehr sagen? Nein, vielleicht ist es am besten, ihn nicht zu bedrängen. Im Vorbeigehen spähe ich zu ihm hinunter, und was ich da sehe, lässt mich ruckartig stehen bleiben.

Michael hat ein makellos schönes Mädchen gezeichnet. Zwar wallt prinzessinnenhaftes Haar ihre Schultern herab, aber trotzdem erkennt man an den Katzenaugen, dass es ein Bild von Lola ist. So muss sie ausgesehen haben, bevor sie sich die Haare abgeschnitten hat. Ich gehe schnell weiter, damit er nicht bemerkt, dass ich ihn beobachtet habe. Er muss sie immer noch sehr lieben, wenn er sie so zeichnet. Und ohne Zweifel ist er ein talentierter Künstler. Schade, dass er sich immer so bescheuert aufführt.

Nachdem wir unsere Handtücher aufgehängt haben, versammeln wir uns um das Feuer. Dan hat Todd dazu gebracht, sich zu uns zu gesellen. Lola spielt Chefköchin, sie steht über dem köstlich riechenden Topf gebeugt und rührt um. Ich schätze, dass Ruby das Essen aufgesetzt hat, auch wenn sie jetzt nirgends zu sehen ist. Neben Cruz und mir sitzen Todd und Dan, daneben Floh und Belle. Jenna hockt mir direkt gegenüber, neben Cariss.

»Ich hab eine Frage«, sagt Cariss auf einmal zu Lola. »Wie kann diese Ruby Leute in die Lodge einladen, wenn sie die Insel nicht verlassen und mit niemandem Kontakt aufnehmen kann?«

Lola rührt weiter. »Sie hat Freunde auf dem Festland. Die laden die Gäste in ihrem Namen ein. So sind auch Michael und ich hergekommen. Wir haben in einem Internetcafé ihren Freund Carlos kennengelernt, und er hat uns gefragt, ob wir mitkommen wollen.«

»Wie? Einfach so?« Cariss starrt sie durchdringend an.

Dieses eine Mal ärgert mich ihre Direktheit nicht. Denn genau das möchte ich schließlich auch wissen.

Lola hört seufzend auf zu rühren. »Wir haben ihm von unserer Reise erzählt, und als ich gesagt habe, dass ich noch nirgends eine so schöne Landschaft gesehen habe wie in Costa Rica, hat er gemeint, dass das nichts sei gegen diese Insel.« Lola sieht uns verträumt an. »Und er hatte recht.«

»Er hat euch also einfach so eingeladen?«, fragt Cariss.

»Ja.«

Cariss runzelt die Stirn. »Klingt ein bisschen merkwürdig.«

»Es klingt vielleicht merkwürdig, aber ich kann dir versichern, dass es das nicht ist.« Eine Stimme – Rubys Stimme – schallt über die Lichtung.

Alle Köpfe fliegen herum. Ruby tritt aus dem Schatten heraus und kommt auf uns zu. Sie trägt ein langes enges Kleid mit grün-blauem Muster. Als sie näher ans Feuer tritt, schimmert der Stoff so hell, dass sie mich an einen Papagei erinnert.

»Ich vertraue Carlos blind«, sagt Ruby und schaut auf Cariss hinab. »Er ist einer meiner engsten Freunde – er weiß genau, welche Art von Leuten ich gern hier habe. Und genau die bringt er her.«

»Ach, wirklich?«, antwortet Cariss schnippisch. »Und was sind das für Leute?«

»Leute, denen die Abgeschiedenheit von der Welt etwas gibt. Leute, die ähnlich über das Leben denken wie ich. Leute, die mich nicht zu Tode nerven.« Ruby starrt Cariss an. »Verstehst du, was ich sagen will?«

Dieses eine Mal schweigt Cariss. Sie nickt missmutig in Rubys Richtung und wendet den Blick ab.

# KAPITEL 10

Alle beobachten stumm, wie sich Ruby zwischen Michael und Lola niederlässt und automatisch zum »Anführer« des Kreises wird. Michael rutscht leicht zur Seite und starrt auf das Feuer.

»Die Suppe ist gleich fertig«, sagt Lola und rührt ein letztes Mal um.

Ruby nickt, ohne etwas zu erwidern. Aus den Augenwinkeln blicke ich zu Cruz. Er zuckt mit den Schultern und zieht ein amüsiertes Gesicht, wodurch ich den völlig unpassenden Drang verspüre, loszulachen.

Lola teilt Schalen mit tiefroter Suppe aus, voll mit Mais, grüner Paprika und schwarzen Bohnen. Schon nach einem Löffel strahlt der durchdringende Chiligeschmack bis zu meinen Zehenspitzen aus.

Ein Chor aus »Hmms« und »Aaahs« erschallt durch die Dunkelheit, als wir alle anfangen, die Suppe gierig hinunterzuschlingen.

»Ich denke, es ist Zeit für eine Austauschrunde«, sagt Ruby nach einer Weile. Sie ist die Einzige, die nichts isst, sie sitzt nur da und beobachtet uns aus ihren blassblauen Augen. Ihr Rücken ist so gerade, als hätte sie ein Lineal verschluckt.

»Eine was?«, fragt Floh, der Belle mit Suppe füttert.

»Eine Austauschrunde«, wiederholt Lola. Ihre Augen funkeln vor Vorfreude. »Das haben wir auch gemacht, als Michael und ich hierherkamen. Es ist eine coole Art, sich kennenzulernen.«

»Wir kennen uns doch schon«, murmelt Cariss.

»Aber wir euch nicht«, sagt Ruby sofort. »Und ich möchte die Leute kennen, die hier bei mir sind.«

Cariss seufzt, sagt aber nichts.

»Und wie funktioniert das?«, fragt Floh.

»Wir teilen abwechselnd etwas mit dem Rest der Gruppe«, erklärt Lola und stellt ihre leere Schüssel vor sich auf den Boden.

»Etwas Persönliches«, fügt Ruby hinzu. »Damit wir erfahren, wer ihr wirklich seid.«

»Also Wahrheit oder Pflicht ohne Pflicht?«, fragt Floh.

Wir tauschen unbehagliche Blicke. Ich glaube kaum, dass einer von uns scharf darauf ist, schon wieder Wahrheit oder Pflicht zu spielen.

»Wahrheit oder Pflicht ist ein Spiel für Kinder«, sagt Ruby abschätzig. »Die Austauschrunde ist was für Erwachsene.« Sie zieht Tabak und Blättchen aus ihrer Gürteltasche. »Ich denke, dieses Mal sollten wir ein Thema haben.«

»Ein Thema?«, fragt Lola.

»Ja.« Ruby häuft Tabak auf eins der Blättchen. »Wir werden uns über unsere wichtigsten Inspirationsquellen austauschen.«

Michael schnaubt sarkastisch auf, womit er sofort alle Aufmerksamkeit auf sich zieht.

»Ist alles in Ordnung, Michael?«, fragt Ruby und beginnt, ihre Zigarette zu drehen. Die silbernen Ringe an ihren langen, dünnen Finger glänzen im Licht des Feuers.

Lola wirft Michael einen Blick zu und schüttelt beinahe unmerklich den Kopf.

»Oh ja«, sagt Michael mit gespielter Freundlichkeit. »Alles ist absolut perfekt.«

Dann starrt er so genervt zu Boden, dass ich mich frage, was in aller Welt Lola je an ihm gefunden hat – er benimmt sich wie ein verzogener Fünfjähriger.

»Gut«, sagt Ruby. »Also, wer möchte anfangen?«

»Sollen wir Menschen nennen, die uns inspiriert haben, oder

kann es auch eine Sache sein, zum Beispiel ein Kunstwerk?«, fragt Floh.

»Einfach deine wichtigste Inspirationsquelle«, wiederholt Ruby leicht genervt.

»Okay. Danke.« Floh wirft mir einen verzagten Blick zu.

Cruz stellt seine Schüssel ab und nimmt meine Hand. Als er beginnt, mit dem Daumen Kreise in meine Handfläche zu malen, klopft mein Herz sofort schneller. Doch dann bemerke ich, dass Ruby uns beobachtet, und jedes Gefühl verstummt. Für jemanden, der ein Chill-out-Camp für Hippies leitet, hat sie ein ziemliches Talent, Leute nervös zu machen.

»Ich fange an«, sagt Lola freudig, worauf alle anderen erleichtert aufatmen.

Sie hockt sich auf die Knie und starrt ins Feuer. Das flackernde Licht betont ihre Wangenkochen und sie sieht aus wie eine verzauberte Elfe. »Also, wenn ihr mich gefragt hättet, wer oder was mich am meisten inspiriert hat, bevor ich herkam, hätte ich eine Frau namens Jenny Thomson genannt.«

Cariss gähnt übertrieben und lenkt den Blick in den Regenwald.

»Sie hat in dem Heim gearbeitet, in dem ich aufgewachsen bin«, sagt Lola selbstvergessen.

»Was denn für ein Heim?«, fragt Jenna.

»Eins für Kinder, die keine Familie mehr haben«, erklärt Lola.

»Ein Waisenhaus also?«, sagt Floh mit großen Augen.

Lola nickt. »Ja, so in der Art.« Sie senkt den Blick. »Meine Eltern sind bei einem Autounfall gestorben, als ich sieben war. Sie waren schon ziemlich alt, und es gab keine anderen lebenden Verwandten mehr. Ich weiß nicht, was ohne Jenny aus mir geworden wäre.« Lola lächelt wehmütig. »Sie gehört zu den Menschen, die ganz viel Wärme und Liebe ausstrahlen, versteht ihr? Bei ihr habe ich mich sicher gefühlt, obwohl meine ganze Welt in Trümmern lag. Jedenfalls hat es sich damals für mich so angefühlt.« Lola wischt sich eine Träne aus den Augen. Es tut weh, sie so traurig zu erleben. Am liebsten würde ich ihr sagen, dass alles gut ist, und dass sie heute genauso liebevoll und warmherzig ist wie diese Jenny damals.

»Und welche Inspirationsquelle ist heute für dich bedeutend?«, fragt Floh leise.

Lola sieht ihn verwirrt an.

»Du hast gesagt, dass es früher Jenny gewesen wäre«, sagt Floh. »Wer ist es jetzt?«

Michael hüstelt betont.

Lola ignoriert ihn. »Jetzt ist es Ruby.« Sie dreht sich zu ihr um und lächelt sie an. »Du hast mir in so kurzer Zeit so viel beigebracht. Und mir wirklich etwas mitgegeben, um ein besserer und stärkerer Mensch zu werden.«

»Ach komm!« Michael stellt scheppernd seine Schüssel ab, sodass der Löffel dagegenklackert.

»Was?«, pampt Lola zurück.

»Du klingst, als wärst du in einer dieser billigen Talkshows.«

»Warum erzählst du uns denn nicht, wer dich inspiriert, Michael?«, sagt Ruby und lässt den Zigarettenrauch aus ihrem Mundwinkel quellen.

Michael starrt ins Feuer. »Salvador Dalí«, murmelt er schließlich.

»Gute Wahl«, sagt Cruz anerkennend und lässt meine Hand los. »Ich finde seine Werke auch großartig. Malst du denn selbst?«

Michael nickt und nimmt sogar Blickkontakt mit Cruz auf. »Ja.«

»Er hat wirklich Talent«, bestätigt Lola, und obwohl er sich ihr gegenüber wie ein totaler Idiot verhalten hat, klingt sie stolz. »Du solltest ihnen deine Bilder zeigen.«

Michael starrt zurück zum Feuer. »Hm.«

»Welches Bild von Dalí gefällt dir am besten?«, fragt Cruz.

»Die Beständigkeit der Erinnerung«, antwortet Michael prompt.

»Ah ja, die berühmten zerfließenden Uhren«, sagt Cruz grinsend. »Das gefällt mir auch.«

Jetzt lächelt Michael Cruz sogar an. »Ich kann mich noch genau erinnern, wann ich es zum ersten Mal gesehen habe. Ich war noch ein Kind und war total von den Socken, dass es auch Bilder ohne Obstkörbe gibt. Oder welche, auf denen das Obst zerfließt.«

Cruz lacht. »Genau, es können sogar Tiger rausspringen, wie in dem Gemälde mit dem Granatapfel.«

Michael grinst jetzt fröhlich, wodurch er ganz anders wirkt als sonst – so, als wäre er nett.

Ich lächle Cruz an und verspüre Stolz, dass er es geschafft hat, diese Seite von Michael hervorzuzaubern.

»Danke, Michael«, sagt Ruby knapp. »So, wer ist der Nächste?«

»Ich«, sagt Cariss schnell. Sie setzt sich aufrecht hin und räuspert sich, als ob sie eine Rede an die Nation vorbereiten würde. »Die größte Inspirationsquelle aller Zeiten ist für mich mein Daddy«, sagt sie mit einer zitternden kleinen Stimme, die ich noch nie an ihr gehört habe. Ich schätze, wenn sie das Ganze von einem Script ablesen würde, hätte dort als Anweisung gestanden *»Mit Ehrfurcht sprechen«*.

Dan seufzt auf und Floh sieht mich mit einem Blick an, der »Schwachsinn im Anflug« zu bedeuten scheint.

»Mein Daddy ist eine Hollywood-Ikone«, sagt Cariss und sieht Ruby herausfordernd an. »Isaac Swayne? Du hast sicher schon von ihm gehört.«

Rubys Gesicht zeigt keine Regung.

*»Skrupelloser Polizistenmörder? Ein Schritt, und ich schieße?«*, zählt Cariss auf und wirkt dabei ziemlich pikiert, dass Ruby noch immer nicht reagiert. Schließlich räuspert sie sich und wirft

Dan einen trotzigen Blick zu. »Egal. Er inspiriert mich nicht nur, weil er so ein guter Schauspieler ist, sondern auch wegen seiner bemerkenswerten Lebenseinstellung.«

Dan erwidert ihren Blick. »Ach ja?«

»Allerdings. Einmal, als er seinen Text für *Tödliche Rache 3* noch nicht komplett konnte, ist er zu unserem Ferienhaus in Aspen gefahren und hat Thanksgiving ganz allein verbracht.«

Dan verzieht das Gesicht. »Und das findest du gut? Warum denn?«

Cariss seufzt auf. »Für seinen Erfolg lässt er sich eben nicht aufhalten. Nicht einmal von seiner Familie.«

Fassungslose Stille breitet sich aus.

»Er tut auch viel Gutes«, fährt Cariss beinahe verzweifelt fort. »Einmal hat er sogar seinen halben Kaffee weggegeben, an einen Obdachlosen. Einen aus Afghanistan.«

»Interessant«, sagt Ruby gelangweilter als je zuvor. Dann schaut sie plötzlich mich an. »Was ist mit dir, Grace? Wer oder was ist deine größte Inspirationsquelle?«

Sofort läuft es mir kalt den Rücken hinunter. Warum fragt sie gerade mich?

Ich atme tief durch, um mich zu sammeln. »Ich denke, mein Grandpa«, sage ich zögernd. »Natürlich gibt es viele berühmte Leute, die ich bewundere, aber mein Grandpa ist der Einzige, der immer mit mir durch dick und dünn gegangen ist. Und er hat diese Gabe, die allerbesten Ratschläge in einem einzigen Satz zusammenzufassen.« Ich stelle mir vor, wie mein Grandpa auf der Terrasse hinter seinem Haus sitzt und mit der Pfeife zwischen den Zähnen eine Angelschnur in den See auswirft, und muss lächeln.

»Kannst du uns ein Beispiel geben?«, fragt Lola.

»Oh. Na ja … Da war diese Zeit, als meine Eltern sich gerade getrennt hatten und ich in South Carolina bei meinem Grandpa war, während sie sich um das Haus und die ganzen Dinge gestritten haben.« Der Schmerz von damals erfasst mich erneut, als ich daran zurückdenke. Cruz legt mir eine Hand auf den Rücken und ich atme tief durch. »Wir sind zusammen angeln gegangen, und obwohl ich kein Wort über meine Eltern verloren hatte, muss mein Grandpa gespürt haben, wie schlecht es mir ging, denn plötzlich sagte er wie aus dem Nichts: ›Nur weil die Sonne nicht scheint, heißt das nicht, dass sie nicht da ist, Grace‹.« Vor Verlegenheit beginnt mein Gesicht zu glühen. Ich hätte das nicht erzählen sollen, niemandem, es ist zu persönlich. So aus dem Zusammenhang gerissen, klingt es platt.

»Das ist wunderschön.« Lola lächelt mich warm an. Floh und Dan nicken zustimmend, und Cruz streicht mir über den Rücken. Sofort schwindet meine Verlegenheit und macht Dankbarkeit Platz.

»Kapier ich nicht«, sagt Cariss. »Wenn die Sonne nicht da ist, ist sie nicht da.«

»Oh doch«, sagt Jenna. »Bloß hinter einer Wolke.«

»Und nachts?« Cariss blickt zum dunklen Nachthimmel hinauf. »Die Sonne scheint doch jetzt nicht, oder? Weil sie nicht da ist, sondern in Japan oder so.«

»Ich glaube, es ist nicht wörtlich gemeint«, sagt Ruby und lächelt mich tatsächlich an. »Danke, Grace. Wer ist der Nächste?«

»Ich«, sagt Dan grinsend.

Floh stupst mich an und flüstert: »Was glaubst du? Tupac oder Notorious B.I.G.?«

Grinsend schaue ich zu Dan. Sein Blick ist gesenkt, er wirkt nachdenklich.

»Wahrscheinlich ist es Shakespeare«, sagt er schließlich.

»Shake-wer?«, prustet Floh los.

»Shake*speare*«, antwortet Dan.

Floh nimmt seinen Hut ab und starrt ihn an. »Du meinst den legendären englischen Schriftsteller? Der von ›Romeo, Romeo, warum bist du Romeo?‹«

»Jepp.«

Cariss schüttelt ungläubig den Kopf.

»Und warum?«, fragt Ruby und sieht Dan durchdringend an.

»Echt, ich war mir sicher, dass du einen deiner geliebten Rapper nennst«, sagt Floh.

»Shakespeare *ist* der bedeutendste Rapper der Geschichte«, antwortet Dan. »Niemand kann Wörter so miteinander verknüpfen wie er.«

»Soll ich dich mit einem Sommertag vergleichen?«, sagt Ruby, ohne den Blick von Dan zu nehmen.

»Er ist wie du so lieblich nicht und lind«, antwortet Dan und lacht sie an. »Dein ew'ger Sommer doch soll nie verrinnen.«

Ruby lächelt, und für einen Moment ist es, als hätte sie ihre Maske fallen gelassen. Sie wirkt jünger und menschlicher.

»So, wer jetzt?« Ruby reißt sich von Dan los und blickt in die Runde.

»Ich«, sagt Floh eifrig. Er setzt sich seinen Hut auf und zieht ihn sich keck zurecht. »Meine Inspirationsquelle ist der legendäre Fred Astaire.« Verträumt blickt er ins Feuer. »Als ich den Film *Osterspaziergang* zum ersten Mal gesehen habe, hat es mein Leben für immer verändert. Ich war nicht in der Schule, weil ich krank war, und zum Trost hat meine Mom erlaubt, dass ich ihn anschaue – normalerweise durfte ich nicht fernsehen«, fügt er achselzuckend hinzu. »Meine Eltern waren der Meinung, es würde der Vorstellungskraft schaden.« Er lachte. »Ironischerweise hat dieser Film meine Vorstellungskraft so angeheizt wie nichts zuvor. Nach diesem Tag habe ich nur noch davon geträumt, ein Tänzer wie Fred Astaire zu werden.«

»Und das bist du heute auch«, sage ich lächelnd.

»Na ja, annähernd vielleicht.« Floh lacht. »Dieses Spiel gefällt mir. Sehr sogar! Wie ist es mit dir, Beau-Belle? Wer hat dich inspiriert?«

»Meine Mom.« Sobald sie es ausgesprochen hat, beißt sie sich schon auf die Lippe.

Floh drückt sanft ihre Schulter. »Und warum?«, fragt er leise.

»Weil … weil sie immer mein Fels war.« Belle schließt seufzend die Augen.

Ruby hebt die Brauen. Ob amüsiert oder interessiert, kann ich nicht sagen.

Lola beugt sich vor und streicht Belle über die Hand, woraufhin sie dankbar lächelt.

Ruby steht auf. Alle warten darauf, dass sie etwas sagt.

»Schlafenszeit«, verkündet sie. »Das Leben in der Lodge beginnt früh. Lola wird euch morgen zeigen, was zu tun ist.« Sie wendet sich ab, um zu gehen, blickt dann aber noch einmal zurück in Dans Richtung. »Es war interessant, euch alle kennenzulernen«, sagt sie.

»Aber du hast uns deine Inspirationsquelle noch nicht genannt«, ruft Dan ihr nach.

»Mutter Erde«, ruft sie, bevor sie über die Lichtung läuft, die Leiter hinauf, bis sie von ihrem seltsamen Haus verschluckt wird.

Dan pfeift durch die Zähne.

Alle springen auf.

»Wir müssen bei Sonnenaufgang mit der Arbeit anfangen«, erklärt Lola, während sie die Schüsseln einsammelt. »Keine Sorge, ich komme und wecke euch.«

»Schläfst du nicht bei uns in der Hütte?«, frage ich.

Sie schüttelt den Kopf. »Nein, ich schlafe jetzt im Haus.«

»Ja, sie schläft mit unserem Guru«, sagt Michael mürrisch.

Selbst im Licht des Feuers ist zu erkennen, dass Lola rot wird. »Ruby hat mir angeboten, bei ihr oben zu wohnen, wenn die anderen Gäste weg sind«, erklärt sie. »Damit ich mich nicht so allein fühle.«

Michael murmelt etwas Unverständliches und stapft zur Jungshütte hinüber. Cruz nimmt meine Hand und zieht mich zur Seite.

»Komm zum Wasserfall, wenn die anderen eingeschlafen sind«, flüstert er. »Wir müssen reden.«

# KAPITEL 11

Erst als ich im Bett liege, gegen die Müdigkeit ankämpfe und darauf warte, dass die anderen einschlafen, fällt mir auf, dass Jenna ihre Inspirationsquelle nicht verraten hat. Merkwürdig, die alte Jenna hätte es genossen, im Mittelpunkt zu stehen. Ich gehe den Abend in Gedanken noch einmal durch. Ruby mag zwar Hippie-Königin spielen, weiß dafür aber ganz genau, wie sie die Herzen der Menschen erreicht. Es war wirklich interessant zu hören, von wem sich die anderen inspirieren lassen. Interessant und in manchen Fällen auch absolut erstaunlich. Wer hätte gedacht, dass Dan so ein Shakespeare-Fan ist?

Als Jenna, Belle und Cariss langsam ruhig werden und nur noch regelmäßiges Atmen zu hören ist, erhebe ich mich aus dem Bett und tapse auf Zehenspitzen durch die Hütte. Vorsichtig stupse ich die Tür auf und spähe hinaus. Die Lichtung liegt in absoluter Dunkelheit. Der Himmel ist von dichten Wolken bedeckt, die nicht einen Strahl des Mondscheins hindurchlassen. Rubys Haus thront über der Lichtung und neigt sich leicht nach rechts.

Immer noch auf Zehenspitzen schleiche ich über die Lichtung, doch als ich die Stelle erreiche, von der aus der Weg zum Wasserfall abzweigt, drehe ich fast wieder um. Es ist stockdunkel im Wald, und ich bin mir nicht sicher, ob ich mich dort ohne Licht zurechtfinde. Doch die Vorstellung, ein bisschen Zeit mit Cruz allein zu verbringen, wiegt das Risiko auf.

Als ich den halben Weg hinter mir habe, knackt neben mir ein Zweig. »Hallo?« Ich drehe mich um. Keine Antwort. Kalte

Angst überfällt mich mit bleierner Kraft. Ein Schatten huscht über den Weg. Was immer es war, es kann höchstens einen Meter groß gewesen sein, vielleicht ein Affe? Ich atme tief durch und laufe weiter.

Hoffentlich ist Cruz schon da. Die Vorstellung, allein im Dunkeln am See zu sitzen, ist nicht gerade einladend. Endlich höre ich das Rauschen des Wasserfalls – Gott sei Dank, ich bin richtig gelaufen. Dem Geräusch folgend erreiche ich schließlich die Lichtung.

»Cruz?«, flüstere ich, auch wenn er mich über das dröhnende Wasser hinweg nicht hören könnte. Ich spähe ins Dunkle. Was soll ich jetzt machen? Hier bei den Felsen stehen bleiben oder im See auf ihn warten? Ich beschließe, hineinzusteigen – vielleicht fühle ich mich dann nicht ganz so ausgeliefert. Hastig schlüpfe ich aus T-Shirt und Shorts, klettere über die Felsen und lasse mich ins Wasser gleiten. Jetzt, in der vergleichsweise frischen Nacht, fühlt es sich warm an und noch wohltuender als vorhin. Ich hole tief Luft und sinke unter die Oberfläche. Als ich wieder auftauche, fasst eine Hand nach meiner Schulter. Nur mit absoluter Selbstbeherrschung schaffe ich es, einen lauten Schrei zu unterdrücken. Ich wirble herum – und sehe Cruz' Silhouette direkt hinter mir.

»Ich hätte fast einen Herzinfarkt gekriegt«, zische ich.

»Komm her!«, flüstert er.

Er nimmt mich in die Arme. Unsere Lippen berühren sich, vermischen sich mit dem warmen Wasser.

Er drückt mich fest an sich. »Ich hab dich so vermisst«, seufzt er an meinem Ohr. »Diese blöde Mädchen-Jungs-Hütten-Geschichte gefällt mir gar nicht. Ich will immer mit dir in meinen Armen einschlafen.«

»Ich auch mit dir«, sage ich. »Aber was sollen wir machen?«

»Ich hab dir so viel zu sagen.« Er streicht mir das nasse Haar aus dem Gesicht. »Den ganzen Tag über hab ich es für mich behalten, aber jetzt, wo wir endlich allein sind, möchte ich dich eigentlich nur küssen.«

»Ich dich auch. Warum machen wir es nicht einfach abwechselnd?«

»Abwechselnd?«

»Ja, erst reden wir ein bisschen, dann küssen wir uns. Dann reden wir weiter und küssen uns danach wieder.«

Cruz lacht. »Sehr schön. Aber warum küssen wir uns nicht zehn Mal, wenn wir geredet haben? Dann sagen wir wieder etwas und küssen uns zwanzig Mal?«

»Einverstanden!« Ich lasse den Blick über den Wasserfall schweifen. »Und, was hältst du von dem Ganzen hier? Vor allem von Ruby?«

»Das sind zwei Fragen. Eine nach der anderen.«

Ich lache. »Okay, also, wie findest du es hier?«

Cruz seufzt. »Ach, ich weiß nicht. Natürlich ist es besser als auf der anderen Seite der Insel, so viel steht fest, aber …«

»Du hast trotzdem immer noch ein ungutes Gefühl?«, beende ich den Satz für ihn.

»Ja. Ein ziemlich ungutes Gefühl. Zum Beispiel ist es absolut unmöglich, dass wir so nah an Costa Rica sind.«

»Wie meinst du das?«

»Lola hat doch gesagt, dass es nur ein paar Stunden von hier entfernt ist.«

»Hm, ja.«

»Aber das ist nicht möglich. Wir können um nichts in der Welt meiner Heimat so nah sein. Es sei denn …«

»Es sei denn was?«

»Der Sturm, der uns hierhergebracht hat, hatte irgendeine magische Kraft.«

Ich blicke zu Boden. »Hortense.« Sofort stellen sich mir die Nackenhaare auf.

»Okay, jetzt müssen wir uns zehn Mal küssen«, sagt Cruz in

gespielt fröhlichem Tonfall. Ganz offensichtlich versucht er, die Stimmung zu heben.

Er küsst mich im Nacken und wandert mit seinen Lippen bis zu meinem Kinn. Der sechste Kuss trifft meinen Mund, und danach höre ich auf zu zählen.

Schließlich reißt Cruz sich los.

»So, was wolltest du als Nächstes sagen?«

Ich bin so benommen von all den Küssen, dass ich erst einmal tief durchatme, um zu mir zu kommen. »Ruby. Was hältst du von ihr?«, flüstere ich.

»Bei ihr habe ich auch so ein ungutes Gefühl«, flüstert Cruz zurück.

»Ich hab herausgefunden, dass sie aus Louisiana stammt.«

Er runzelt die Stirn. »Louisiana?«

»Ja, und in Louisiana liegt New Orleans – woher eine gewisse Voodoo-Königin stammt.« Ich versuche, cool zu bleiben. »Klar, das könnte alles Zufall sein, aber seltsam ist es trotzdem.«

Cruz nickt und kleine Wassertröpfchen fallen von seinem Haar auf mein Gesicht. »Hast du etwas von Hortense gehört, seit wir hier sind?«

»Nein, gar nichts.«

»Und der Geruch?«

»Auch nichts.«

»Das ist ja schon mal was.«

»Ja, hoffentlich. Glaubst du, es könnte eine Verbindung zwischen Hortense und Ruby geben – weil sie beide aus Louisiana sind?«

Cruz zuckt mit den Schultern. »Ich weiß nicht …«

»Wir müssen mehr über sie herausfinden.«

»Das werden wir«, flüstert Cruz. »Aber zuerst müssen wir ein paar Küsse nachholen.« Er legt seine Hände auf meine Schultern und zieht meinen BH-Träger herunter. Ich verspüre ein so tiefes Verlangen, dass es mich von innen aufzufressen scheint.

»Eins«, murmelt Cruz und küsst meine nackte Schulter. Dann bewegt er seine Hand zu meinem BH-Verschluss. Als er aufgeht, habe ich das Gefühl, dass mir das Herz stehen bleibt. »Zwei«, flüstert er und küsst meine andere Schulter, während er sanft meinen BH abstreift. Er beugt sich vor, legt ihn auf den Steinen ab und zieht mich wieder an sich zieht. Das Gefühl, wie sich unsere nackten Brustkörbe aneinanderpressen, ist unglaublich. Sein Mund küsst hungrig meinen und ich greife in sein Haar. Ein Drang baut sich in mir auf, der so stark ist, dass ich wild werde wie ein Tiger. Als Cruz mit seinen Fingern über meine nackten Brüste streicht, kann ich mich gerade noch beherrschen, nicht loszubrüllen. Er hebt mich hoch und ich schlinge meine Beine um ihn. All meine Angst, all meine Unbeholfenheit werden durch meine Sehnsucht nach ihm überdeckt. Seine Hand wandert meinen Schenkel hinauf zu meiner Unterhose – und da erstarre ich.

»Ich kann nicht«, höre ich mich selbst schüchtern und ängstlich in sein Ohr wispern.

Sofort wandert seine Hand zu meiner Taille zurück.

»Tut mir leid.« Ich lege meinen Kopf an seine Schulter und wünsche nichts mehr, als dass ein Wirbelsturm aufzieht, der mich auf der Stelle von hier fortträgt.

»Nein, mir tut es leid«, flüstert er zärtlich. »Ich war zu schnell.«

Ich wickle meine Beine von seinem Bauch und lasse meine Füße nach unten sinken.

»Alles okay?«, fragt er besorgt.

Ich nicke, auch wenn ich beinahe sterbe vor Verlegenheit. Ich bin total durcheinander. Noch vor wenigen Sekunden wollte ich Cruz mit jeder Faser meines Körpers. Warum mache ich also so ein Theater? Doch eigentlich ist es nicht so schwer, den Grund zu erraten. Ich habe noch nie mit einem Jungen geschlafen. Und ich will nicht, dass dabei etwas schiefgeht. Ich möchte mir gar nicht vorstellen, wie unerträglich es wäre, nicht zu wissen, was ich tun soll. Vielleicht sollte ich das einfach zugeben.

»Ich fühle mich nicht so gut«, höre ich mich schließlich sagen.

»Oh nein.« Cruz streicht mir übers Haar. »Was ist denn?«

»Ich glaube, ich bin einfach übermüdet, das alles ist irgendwie zu viel für mich«, murmle ich.

*Nenn ihm den wahren Grund!*, schreit meine innere Stimme, doch ich ignoriere sie. Ich bin vom Tiger zur Maus zusammengeschrumpft. »Vielleicht sollten wir zurückgehen«, sage ich niedergeschlagen.

Die gesamte Anspannung der vergangenen Tage drückt mich zu Boden, als ob sie auf einen Moment wie diesen gewartet hätte, um zuzuschlagen.

»Vielleicht sollten wir ... aber vielleicht auch nicht.« Cruz nimmt unter Wasser meine Hand. »Weißt du noch, was ich zu dir gesagt habe? In dem Tunnel, als wir das Boot gefunden haben?«

Ich nicke und traue mich nicht, etwas zu erwidern, aus Angst, dass das Schluchzen, das sich in meinem Hals anstaut, ausbricht.

»Ich liebe dich«, flüstert er und drückt meine Hand fester. »Hast du eine Ahnung, wie oft ich das in meinem Leben zu jemandem gesagt habe, der nicht zu meiner Familie gehört?«

Ich schüttle den Kopf.

»Noch nie«, erklärt er. »Und ich habe auch noch nie so etwas gefühlt. Und ich kann es nicht erklären. Es macht mir Angst und ...«

»Warum?« Was er gerade gesagt hat, schockt mich so sehr, dass ich meine Verlegenheit vergesse.

»Warum was?«

»Warum macht es dir Angst?«

Er wendet den Blick ab. »Weil du vielleicht nicht das Gleiche fühlst«, sagt er schließlich so leise, dass ich ihn über das Rauschen des Wassers hinweg kaum hören kann. Doch ich höre ihn, und ich könnte losjubeln vor Freude.

»Aber das tue ich doch!« Wie zur Bestätigung drücke ich seine Hand. »Und wie. Und wie.«

Cruz fängt an zu strahlen. »Wirklich?«

»Ja, du verrückter Kerl. Das ist so ungefähr das Einzige, bei dem ich mir im Moment sicher bin.«

Er lacht. »Ich auch.«

Ich hole tief Luft. »Es tut mir leid, dass ich eben so hysterisch war. Es ist nur ... ich hab noch nie ... Ich hab noch nie mit jemandem geschlafen und ich ... ich hab einfach Angst, dass ich etwas falsch mache.«

Ich schließe die Augen, als ob ich damit meine Verlegenheit auslöschen könnte. Doch es nützt nichts. Selbst die Innenseite meiner Lider fühlt sich an, als würde sie erröten.

Cruz lässt meine Hände los und legt beide Arme um mich. »Du könntest gar nichts falsch machen. Niemals«, flüstert er. »Aber es ist noch zu früh.« Er küsst mich so sanft auf den Mund, dass ich am liebsten losgeheult hätte. »Wir haben noch viel Zeit«, sagt er und drückt mich fester an sich.

Ich nicke und schließe die Augen. *Aber haben wir wirklich viel Zeit?*, flüstert meine innere Stimme.

# KAPITEL 12

Als ich zu meiner Hütte zurückgehe, verwandelt sich der schwarze Himmel gerade in einen blauen, und im Regenwald krächzen die ersten Papageien. Cruz und ich haben in den Felsen über dem See eine Nische gefunden und dort stundenlang gelegen, uns geküsst und geredet.

Ich schaue zur Jungshütte hinüber und winke Cruz zum Abschied zu. Dann schlüpfe ich durch die Tür und schleiche zu meinem Bett. Ich strecke mich aus und seufze auf. Doch obwohl mein Körper froh ist, sich ausruhen zu können, beginnen meine Gedanken wieder zu kreisen. Warum habe ich das Gefühl, dass uns erneut etwas Schlimmes bevorsteht? Warum kann ich die Lodge nicht als das annehmen, was sie ist? Die Gedanken verstummen nicht, bis sie sich schließlich in einem heißen und dämmrigen Schlaf verlieren.

Bald darauf werde ich von einem Husten geweckt. Ich öffne die Augen. Blasses Licht strömt durch die Spalten der Bambuswände. Wieder dieses Husten. Ich drehe mich um. Jenna liegt auf dem Rücken und starrt an die Decke.

»Alles okay?«, flüstere ich.

Sie sieht mich mit verweintem Gesicht an.

»Jen, was ist denn?« Ich stütze mich auf meinem Arm ab.

Doch sie schüttelt den Kopf, als wolle sie sagen *Komm bloß nicht näher*. »Ich weiß nicht mehr, wer ich bin«, flüstert sie.

»Was meinst du?«

»Es ist, als ob früher alles Sinn gemacht hätte und jetzt nicht mehr.«

»Aber wir sind bald wieder zu Hause, und dann kann alles wie früher werden.«

Jenna senkt ihren Blick. »Was, wenn ich das gar nicht will?«

»Was meinst du?«

Doch bevor Jenna antworten kann, öffnet sich die Tür und Lola platzt herein.

»Guten Morgen«, ruft sie fröhlich. Sie trägt ein enges bauchfreies Top und eine Hipster-Cargohose, die ihren gebräunten Bauch und die leicht hervorstehenden Hüftknochen gut zur Geltung bringt. Ihr Haar ist unter einem blau-weißen Tuch verborgen. Sie sieht großartig aus, vor allem wenn man bedenkt, dass es *unfassbar früh* am Morgen sein muss. »Zeit für die Arbeit«, sagt sie und lächelt mich herzlich an. »Wie habt ihr geschlafen?«

»Super«, sage ich, was nicht einmal gelogen ist – die kurze Zeit, die ich geschlafen habe, war wirklich erholsam.

Belle bewegt sich und murmelt irgendetwas.

»Geht es dir gut, Belle?«, frage ich und setze mich schnell auf.

»Was ist los?«, stöhnt sie.

Ich gehe zu ihr hinüber. »Wir müssen aufstehen«, sage ich leise.

»Wollt ihr was trinken, bevor wir loslegen?«, mischt sich Lola ein. »Wasser? Saft?«

»Saft wäre toll«, antworte ich. »Möchtest du Saft, Belle?«

Belle nickt und setzt sich ebenfalls auf.

»Ich wecke dann mal die Jungs«, sagt Lola und verschwindet hinter der Tür.

Cariss liegt auf dem Rücken und schläft, eine Socke auf dem Gesicht wie eine Schlafbrille. »Cariss, Zeit aufzustehen.«

»Sehr witzig«, murmelt sie.

»Absolut nicht. Die morgendlichen Pflichten rufen.«

»Mich nicht.«

Einen Seufzer kann ich mir nicht verkneifen. »Okay, wie du willst.«

Ich gehe zu meinem Bett zurück und durchwühle meine Tasche nach etwas, was halbwegs sauber und nicht völlig zerknittert ist. Schließlich entscheide ich mich für ein ärmelloses Oberteil mit »University of South Carolina«-Aufdruck und hellblauen Jeansshorts.

»Ich glaube zwar nicht, dass ...«, fängt Jenna an.

Ich drehe mich zu ihr um, doch sie senkt sofort den Blick. Es ist komisch, sie so schüchtern zu erleben.

»Könntest du mir etwas zum Anziehen leihen? Ich habe meine ganzen Sachen verloren.«

»Klar.« Ich hole etwas aus der Tasche, was auch halbwegs unknittrig ist – ein taubenblaues Sommerkleid. Auf der Vorderseite sind zwei winzige süße Vögel aufgestickt.

»Hey, ich weiß noch, wann du das gekauft hast«, sagt Jenna lächelnd. »Wir waren zusammen shoppen.«

Ich lache. »Ja, und ich hab mir außerdem noch diese bescheuerte Bluse mit dem pinkfarbenen Kragen gekauft, die ...« Ich verstumme, und Jenna wendet den Blick ab. Sie weiß genau, was ich sagen wollte – dass ich die bescheuerte Bluse mit dem pinkfarbenen Kragen gekauft habe, weil ich an jenem Abend Todds Eltern kennenlernen sollte. Ich seufze. Wird das jetzt immer so gehen? Dass Fettnäpfchen in Form von Todd-Anekdoten unsere Gespräche stören?

Belle sitzt noch immer regungslos auf ihrem Bett. »Kommst du klar, Belle? Oder brauchst du Hilfe?«

»Schon o.k.«, sagt sie, doch ich gehe zu ihr. Hinter mir höre ich, wie Jenna ein Schluchzen zurückhält.

Als alle angezogen sind, versammeln wir uns um die Reste des Feuers. Lola schenkt jedem von uns einen Becher Saft ein. Ich beobachte, wie Cariss gierig nach ihrem greift und muss lächeln: Ganz offensichtlich hat der chronische Durst sie überzeugt, ihre Abneigung gegen die frühmorgendliche Arbeit zu überwinden.

»Ruby will später Gumbo kochen. Das ist ein deftiger Eintopf«, sagt Lola, an die Jungs gewandt. »Könntet ihr dafür Meeresfrüchte fangen?«

»Oh, cool!«, ruft Dan aus. »Gumbo ist echt krass lecker!«

»Kann Grace auch mitkommen?«, fragt Cruz. »Sie ist Weltmeisterin im Angeln.« Als er mich ansieht, spüre ich sofort die Energie zwischen uns fließen, die uns wie ein unsichtbares Band verbindet.

Aber Lola schüttelt den Kopf. »Tut mir leid. Ruby will, dass alle Mädchen sie begleiten.«

Michael schnaubt los. »Wundert mich nicht.«

Lola blitzt ihn an. »Was soll das denn heißen?«

Er schabt mit dem Fuß auf dem Boden und weicht ihrem Blick aus. »Sie will ihrem neuen gutgläubigen Anhängertrupp sicher ihren Emanzenscheiß predigen.«

»Michael!« Lola blickt nervös zum Haus hinauf.

»Hey!« Ich mache einen Schritt auf ihn zu.

»Was?«

Ich spüre, wie ich vor Wut rot werde. »Du hast kein Recht, so über uns zu reden.«

Cruz legt mir eine Hand auf die Schulter.

Michael seufzt. »Sorry.«

Doch wie eine Entschuldigung klingt es nicht.

»Michael, kannst du den Jungs zeigen, wo die Angelsachen liegen?«, fragt Lola, in Anbetracht der Umstände erstaunlich freundlich.

»Klar, kommt mit«, knurrt Michael den Jungs zu und führt sie zu einer der kleineren Hütten. Cruz nimmt meine Hand und verschränkt seine Finger mit meinen. »Bis später«, flüstert er mir zu und küsst mich sanft auf den Mund. Ich seufze auf. Wie gern würde ich mit ihm gehen, auch wenn ich dann Michael in Kauf nehmen müsste.

Kaum haben die Jungs die Lichtung verlassen, taucht Ruby

auf. Sie trägt eine Jogginghose und ein kariertes Hemd, das sie vor ihrem gebräunten Bauch zusammengeknotet hat. Wie Lola trägt sie ein Tuch über dem Haar. Ohne den Heiligenschein aus Afro-Locken wirken ihre Augen riesig und ihre Wangenknochen rasiermesserscharf. »Gut« ist alles, was sie sagt.

Cariss hebt seufzend die Brauen. Jenna starrt zu Boden. Sie hat ihr strohiges Haar zu einem Zopf zusammengenommen, ihr ungeschminktes Gesicht wirkt fleckig vor lauter Weinen. Neben mir reibt sich Belle seufzend die Augen. Ich drücke ihr beruhigend den Arm.

»Okay, lasst uns gehen«, sagt Ruby da auch schon.

Wir folgen ihr den Weg entlang, der zum Garten führt, laufen daran vorbei und weiter, bis sich der Pfad zu einer mächtigen Weide weitet.

»Wow!«, ruft Jenna aus.

Selbst Cariss wirkt überrascht.

Auf der Weide verstreut stehen träge grasende Kühe. Doch so bizarr es auch sein mag, an einem Ort wie diesem Kühe zu sehen, wird mein Blick nach oben gezogen – zum Vulkan, der zerklüftet und rot hinter der Weide aufragt. Ich hatte keine Ahnung, dass er so nah ist.

»Wo sind wir?«, fragt mich Belle.

»Auf einer Weide«, erzähle ich ihr. »Hier sind auch Kühe.« Wie aufs Stichwort hebt eine der Kühe ihren Kopf und muht lang und durchdringend.

»Ist der Vulkan eigentlich aktiv?«, fragt Cariss.

Belles Finger graben sich in meinen Arm.

»Nicht mehr«, sagt Ruby.

»Sind wir am Vulkan?«, fragt Belle mit schriller Stimme.

»Mehr oder weniger«, sage ich. »Aber wir sind jetzt auf der anderen Seite.« Als ob es das für sie besser machen würde.

»Aber er *war* mal aktiv?«, fragt Cariss.

»Natürlich.« Ruby sieht Cariss an, als wäre sie eine Außerirdische vom Planeten Dämlich. »Alle Vulkane waren irgendwann mal aktiv.«

»Wer melkt und wer geht zu den Hühnern?«, fragt Lola und wechselt damit schnell das Thema.

»Melken?« Cariss bleibt vor Entsetzen der Mund offen stehen – wodurch sie nicht gerade intelligenter wirkt.

»Ich nehme diese beiden mit zu den Kühen«, sagt Ruby und zeigt auf Jenna und Cariss. »Du gehst mit Grace und der anderen zu den Hühnern.«

»Cool!« Lola strahlt mich an.

Cariss und Jenna stehen da wie versteinert.

»Auf geht's!«, sagt Ruby resolut.

»Um nichts in der Welt fasse ich die Zitze einer Kuh an«, sagt Cariss entrüstet.

»Ach nein?« Ruby sieht sie einfach nur an.

Und da geschieht etwas sehr Merkwürdiges: Cariss senkt den Blick und murmelt: »Also gut.«

Als Jenna und Cariss hinter Ruby hertraben, weist Lola mich und Belle an, ihr zu einem kleinen, leicht marode wirkenden Verschlag am Weiderand zu folgen. Wie die Hütten besteht auch er hauptsächlich aus Bambus. Als wir näher kommen, ertönt das Gurren der Hennen. »Hörst du das, Belle? Das klingt für mich, als gäbe es bald Omelett!« Ich drücke ihren Arm.

Belle nickt, doch das Entsetzen ist ihr noch immer anzumerken.

Lola klettert eine kurze Holzrampe hinauf und öffnet die Tür des Verschlags. »Die Eier sind hier unfassbar gut, sie haben extrem viel Geschmack.« Sie entriegelt die Tür, worauf sofort ein gutes Dutzend flaumiger Kugeln herauskullert. Die Hennen brauchen einen Moment, um sich zu sammeln, als ob sie wegen ihres leicht zerzausten Äußeren peinlich berührt wären, doch dann beginnen sie herumzustolzieren und in den Boden zu picken. Lola zieht einen Eimer mit Futter hinter dem Verschlag hervor und schüttet ihn vor den Hühnern aus. Daraufhin bricht ein federreicher Futterrausch aus.

»Kommt, lasst uns nachschauen, wie viele Eier sie für uns haben«, sagt Lola, bevor sie den Hühnerstall betritt.

»Du kannst hier warten«, sage ich zu Belle und führe sie zu einem schattigen Fleckchen in der Nähe, bevor ich Lola die Rampe hinauffolge. In dem Verschlag ist es warm und riecht durchdringend nach altem Stroh.

»Es tut mir so leid, was Michael da vorhin gesagt hat«, wispert Lola leise, sobald wir allein sind.

»Kannst doch du nichts dafür«, sage ich. Ich taste im Stroh herum und finde schon bald das erste Ei. Es ist noch warm. Vorsichtig nehme ich es auf und lege es an die Seite. »Was hat er damit gemeint: Rubys Emanzenscheiß?«

Lola seufzt. »Es ist genau, wie Ruby gestern gesagt hat: Für manche Männer sind starke Frauen eine Bedrohung.« Lola sieht zu mir auf, und obwohl es in dem Stall ziemlich dunkel ist, erkenne ich, dass sie rot geworden ist. »Ruby hat mir geholfen, eine stärkere Persönlichkeit zu werden, eine stärkere Frau, und genau damit kommt Michael nicht klar. Er gibt ihr die alleinige Schuld an unserer Trennung, was mich echt nervt. Er stellt mich ja fast so hin, als hätte ich kein Hirn! Ich kann aber selber denken. Und wie ich dir schon gesagt habe: Mein Entschluss, mich von ihm zu trennen, stand schon vorher fest. Durch Ruby ging es einfach nur schneller, das ist alles.«

Ich nicke und suche weiter im Stroh nach Eiern. »Wie lange wart ihr eigentlich zusammen?«, frage ich und versuche, mein Unverständnis, dass sie überhaupt je ein Paar waren, nicht allzu sehr heraushängen zu lassen.

»Vier Jahre«, antwortet Lola. »Er war mein erster Freund. Wir haben uns mit vierzehn bei einem Sommercamp kennengelernt.« Sie spricht hastig, als ob sie keine Lust hätte, über ihn zu reden. Aber ich will unbedingt mehr wissen.

»Vier Jahre, das ist eine lange Zeit.« Ich kann mich gerade noch zurückhalten, hinzuzufügen: *um mit so einem Volltrottel zusammen zu sein.*

»Ja, vermutlich. Mist!«

Ich spähe zu ihr hinüber. »Was ist?«

Lola hält eine Hand hoch, aus der Eigelb tropft. »Ich hab eins kaputt gemacht«, sagt sie traurig und wischt sich die Hand am Stroh ab. Vielleicht sollte ich lieber keine weiteren Fragen mehr stellen.

Vom anderen Ende der Weide ertönt ein lang gestrecktes Muhen, gefolgt von einem Schrei. Ich schätze, Cariss hat Probleme, sich an ihre neue Rolle als Magd zu gewöhnen.

»Wie lange kennst du Jenna schon?«, fragt Lola.

»Oh, schon eine Ewigkeit. Sie ist meine …« Ich breche ab.

»Was?«

»Meine beste Freundin«, sage ich, auch wenn es nicht mehr stimmt.

»Echt?«

»Ja. Jedenfalls war sie das. Überrascht dich das?«

Lola weicht meinem Blick aus. »Ach, na ja. Ihr macht einfach nicht den Eindruck, als wärt ihr so … so eng miteinander.«

Doch auch wenn sie mich noch so fragend anschaut, beschließe ich, nicht mehr zu erzählen. Ich schaffe es einfach nicht.

Nachdem wir die Eier aufgesammelt haben, machen wir die Hütte sauber und legen sie mit frischem Stroh aus. Es ist seltsam wohltuend, einfach miteinander zu arbeiten. Als wir gerade fertig sind, läuft Ruby mit einem Blecheimer in der Hand auf uns zu. Cariss und Jenna trotten mit gesenkten Köpfen hinter ihr her. Ich verstehe zwar nicht, was Cariss sagt, aber der Jammerton in ihrer Stimme und die Art, wie sie mit den Händen herumfuchtelt, lassen ahnen, dass ihr der erste Kontakt mit einem Euter nicht wirklich zugesagt hat.

Ruby sieht Lola mit hochgezogenen Brauen an.

»Ich will einfach nur von dieser verdammten Insel weg«, sagt Cariss zu Jenna. »Ein Albtraum folgt auf den anderen, ich kann einfach nicht mehr!«

Ruby seufzt auf. Dann stellt sie den Eimer ab und dreht sich mit den Händen in den Hüften zu ihnen um. »Jetzt hört mal zu. In zwei Tagen kommen meine Gäste zur ›Dark of the Moon‹-Party. In drei Tagen werden die meisten von ihnen wieder wegfahren und ihr mit ihnen, und dein sogenannter Albtraum ist vorbei. Könntest du bitte bis dahin aufhören zu meckern?«

Cariss setzt an, etwas zu sagen, aber ich höre nichts mehr.

Meine Gedanken fahren Karussell und Übelkeit überfällt mich. In meinem Kopf ist nur noch Platz für Rubys Worte: »Dark of the Moon« … und vor Augen habe ich nur eins: die Inschrift in Hortenses Schale.

# KAPITEL 13

Damit die anderen nicht merken, wie erschrocken ich bin, drehe ich mich schnell zu Belle um. Im Kopf sehe ich mich selbst vor mir, wie ich am Abend vor unserer Abfahrt in meinem Zimmer die kosmische Wunschliste verbrenne – in der antiken Schale, die mir mein Dad aus New Orleans mitgebracht hat. Und ich höre wieder, wie ich die Inschrift am Rand der Schale laut vorlese, während das Papier in Flammen aufgeht und meine brennenden Wünsche zu den Sternen fliegen.

*»Vivre éternellement dans l'obscurité de la lune.«*

*»Für immer in der Dunkelheit des Mondes leben.«*

Dann denke ich daran, wie ich die identische Schale im Vulkan gefunden habe und wie intensiv ich dabei Hortenses Gegenwart gespürt habe, wie laut ihre Stimme in meinem Kopf war, lauter als je zuvor. Die Inschrift schien ein wichtiger Hinweis zu sein, aber Cruz und ich hatten keine Ahnung, worauf. Jetzt sieht es so aus, als ob dem Rätsel ein weiteres Puzzlestück hinzugefügt worden wäre.

Cariss' Gejammer dringt wieder an mein Ohr und ich zwinge mich, am Gespräch der anderen teilzunehmen.

»Ich finde, wir sollten jetzt zur Lodge zurückgehen«, sagt Lola gerade. Sie klingt angespannt, offensichtlich hat sie genug von Cariss.

»Aber warum müssen wir warten, bis die blöde Party vorbei ist?«, motzt Cariss weiter. »Warum können wir nicht mit dem Boot der Gäste wegfahren, sobald sie angekommen sind?«

»Die Gäste bleiben nur für eine einzige Nacht«, sagt Ruby

knapp. »Das wirst du schon überleben. Außerdem ist es viel zu weit, als dass Carlos mehrmals am Tag hin- und herfahren könnte.«

»Was ist das für ein Partymotto, ›Dark of the Moon‹?«, frage ich und versuche, möglichst belanglos zu klingen, auch wenn mein Herz klopft, als würde es gleich den Brustkorb sprengen. »Was bedeutet das?«

Rubys Gesicht trägt die übliche gelangweilte Maske, aber sie fingert nervös an dem Ring an ihrem Daumen herum.

»Es ist eine Mondphase«, erklärt sie schließlich. »Dann, wenn der Mond am Nachthimmel nicht zu sehen ist.« Sie packt ihren Eimer und dreht sich abrupt um. »Los, gehen wir zurück.«

»Und deshalb schmeißt du eine Party?«, fragt Cariss gehässig.

»Lass gut sein!«, versucht Jenna die Situation zu entspannen.

»Während der Dunkelphase des Mondes sind die Sinne besonders wach«, sagt Ruby, ohne sie zu beachten. »Und damit ist es der perfekte Zeitpunkt für eine Party. So, können wir dann jetzt?«

Schweigend laufen wir zu den Hütten zurück. Ich wünschte, ich wäre bei Cruz und könnte ihm alles erzählen und überlegen, was das zu bedeuten hat.

Ich nehme Belles Arm, konzentriere mich auf meine Schritte und versuche, gleichmäßig zu atmen, um mein dröhnendes Herz zu beruhigen. Wenn Ruby auf irgendeine Weise mit Hortense verbunden ist, darf sie auf keinen Fall merken, dass ich ihr auf der Spur bin. Ich muss cool tun.

Als wir wieder an der Lichtung ankommen, ist von den Jungs nichts zu sehen.

»Könnten wir bitte etwas zu trinken haben?«, fragt Jenna.

Ruby nickt, doch sie wirkt abgelenkt. »Klar. Nehmt euch einfach.« Sie reicht Jenna den Eimer mit der Milch. »Ich muss nur kurz nach oben, etwas nachschauen. Lola, könntest du mir bitte helfen?«

»Ich komme gleich wieder«, sagt Lola zu mir und folgt Ruby die Leiter hinauf ins Haus.

Jenna und Cariss machen sich auf den Weg zur Küche, sodass Belle und ich allein auf der Lichtung zurückbleiben.

»Grace, geht es dir gut?«, fragt sie.

»Klar. Wieso auch nicht?« Ich versuche, ihren Gesichtsausdruck zu deuten.

Belle legt ihre Hand auf meine. »Du wirkst irgendwie angespannt. Auch wenn ich dich nicht sehen kann, spüre ich es. Dein Körper sagt es mir. Stimmt etwas nicht?«

Ich seufze. »Vielleicht. Ich weiß nicht. Wahrscheinlich geht es mir erst wieder richtig gut, wenn wir hier weg sind.«

Belle nickt. »Mir auch.«

Ich lege ihr den Arm um die Schulter. »Wollen wir was trinken?«

Belle nickt und ich führe sie über die Lichtung zur Küche, wo Jenna und Cariss über den Milcheimer gebeugt dastehen.

»Um nichts in der Welt trinke ich auch nur einen Tropfen davon. Sie ist schließlich nicht desinfiziert«, sagt Cariss. »Und außerdem ist Milch schlecht für meine Nebenhöhlen.«

Jenna wirft mir ein hoffnungsvolles Lächeln zu. Gerade will ich Cariss erklären, dass Milch, die derart frisch ist, nicht »desinfiziert« werden muss, als Lola in der Tür steht.

»Ruby möchte gern, dass wir gemeinsam meditieren«, sagt sie. »Damit will sie euch zeigen, dass das Leben in der Lodge nicht nur aus Arbeit besteht.«

»Cool!«, ruft Cariss strahlend.

Ich sehe sie erstaunt an, genau wie alle anderen. Sie wirkt regelrecht begeistert. »Meditieren ist großartig«, sprudelt sie da auch schon hervor. »Balsam für die Seele.«

»Wusste gar nicht, dass du eine hast«, murmelt Belle.

Ich hüstle und drücke ihre Hand. Nachdem ich für Belle, Lola und mich Milch in die Becher gegossen habe, gehen wir nach draußen. Ruby sitzt aufrecht im Schatten unter ihrem Haus. Vor ihr stehen brennende Kerzen um einige Kristalle herum und lassen diese aufleuchten. Wir gesellen uns zu ihr.

»Bildet einen Kreis«, weist uns Ruby an. Sie schließt die Augen, presst Daumen und Zeigefinger zusammen und reckt sie gen Himmel.

*Wer bist du?*, denke ich und starre sie an.

Ruby öffnet die Augen. »Ich beginne Mediationskreise immer damit, dass ich die Karten um Begleitung bitte«, sagt sie.

»Was für Karten?«, fragt Cariss. Es ist merkwürdig, sie auf einmal engagiert zu erleben. Merkwürdig und irgendwie unangenehm.

Ruby nimmt einen dunkelroten Samtbeutel vom Boden neben sich, der mit einer Kordel zugebunden ist, und zieht ein Päckchen Karten heraus, die ziemlich alt wirken. »Tarot«, antwortet sie.

Jenna rutscht unbehaglich hin und her. Ich weiß genau, warum. Ihre Mom ist besessen vom Kartenlesen und lässt sich bei wichtigen Entscheidungen oft von den Karten beeinflussen – auch wenn es um Jenna geht.

Ruby schließt die Augen und mischt die Karten durch. Schließlich zieht sie eine heraus. »Interessant«, murmelt sie.

»Was ist?«, fragt Cariss.

Ruby legt die Karte vor sich hin. Obwohl ich auf der anderen Seite sitze, erkenne ich den Totenkopf und das Wort TOD ganz oben auf gelbem Hintergrund.

»Oh Gott, muss schon wieder jemand sterben?«, fragt Cariss ängstlich.

»Vielleicht geht es um Ron«, flüstert Jenna.

Ruby seufzt. »Die Todeskarte deutet nicht den physischen Tod eines Menschen an.«

»Was denn dann?«

»Sie steht für den Beginn eines neuen Zeitalters – weg mit dem Alten, her mit dem Neuen.« Ruby wirft Lola einen bedeutungsvollen Blick zu und Lola lächelt. Vermutlich hofft sie, dass es um sie und Michael geht.

»Soll ich für eine von euch die Karten lesen?«, fragt Ruby. Jenna senkt sofort den Blick.

»Ja, bitte.« Cariss hält die Hand auf.

Ruby steckt die Todeskarte in den Stapel zurück. Dann mischt sie noch einmal und reicht die Karten Cariss, die gierig danach greift.

»Misch selbst noch einmal und denk dir dabei eine Frage aus, die du gern beantwortet hättest«, sagt Ruby mit ihrer dunklen Stimme und mustert Cariss halb amüsiert, halb spöttisch.

Cariss mischt die Karten hochkonzentriert.

»Und wenn du fertig bist, ziehst du eine heraus«, fährt Ruby fort.

»Nur eine?«, fragt Cariss mit Schmollmund.

»Eine ist mehr als genug«, sagt Ruby kryptisch.

Cariss legt die Karten aufgefächert vor sich auf den Boden. Dann macht sie eine große Show, bis sie sich für eine entschieden hat, schließlich aber doch den Kopf schüttelt und sie in letzter Sekunde wieder zurücklegt. Schließlich legt sie eine andere vor sich hin. »Oh, seht euch das an: die Königin«, sagt sie stolz, als sie sie umgedreht hat.

Ich beuge mich vor: Es ist die Königin der Schwerter.

»Hmm«, macht Ruby.

»Was denn? Eine Königin muss doch etwas Gutes bedeuten, oder etwa nicht?« Cariss sieht sich hoffnungsfroh im Kreis um.

»Nicht, wenn sie umgedreht ist«, sagt Ruby.

Cariss verzieht das Gesicht. »Was soll das heißen – umgedreht?«

»Sie liegt falsch rum«, sagt Belle leise.

»Woher willst du denn das wissen?«, faucht Cariss. »Du kannst doch gar nichts sehen.«

Belle seufzt und schließt die Augen. Ich lege meine Hand auf ihre.

»Sie hat recht«, sagt Ruby. »Die Karte liegt falsch rum, und das heißt, dass sich auch die Bedeutung umgekehrt hat.«

»Und was heißt das?«, fragt Cariss.

»Das Gegenstück zur Königin der Schwerter ist eine bösartige Person«, sagt Ruby. »Jemand, der hinterlistig und rachsüchtig ist.«

Cariss blickt deutlich pikiert zur Seite.

Ruby nickt mit wissendem Lächeln.

Mein Magen zieht sich nervös zusammen. Jemand, der so egozentrisch ist wie Cariss, hat sicher eine Frage über sich selbst gestellt. Ist das der Grund, warum Ruby mit uns spielt – um unsere Gedanken zu manipulieren und uns zu verunsichern?

»Soll ich noch jemandem die Karten lesen?«, fragt Ruby und sieht mich direkt an.

»Warum nicht?« Ich habe keine Angst vor ihr und ihren dummen Spielchen, oder zumindest zeige ich es nicht. Ich nehme die Karten und mische sie. Dann ziehe ich die oberste und lege sie vor mich auf den Boden. Mein Herz setzt für einen Moment aus, als ich die ausgeblichene Schrift auf der Karte lese.

»Was hast du bekommen?«, fragt Belle.

»Den Mond«, antworte ich.

Ruby lächelt mich an.

»Was bedeutet das?«, frage ich. Mein Mund ist auf einmal staubtrocken.

Ruby nimmt die Karte in die Hand und studiert sie eine Weile. »Vor Kurzem hat dich jemand hintergangen«, sagt sie leise und schließt die Augen. »Jemand, der dir nahe steht. Der Letzte, von dem du erwartest hättest, dass er dich derart hintergehen würde.«

Wie von selbst wandert mein Blick zu Jenna. Sie schaut zu Boden.

»Klingt dramatisch«, sagt Lola und lacht nervös auf.

»Schon gut, ich denke, ich weiß, was gemeint ist«, sage ich.

»Ach ja? Was denn?«, fragt Lola.

Ich schüttle den Kopf. »Ich möchte nicht darüber reden.«

»Bist du sicher?«, fragt Ruby. Ihre hellen Augen scheinen mich zu durchbohren.

»Ja«, antworte ich mit fester Stimme.

Ruby seufzt. »Will noch jemand eine Karte ziehen?«, fragt sie mit Blick auf Jenna.

Doch Jenna verneint leise.

Ruby steckt die Karten zurück in den Beutel und knotet die Kordel zu. »Gut, dann lasst uns mit der Meditation beginnen. Diejenigen von euch, die eine Karte gezogen haben, nutzen die Zeit, um darüber nachzusinnen.« Sie grinst Cariss feixend an.

Alle setzen sich aufrecht hin und ich schließe die Augen.

»Meditation ist sehr gut geeignet, um Stress abzubauen«, sagt Ruby mit ihrer tiefen, melodischen Stimme. »Außerdem ist es ideal, um sich mit Mutter Erde zu verbinden. Schließt die Augen und kontrolliert eure Atmung. Durch die Nase ein, durch den Mund aus.«

Bei diesen Worten muss ich an meine Mom denken und werde sofort wieder schwermütig. Warum kann ich nicht zu Hause bei ihr sein, sondern muss hier mitten im Dschungel bei dieser seltsamen Frau hocken, die mir mehr und mehr Unbehagen einflößt? Was, wenn ich meine Mom nie wiedersehe? Panik steigt in mir auf, heiß und brodelnd. Ich atme tief durch die Nase ein.

*Konzentrier dich, Grace,* sage ich mir selbst. Ich atme durch den Mund aus und versuche, die Angst von mir zu stoßen.

»Jetzt achtet auf die Geräusche um euch herum«, sagt Ruby.

Ich höre das Kreischen der Papageien im Urwald, das Summen der Insekten, Belle, die neben mir seufzt. Und meine Gedanken hören nicht auf, sich zu überschlagen. Ich muss herausfinden, ob Ruby wirklich irgendetwas mit Hortense zu tun hat. Aber wie?

Wieder atme ich tief die feuchte Luft durch die Nase ein. Irgendwo im Urwald erklingt ein Schrei, fast wie Gelächter, und ganz weit weg kreischt durchdringend eine Möwe. Ich atme tief aus – und dann weiß ich es. Wenn Ruby mit Hortense verbunden ist, müsste man in ihrem Haus Beweise dafür finden. Ich denke an die Leiter, die nur wenige Meter von uns entfernt steht, und an den dunklen Raum, zu dem sie führt. Im Prinzip könnte Hortense jetzt sogar dort oben sitzen, uns beobachten und warten. Auf mich warten. Die Angst fegt durch mich hindurch wie ein eiskalter Wirbelsturm. Ich öffne die Augen – und sehe, wie Ruby mich anstarrt.

# KAPITEL 14

Einmal, als Grandpa und ich bei ihm in der Nähe im Wald gewandert sind, sind wir einem streunenden Hund begegnet. Er war sehr alt und räudig, und sobald er uns bemerkte, fletschte er die Zähne. Mein erster Instinkt war, wegzulaufen und mich hinter Grandpas Beinen zu verstecken. Damals war er noch nicht so alt und auf mein sechsjähriges Ich wirkte er stark und groß wie eine Eiche. »Hunde riechen Angst genauso wie Knochen«, sagte Grandpa zu mir. »Also musst du sie täuschen. Du musst ihnen weismachen, dass du absolut keine Angst hast.«

Als ich jetzt Ruby anschaue, kommen mir Grandpas Worte wieder in den Sinn. Es ist, als würde er direkt hinter mir stehen und mir seine wettergegerbten Hände auf die Schultern legen. Also blicke ich Ruby lächelnd in die Augen. Doch bevor ich etwas sagen kann, höre ich Dans Stimme, und dann fallen die Jungs auf der Lichtung ein, beladen mit Schüsseln und Netzen. Instinktiv halte ich nach Cruz Ausschau. Er kommt als Letzter, zusammen mit Michael. Sie sind ins Gespräch vertieft.

»Oh, die Meditation scheint beendet zu sein, bevor sie richtig angefangen hat«, sagt Ruby leicht dahin, doch die Art, wie sie die Lippen zusammenpresst, zeigt mir, dass sie wütend ist.

Ich nehme Belles Hand und helfe ihr auf. »Komm, schauen wir mal, ob Jimmy tatsächlich etwas erwischt hat.«

»Hey!«, ruft Floh uns zu. »Ihr glaubt nicht, was passiert ist. Ich habe einen Krebs gefangen – mit bloßen Händen.« Er springt herüber und legt die Arme um Belle. »Und ich spreche vom Weißen Hai der Krebswelt. Echt, das Teil ist ein absolutes

Monster.« Er zwinkert mir zu. »Wisst ihr was? Ich glaube, wenn ich weiter ständig mit Cruz und Dan abhänge, werde ich noch zu einem wahrhaftigen Jäger und Sammler!«

Belle umarmt ihn lachend und ich gehe zu Cruz hinüber. Er redet noch immer mit Michael.

»Das wäre sehr gut«, sagt Cruz gerade, bevor er sich zu mir umdreht und mich anlächelt. »Hi! Und, schön gearbeitet?« Er nimmt meine Hand und küsst sie.

Michael nickt mir kurz verkrampft zu und verschwindet in Richtung Hütte.

»War schon okay.« Ich strecke mich auf die Zehenspitzen und umarme ihn. »Es ist etwas geschehen«, flüstere ich ihm ins Ohr. »Etwas, das ich dir dringend erzählen muss.«

»Bei mir auch«, flüstert er zurück. »Vielleicht finden wir ja eine Gelegenheit, zu zweit zu sein.«

Ich nicke, und als er mich am Hals küsst, scheint für einen Moment die Welt stehen zu bleiben.

»Grace, könntest du mir helfen, Kartoffeln für das Mittagessen zu schälen?«, ruft Lola.

»Oh Mann«, seufze ich an Cruz' Brust.

»Schon gut«, sagt er. »Bis später.«

Ich nicke und gebe ihm noch einen flüchtigen Kuss.

»Klar«, rufe ich.

Lola steht am Feuer und lächelt mir zu. Als ich zu ihr rübergehe, gesellt sich Jenna zu mir.

»Braucht ihr Hilfe?«, fragt sie beinahe schüchtern.

»Ach, ich denke, wir kommen klar«, sagt Lola.

Jennas Gesicht verdüstert sich.

»Aber ein weiteres Paar Hände kann doch sicher nicht schaden.« Ich sehe Lola an.

Sie erwidert meinen Blick und nickt schließlich. »Gut. Ich hole schnell das Gemüse aus der Küche.«

Sobald sie weg ist, lächelt mich Jenna an. »Danke, Grace.«

Ich lächle zurück. »Kein Problem.«

Gemeinsam mit Lola machen wir uns an einen Berg aus Kartoffeln.

Belle und Floh sitzen vor unserer Hütte im Schatten. Aus Flohs wilder Gestik lässt sich erraten, dass er sie immer noch mit den Legenden seiner ruhmreichen Krebsjagd beglückt.

Todd tigert vor der Küche auf und ab, und Dan und Cruz hocken vor der Hütte der Jungs und begutachten ihren Fang. Ruby ist nirgends zu sehen.

»Worum ging es eigentlich bei deiner Tarot-Karte?«, fragt Lola mich, als sie wieder zu uns ans Feuer kommt.

»Ach, keine Ahnung«, antworte ich hastig.

»Aber du hast doch gesagt, du wüsstest es!« Lola schaut mich betroffen an. »Ich hoffe, es war nichts Schlimmes.«

Ich schüttle den Kopf. Aus den Augenwinkeln bemerke ich, wie Jenna unruhig auf ihrem Platz hin- und herrutscht. »Nein, alles gut. Außerdem bin ich nicht mal sicher, ob ich an Tarot glaube. Das ist doch nichts anderes als Astrologie, oder? Man liest sich die Karten so zurecht, dass sie zu den Fakten passen.«

Lola lächelt. »Vielleicht. Vielleicht zieht einen aber auch die Karte an, die am meisten zur eigenen Situation passt. Wer weiß?«

Jenna steht auf. »Ich bin ziemlich kaputt, ich leg mich doch lieber ein bisschen hin.«

»Oh, okay.« Lola lächelt ihr zu.

Als Jenna zur Hütte hinüberläuft, seufze ich auf.

»Ist alles in Ordnung mit ihr?«, fragt Lola. »Sie wirkt irgendwie angespannt.«

Wieder seufze ich. »Wenn ich dir etwas erzähle, versprichst du dann, es für dich zu behalten?«

Lola nickt. »Natürlich.«

»Ich habe herausgefunden, dass Jenna – na ja, dass sie Todd mag. Oder zumindest mochte.«

Lola zieht eine Grimasse. »Oh.«

»Und bevor wir losgefahren sind, lief auch was zwischen den beiden.«

»Wie – als du noch mit ihm zusammen warst?«

»Ja.« Ich atme tief durch. »Aber ich komme damit klar. Ich meine, ich bin nicht mehr in Todd verliebt und jetzt mit Cruz zusammen. Es spielt also keine Rolle mehr.«

»Trotzdem.« Lola schüttelt den Kopf. »Das war also der Betrug, um den es bei der Karte ging?«

Ich zucke mit den Schultern. »Vermutlich.«

»Das muss schrecklich für dich gewesen sein«, sagt Lola mitfühlend.

Ich nicke. »Ja, es hat mich ziemlich runtergezogen. Aber das Komische war, dass es mir gar nicht so wehgetan hat, von Todd betrogen zu werden. Von Jenna dafür umso mehr. Das war ein echter Schlag.«

Lola nickt grimmig. »Das kann ich mir vorstellen.«

Ruby kommt die Leiter vom Haus heruntergeklettert. »Hey, Jungs, ich könnte etwas Hilfe gebrauchen. Die Hütten müssen für die neuen Gäste vorbereitet werden«, ruft sie.

Todd, Cruz und Dan schlendern zu ihr herüber und verschwinden gleich darauf in einer der Hütten am anderen Ende der Lodge.

Im selben Moment taucht Michael aus der Jungshütte auf. »Lola, kann ich kurz mit dir reden?«

Sie schaut zu ihm herüber, ohne sich vom Fleck zu rühren. »Klar.«

»Unter vier Augen.«

Sie sieht mich verlegen an.

»Geh nur. Ich komm schon klar. Wir sind sowieso fast fertig.«

»Danke. Es wird auch nicht lange dauern.« Sie steht auf und folgt Michael den Weg hinunter in Richtung Wasserfall.

Ich mache mich wieder an die Kartoffeln und denke darüber nach, wie froh ich bin, Lola kennengelernt zu haben. Sie hat so eine positive Ausstrahlung und ich kann wirklich gut mit ihr reden.

Gerade als ich für einen Moment die Augen schließen und mich ausruhen will, huscht eine Gestalt hinter den Feuerholzstapeln am anderen Ende der Lichtung vorbei und verschwindet im Wald. Sofort spannt sich jede Zelle meines Körpers an. Es ist Ruby. Wo mag sie hingehen? Ich hole tief Luft. Es gibt nur einen Weg, genau das herauszufinden. Ich stehe auf und gehe ihr nach.

An diesem Ende der Lodge ist der Wald viel dichter, ein bisschen wie auf der anderen Seite der Insel. Sofort überkommt mich das altbekannte klaustrophobische Gefühl. Ich spähe in die Dunkelheit und kann gerade noch erkennen, wie Ruby wie ein Schatten durch die Bäume gleitet. Dornige Lianen zerkratzen mir die Haut, aber ich bleibe ihr auf den Fersen. Auf einmal hält sie an. Ich verkrieche mich hinter einem Busch und wage es kaum zu atmen. Dann höre ich, wie sie weiterläuft. Ich komme aus meinem Versteck hervor und folge ihr. Anders als drüben, wo der Wald zum Garten und zur Lagune führt, gibt es hier keinen richtigen Weg, sodass ich nach Markierungen suche, um zurückzufinden. Dass alles so gleich aussieht, macht es nicht gerade leichter. Mit den Augen scanne ich den Urwald rechts und links von mir und merke mir den rot gefiederten Farn zu meiner Rechten.

Als ich wieder aufsehe, ist Ruby verschwunden. Mist. Wo geht es jetzt weiter? Ich entscheide mich für rechts und kämpfe mich durch das dichte Unterholz. Was, wenn diese Richtung falsch war? Was, wenn ich mich verirre? Doch ich ignoriere meine aufsteigende Panik und laufe weiter. Schließlich entdecke ich eine schmale Lücke zwischen den Bäumen vor mir. Ich schleiche mich an, spähe hindurch – und muss erst einmal tief Luft holen. Hinter den Bäumen liegt eine kleine Lichtung.

Der Boden ist hell und staubig und mit ausgetretenem Gras bedeckt.

Dann aber bemerke ich etwas, das mein Herz beinahe zum Stillstand bringt. Auf der anderen Seite, genau gegenüber von dort, wo ich kauere, steht ein Altar. Er ist ungefähr genauso groß wie der im Vulkan und mit rotem Samt bedeckt. Aus der Entfernung kann ich nicht ausmachen, was darauf steht, aber es sind auf jeden Fall mehrere Dinge. Mir zieht sich der Magen zusammen, während ich überlege, was ich jetzt tun soll. Ist Ruby auf dem Weg hierher? Sollte ich zurück zur Lodge gehen, bevor sie mich bemerkt, oder lieber näher rangehen, um nachzusehen, was auf dem Altar aufgebahrt ist?

Immer wenn Mom und ich einen Horrorfilm anschauen, finden wir es ganz besonders schrecklich, wenn die Hauptfigur – die natürlich mutterseelenallein in einem unheimlichen Haus ist – im Erdgeschoss ein Geräusch hört. »Bleib oben und ruf die Polizei«, schreien wir dann hinter unseren Kissen dem Fernseher zu. Doch jedes Mal geht sie ohne Zögern völlig unbewaffnet die Treppe hinunter (meist im Stockdunkeln!), wo sie irgendein grausames Ende ereilt.

Als ich jetzt um die Lichtung herumschleiche, fühle ich mich genauso wie eine dieser Frauen. Könnte mich meine Mom jetzt von irgendwo am Bildschirm beobachten, würde sie wie am Spieß schreien.

Mein Herz rast, während ich vorsichtig durch den Wald krieche, um kein Geräusch zu machen. Schließlich kann ich durch eine dichte Wand aus Bäumen und Lianen die Rückseite des Altars ausmachen.

Bevor ich noch näher herangehen kann, höre ich Schritte auf der Lichtung und ducke mich, schließe die Augen wie ein kleines Kind, das hofft, unsichtbar zu werden. Von der anderen Seite des Altars erklingt ein Geräusch, ein Streichholz wird entzündet.

Dann flüstert jemand etwas, aber so leise, dass ich nicht hören kann, wer es ist oder was er sagt. Wieder Schritte, dann herrscht Ruhe. Und da rieche ich es. Den süßlichen, Übelkeit erregenden Geruch, der mich verfolgt, seit wir diese Insel betreten haben – der Geruch, der mir immer gezeigt hat, dass Hortense in der Nähe war.

# KAPITEL 15

Ich mache mich so klein, dass ich das Gefühl habe, meine Rippen würden brechen. Halb erwarte ich, Hortenses Stimme in meinem Kopf zu hören, die spöttisch flüstert: *»Ich seh dich!«* Aber nichts. Nur der Geruch wird intensiver. Ganz langsam beuge ich mich leicht nach links und spähe durch ein winziges Loch zwischen den Blättern. Die Lichtung ist verlassen. Nur an der Seite des Altars schlängelt sich eine dünne Rauchschwade nach oben. Der Geruch wird immer stärker, und ich erkenne, dass es sich um eine Art Weihrauch handeln muss. Mir wird schwindelig und schummerig und der Boden scheint immer näher zu kommen.

Ganz vorsichtig trete ich den Rückzug an.

Irgendwie schaffe ich es, um die Lichtung herumzukommen und in den Wald hineinzustolpern. Ich muss zurück sein, bevor den anderen auffällt, dass ich fehle – wenn es Ruby war, die die Kerzen angezündet hat, darf sie nicht wissen, dass ich hier war. Hektisch halte ich nach den Wegzeichen Ausschau, die ich mir auf dem Hinweg gemerkt habe. Mir ist übel bis ins Mark. Auch wenn ich Ruby nicht wirklich gesehen habe, steht weniger als einen Kilometer von ihrem Haus entfernt ein Voodoo-artiger Altar. Absolut undenkbar, dass sie nichts davon weiß. Was bedeutet, dass sie in irgendeiner Verbindung zu Hortense stehen muss. Aber wie? Und warum? Endlich, da ist der rot gefingerte Farn. Ich folge dem Pfad zurück zur Lodge, bis ich den Holzstapel erreiche und spähe durch eine Lücke zwischen den Scheiten. Belle und Floh sitzen immer noch vor der Hütte der Mädchen und unterhalten sich. Todd und Dan liegen im Schatten der Jungshütte. Cruz steht mitten auf der Lichtung und sieht sich stirnrunzelnd um, offensichtlich auf der Suche nach mir. Was für eine Erleichterung!

Noch einmal lasse ich den Blick über die Lodge schweifen. Kein Zeichen von Ruby. Ich schlüpfe hinter dem Holzstapel hervor und schleiche zur Küche. Wenn ich es hineinschaffe, ohne dass mich jemand bemerkt, kann ich so tun, als hätte ich mir nur etwas zu trinken geholt. Ein letzter Blick – niemand achtet auf mich und ich husche hinein.

»Grace, was kann ich für dich tun?«

Ich weiß nicht, wie ich es schaffe, beim Klang von Rubys Stimme nicht loszuschreien. Sie steht am anderen Ende der Küche und schneidet in aller Seelenruhe Kräuter. Sie wirkt ganz entspannt, beinahe Zen-artig als ob sie schon seit Ewigkeiten hier ist.

Ich starre sie einen Moment mit offenem Mund an. »Ich – äh, würde gern eine Kleinigkeit essen«, stottere ich herum. Dankenswerterweise bemerkt sie es nicht oder hat beschlossen, es zu ignorieren.

»Einen Apfel?« Sie greift ins Regal und zieht einen Apfel heraus. Er ist glänzend und rot, wie der, mit dem Schneewittchen vergiftet wurde.

»Danke.« Ich nehme ihn entgegen und versuche, mich zu beruhigen.

»Gern.« Ruby macht sich wieder an die Arbeit.

»Ich gehe dann mal wieder.«

Ruby nickt. »Klar.«

Als ich aus der Küche stürze, laufe ich direkt in Cruz hinein. Dieses Mal schreie ich vor Schreck auf.

»Wo warst du denn?«, fragt er.

Ich nehme seine Hand und ziehe ihn von der Küche weg. »Ich muss sofort mit dir reden«, zische ich.

»Okay.«

»Hey, wohin geht ihr?«, ruft Floh uns zu.

»Spazieren«, antworte ich schnell.

»Ah, verstehe«, sagt Floh augenzwinkernd. »Tut nichts, was ich nicht auch tun würde.« Er überlegt. »Obwohl – vergesst das, tut genau das, was ich nicht tun würde.« Er lacht los, und ich zwinge mich zu einem Grinsen.

»Werden wir«, rufe ich zurück. Meine Stimme klingt piepsig vor Angst.

Ich führe Cruz den Weg entlang zur Gumpe, in der Hoffnung, dass uns über den tosenden Wasserfall hinweg niemand belauschen kann.

»Was ist passiert?«, fragt Cruz, sobald wir den Weg halb hinter uns haben.

»Ich habe einen zweiten Altar entdeckt«, flüstere ich atemlos. »Etwa zehn Minuten Fußweg von hier.«

Cruz sieht mich fassungslos an. »Wie das denn?«

»Ich bin Ruby gefolgt.«

»Was?«

»Ich hab beobachtet, wie sie im Wald verschwunden ist, ganz hinten, hinter dem Feuerholz. Da bin ich ihr nachgegangen und auf eine Lichtung mit einem Altar gestoßen.«

Cruz' Gesichtsausdruck wird todernst. »Und was hat Ruby dort gemacht?«

»Weiß ich nicht. Ich hab mich versteckt und hab sie daher nur gehört. Aber auch wenn ich sie nicht gesehen habe, bin ich sicher, dass sie es war. Und dass sie irgendwelchen Weihrauch angezündet hat.« Ich nehme Cruz' Hand. »Es war genau der Geruch, den ich immer wahrnehme, wenn Hortense in der Nähe ist.«

Cruz starrt mich an und scheint zu versuchen, einen Sinn in dem zu finden, was ich ihm gerade erzählt habe. »Stand etwas auf dem Altar?«

»Ja, aber ich konnte es nicht erkennen. Schließlich durfte sie mich nicht sehen. Aber das Ganze muss doch etwas mit Hortense zu tun haben, oder nicht? Vorhin hat sie verraten, dass die Party das Motto ›Dark of the Moon‹ hat. Dunkelheit des Mondes – wie es auch auf den Schalen steht. Wie viele Zufälle soll es denn noch geben?«

Cruz nickt. »Ich habe vorhin mit Michael geredet.«

»Oh ja.« Ich erinnere mich, wie die beiden ins Gespräch vertieft in die Lodge zurückkamen. »Was hat er gesagt?«

»Er glaubt, dass Ruby Lola irgendwie … wie heißt das noch? Das Gehirn gespült hat?«

»Gehirn gespült?« Ich runzle die Stirn. »Ah, du meinst, dass sie ihr eine Gehirnwäsche verpasst hat!«

Cruz nickt und grinst mich an.

»Ist doch das Gleiche, oder?«

»Ja, im Prinzip schon. Wobei ich mir da nicht so sicher bin. Ich habe Lola inzwischen besser kennengelernt und sie macht nicht den Eindruck, als wäre sie einer Gehirnwäsche unterzogen worden. Sie bewundert Ruby, ja, aber weiter würde ich nicht gehen. Vielleicht ist Michael einfach so verbittert, dass er nicht mehr klar denken kann.«

Cruz wirkt unentschlossen. »Vielleicht. Aber als ich mit ihm gesprochen habe, wirkte er eher besorgt und beunruhigt.« Cruz nimmt meine Hand. »Weißt du, wenn man mit ihm ins Gespräch kommt, ist er eigentlich ganz nett. Ich glaube, es liegt alles an dieser Insel und an dem, was passiert ist, seit er hier ist. Darum ist er so aggressiv.«

Ich seufze. »Das kann ich nachvollziehen. Und, was machen wir jetzt?«

Cruz zieht mich zu den Steinen. Das Wasser rauscht vor uns die Felswand hinab.

»Ich denke, wir brauchen mehr Beweise. Mehr konkrete Hinweise, dass Ruby etwas mit Hortense zu tun hat. Wenn wir das haben, erzählen wir den anderen davon und entscheiden, was wir tun.«

Ich nicke, während mir von Sekunde zu Sekunde übler wird. »Wir müssen noch einmal zum Altar zurück und ihn uns ganz genau anschauen, wenn wir sicher sind, dass sie nicht dort ist. Und wir müssen in ihr Haus.«

Als wir in die Lodge zurückkehren, haben sich die anderen vor der Jungshütte versammelt.

»Gut, dass ihr wieder da seid«, sagt Jenna und lächelt schüchtern. »Wir wollen vor dem Abendessen noch alle zum Wasserfall und uns abkühlen.«

»Nehmt auch die Klamotten mit, die ihr waschen wollt«, sagt Lola, die gerade dazustößt. Sie trägt einen Korb voll schmutziger Wäsche.

»Ich hole schnell meine Sachen.« Ich laufe zur Mädchenhütte und zu meinem Bett.

»Und, wie läuft's mit dir und Cruz?«

Ich wirble herum. Jenna steht in der Tür.

»Oh – äh, gut. Danke.« Auch wenn sie ernsthaft interessiert wirkt, kann ich nur daran denken, wie gemein sie zu Cruz war, als wir noch auf der anderen Seite der Insel waren. Sofort bin ich auf der Hut.

Jenna setzt sich auf meine Bettkante und zupft sich Nagellackreste vom Finger. »Grace, glaubst du …« Sie stockt.

»Was?«

»Glaubst du, wir können wieder die werden, die wir waren?«

Ich schüttle den Kopf. »Keine Ahnung.«

Sie schaut zu mir auf. Das schattenhafte Licht der Hütte betont die dunklen Ringe unter ihren Augen. »Ich vermisse dich.«

Wie gern würde ich antworten »Ich dich auch«, aber die Wahrheit ist, dass ich das gar nicht tue. Nicht so, wie sie sich das vorstellt. Jenna blickt mich hoffnungsvoll an, und mir ist klar, dass mein Schweigen Bände spricht, denn ihre Augen nehmen wieder den bekannten eiskalten Ausdruck an.

»Also gut«, sagt sie mit leiser, harter Stimme. »Dann gehe ich dir wohl lieber aus dem Weg.«

Während sie sich umdreht und zur Tür läuft, verspüre ich tief in mir heißes Bedauern. Gerade will ich sie bitten, doch noch einmal zu warten, als sie stehen bleibt.

»Dann werd glücklich mit deiner tollen Lola«, murmelt sie mit zusammengekniffenen Lippen und knallt die Tür zu.

Ich schaffe es nicht, einen Seufzer der Enttäuschung zu unterdrücken. Wenn ich daran denke, dass ich ihr fast wieder vertraut hätte!

# KAPITEL 16

Am Wasserfall ignoriert mich Jenna und plaudert stattdessen die ganze Zeit betont gut gelaunt mit Cariss. Doch weil sich in meinem Kopf alles um Ruby dreht, ärgert es mich gar nicht so, wie es sollte.

Als wir zur Lodge zurückkehren, zeigt uns Lola, wo wir die Wäsche zum Trocknen aufhängen können. Dann machen wir uns an den Gumbo. Cruz kümmert sich um das Feuer, während ich die Kartoffeln, die wir vorhin geschält haben, klein schnipple und Paprika und Zwiebeln schneide. Floh versorgt Belle mit einer Live-Berichterstattung.

»Hier kommt Dan mit den Meeresfrüchten«, erzählt er, als Dan eine große Schüssel herausträgt. »Oh Gott, er will Fred töten!«, ruft er aus.

Dan, der gerade einen großen Krebs aus der Schüssel nimmt, hält in der Bewegung inne. »Wer zum Geier ist Fred?«

»Fred *Astaire* – mein Krebs«, sagt Floh bestimmt.

»Du hast dem Krebs einen Namen gegeben?« Dan grinst. »Du brauchst dringend Hilfe, Kumpel.«

»Natürlich hab ich ihm einen Namen gegeben.« Floh seufzt auf. »Kannst du ihm zumindest den Schmerz nehmen, bevor du ihn bei lebendigem Leibe kochst?«

Dan weist in Richtung Urwald. »Alter, schau dich mal um. Hier herrscht das Gesetz des Dschungels – fressen oder gefressen werden. In unserem Falls: Krebs fressen.« Dan haut Floh lachend auf die Schulter. »Keine Sorge, Bro', Fred wird nichts spüren. Jedenfalls nicht lange.«

Als ob er verstehen würde, was gesprochen wird, klappert Fred panisch mit den Scheren.

»Oh, Himmel!« Floh erhebt sich schaudernd, nimmt seinen Hut ab und bekreuzigt sich. »Und muss ich auch wandern in finsterem Tal, fürchte ich kein Unheil, denn du …«

»Was treibst du da?«, fragt Dan kopfschüttelnd.

»Ich erweise ihm einen würdevollen Abschied.« Floh faltet die Hände zum Gebet. »Das ist das Geringste, was ich für ihn tun kann – wenn man bedenkt, dass ich ihn erst in diese Scheiße geritten habe.«

Ich tausche einen Blick mit Cruz und reiße mich zusammen, um nicht loszulachen.

Lola kommt mit einem Teller voller weiterer Zutaten aus der Küche. Dan packt Floh am Arm. »Sieh doch!«

Verständnislos starrt Floh auf den Teller. »Was denn?«

Dan zeigt auf eine krumme Ingwerwurzel. »Es sieht aus, als würden wir beide essen: Fred und Ginger. Das ist ja wie im Film.«

Allgemeines Gelächter bricht aus, und auch Floh lacht, obwohl er sich größte Mühe gibt, geschockt zu wirken.

Als Cariss und Jenna herüberstolzieren, lachen wir noch immer. Sie laufen Arm in Arm an mir vorbei. Mir wird schwer ums Herz.

Die Sonne geht bereits unter, als der Gumbo fertig ist. Der Himmel leuchtet in Streifen aus Aprikot und Lila. Im Regenwald haben die Zikaden sich zu ihrem surrenden Abendchor eingefunden. Wie aufs Stichwort – oder als ob sie uns beobachtet hätte – kommt Ruby aus dem Haus. Sie trägt jetzt ein anderes Kleid, dieses Mal ein silberfarbenes, das ihre hellen Augen vor der dunklen Haut noch stärker betont. Von allen begeistert beobachtet, verteilt Lola den Gumbo in die Schüsseln.

»Dann können wir ja anfangen. Guten Appetit.« Ruby sitzt

im Schneidersitz und hat die Hände so auf die Knie gelegt, dass es aussieht, als wollte sie gleich meditieren.

Der Gumbo ist so köstlich, dass es mir vorkommt, als würde ich alles zum ersten Mal schmecken: das intensive Aroma der saftigen Tomaten, die leichte Bitterkeit der Paprika, die Schärfe der Zwiebel.

»Oh, Mann, ich glaube, ich habe gerade ein Stück von Fred gegessen«, sagt Floh. Etwas Suppe läuft ihm dabei das Kinn hinunter. »Wie kann etwas, das so falsch ist, so gut schmecken?«

Cariss sieht mit hochgezogenen Brauen Jenna an, die mit derselben Geste antwortet. Wut braut sich in mir zusammen. Warum muss Jenna sich aufführen wie die letzte Zicke? Und wie kann sie nach dem, was sie getan hat, wollen, dass wir wieder beste Freundinnen werden? Aber vor allem: Wie kann sie so schnell die Seiten wechseln?

Ich versuche, mich wieder aufs Essen zu konzentrieren. Genau das scheinen auch alle anderen zu tun, denn keiner sagt ein Wort, bis sämtliche Schüsseln geleert sind.

»Können wir noch mal eine Austauschrunde machen?«, fragt Floh erwartungsvoll.

Ruby nickt. »Natürlich.« Sie blickt zu Dan. »Könntest du mir schnell helfen?«

Dan schwingt sich auf die Füße und schenkt Ruby sein schelmisches Zwinkern. »Gern.«

Instinktiv möchte ich die Hand ausstrecken und ihn zurückziehen.

Ruby erhebt sich und baut sich zu ihrer vollen Größe auf. »Dann komm mal mit.«

Dan folgt ihr zu einer der kleineren Hütten. Cruz sieht ihnen genauso skeptisch nach wie ich. Doch schon im nächsten Moment hören wir Dan einen Freudenschrei ausstoßen, und gleich darauf stürzt er mit einer Bongotrommel in der Hand aus der Hütte.

»Cool!«, ruft Floh aus. Neben ihm seufzt Todd auf, und erschrocken bemerke ich, wie hohl seine Augen wirken und wie strähnig sein Haar ist. Auch wenn mich der alte Todd mit seinem angeberischen Getue genervt hat, ist es schrecklich, ihn so zu sehen. Er redet kaum noch. Es ist, als ob er vor unseren Augen verwelken würde.

Hinter Dan kommt Ruby aus der Hütte, eine Gitarre mit perlmuttfarbenem Schlagbrett in der Hand. »Ich dachte, da ihr alles Tänzer seid, habt ihr vielleicht Lust auf ein bisschen Musik«, ruft sie uns mit ihrer samtweichen Stimme zu.

»Wenn ich einmal sterbe und als Frau wiedergeboren werde, möchte ich eine Figur wie sie haben«, sagt Floh träumerisch, als Ruby auf uns zustolziert. Und wirklich, mit ihrer schmalen Taille und den breiten Hüften ist sie der Inbegriff des Femininen. Mir wird ein bisschen anders. Ich wünschte, Dan und Floh wären nicht so begeistert von Ruby. Sollte sie etwas mit Hortense zu tun haben, wird es so immer schwerer, ihnen das klarzumachen.

Ruby und Dan setzen sich wieder.

»Wollen wir heute Abend Lieder teilen, die uns etwas bedeuten?«, fragt Ruby und stimmt die Gitarre.

»Oh, tolle Idee!« Lola strahlt.

»Wie, sollen wir vorsingen oder was?«, fragt Cariss misstrauisch.

Ruby schüttelt den Kopf, sodass ihre silbernen Kreolen tanzen. »Nicht unbedingt. Du kannst auch einfach sagen, wie das Lied heißt und warum du es so liebst.«

»Kann ich anfangen?« Floh hebt die Hand, als wäre er im Kindergarten.

Ruby nickt. »Natürlich.«

Er richtet sich auf. »Für mich ist das beste Lied aller Zeiten *Over the Rainbow.*«

»Welch Überraschung!«, sagt Cariss höhnisch. Mein Blut beginnt zu kochen.

»Und warum?« Lola lächelt Floh an.

»Weil er sich immer gewünscht hat, Dorothy zu sein«, mischt sich Cariss ein.

So langsam erreicht mein Blut den Siedepunkt.

Doch bevor ich etwas sagen kann, grinst Floh Cariss breit an. »Und ob, meine Liebe! Wer hätte nicht gern solche Schuhe? Du hingegen wolltest sicher immer der Zinnmann sein.«

Cariss runzelt fragend die Stirn.

»Er hat kein Herz«, erklärt Floh, noch immer freundlich lächelnd. Dan unterdrückt ein Lachen, und selbst Belle muss grinsen.

»Wie auch immer«, fährt Floh fort. »Der wahre Grund, warum ich diesen Song liebe, ist, dass er so verdammt hoffnungsfroh ist. Ich behaupte, dass jeder, der ihn hört, sich hinterher besser fühlt.«

»Würde es dir etwas ausmachen, ihn für uns zu singen?«, fragt Ruby. Ihr Blick scheint weicher geworden zu sein, sie sieht Floh an, als würde sie ihn tatsächlich mögen.

Er verbeugt sich kurz. »Es wäre mir eine Freude. Ich werde euch meinen Schiffbruch-Remix präsentieren. Dan, kümmerst du dich um den Beat?«

»Logo.« Dan stellt eine der Bongos vor sich und beginnt langsam und sanft zu trommeln.

»Somewhere, over the rainforest«, singt Floh und alle lachen. Doch als er an die Stelle kommt, in der es um Träume geht, von denen man zu glauben wagt, dass sie wahr werden, sitzen wir alle nur da und sind völlig hingerissen. Floh hat eine unfassbar schöne Singstimme, süß und gefühlvoll. Während er weitersingt, denke ich an meinen Traum, wieder nach Hause zu kommen zu Mom und Dad und Tigger, zurück ins normale Leben, und meine Augen füllen sich mit Tränen. Als Floh endet, herrscht für einen Moment lang Stille, bis der Applaus ausbricht. Sogar Ruby klatscht.

Floh strahlt uns von einem Ohr zum anderen an. »Wow. Danke, Freunde.«

»Das war großartig«, sagt Ruby, und es klingt, als würde sie das auch so meinen.

Floh wird rot und senkt verlegen den Blick. »Danke«, murmelt er. Neben ihm greift Belle nach seiner Hand.

»Wer macht weiter?«, fragt Ruby. Ihr Blick bleibt an mir hängen.

»Oh, ich kann nicht singen«, sage ich hastig. »Und ich bin mir auch nicht sicher, was mein Lieblingslied ist.«

»Ach komm, es muss doch einen Song geben, den du liebst«, sagt Floh. »Oder zumindest einen, der dich an etwas Schönes erinnert.«

Doch mein Kopf ist wie leer gefegt. Gerade will ich Ruby bitten, jemand anderen dranzunehmen, als eine Erinnerung in mir aufsteigt. Ich war noch klein, und es war einer der seltenen Tage, an denen mein Dad zu Hause war, um mich ins Bett zu bringen.

»Es gibt da ein Schlaflied, das mein Dad früher für mich gesungen hat …«, beginne ich.

»Oh, welches denn?«, fragt Floh interessiert. Für meinen Geschmack wirkt er etwas zu begeistert.

»*Twinkle, twinkle, little star*«, murmle ich verlegen. »Allerdings hat mein Dad immer den Text verändert, um mich zum Lachen zu bringen.«

Ich schließe die Augen und sehe mich selbst, wie ich mich an Dad kuschle und mit seiner Krawatte spiele, während er singt. *Twinkle, twinkle, little Grace, how I love your freckly face.* Meine Augen füllen sich erneut mit Tränen, als ich daran denke, wie seine tiefe Stimme in mir nachgehallt hat. Ich öffne die Augen und wische die Tränen fort.

»Ich liebe das Lied auch«, sagt Lola mitfühlend. »Meine Mom hat es für mich gesungen. Das sind die wenigen Momente mit ihr, an die ich mich erinnere.«

Ich beuge mich zu ihr herüber und streiche ihr über den Arm, genau über die Stelle mit den Schmetterlingstattoos. Sie lächelt mich dankbar an. Ihre Augen glänzen vor Tränen.

»Vielen Dank, Grace«, sagt Ruby. »Und wer möchte als Nächstes etwas mit uns teilen?«

Ich lehne mich zurück und spüre Cruz' Hand in meiner. Sofort fühle ich mich wieder sicher.

»Warum teilst du nichts mit uns?« Cariss sieht Ruby herausfordernd an.

»Yeah!«, sagt Dan so begeistert, dass Cariss ihn anstarrt.

Ruby schenkt Dan eines ihrer seltsamen halben Lächeln. »Was würde dir denn gefallen?«

»Was hast du zu bieten?«, erwidert Dan grinsend. Verdammt, muss er so mit ihr flirten?

Ruby lächelt ihn an. »Ich würde euch gern mein Lieblingslied von Billie Holiday vorsingen: *Strange fruit.*«

»Wow, wie ich diesen Song liebe«, ruft Dan aus. Er beugt sich vor und greift nach der Gitarre. »Kann ich dich begleiten?«

Ruby nickt.

»Ich wusste gar nicht, dass du Gitarre spielst«, sagt Floh zu Dan.

Dan zwinkert ihm zu. »Tja, du bist nicht der Einzige mit verborgenen Talenten, Bro'.«

Dan schlägt ein paar einleitende Akkorde an.

Ruby wiegt sich im Takt und blickt aufs Feuer. Dann beginnt sie zu singen. Ihre Stimme ist unglaublich. Tief und rauchig. Sie ist so gut, dass ich einen Moment lang mein Misstrauen vergesse und ihr nur bewundernd zuhöre.

Auch wenn ich das Lied nicht kenne, wird mir schnell klar, dass es um das Hängen der Schwarzen in den Südstaaten geht. Als sie davon singt, wie die Leichen in den Bäumen baumeln, schaudere ich.

Das Kreischen der Papageien im Urwald wird lauter, als ob

sie die Krähen wären, über die sie singt, bereit, an den Leichen herumzureißen, als wären es Früchte.

Ruby kommt zum Ende des Lieds und starrt ins Feuer.

Niemand sagt ein Wort. Es ist, als würde Rubys samtene Stimme noch immer in der Luft nachklingen. Belle schnieft und Floh streicht ihr sanft über die Haare.

»Schon gut«, flüstert sie.

Als Lola aufseufzt, drehe ich mich zu ihr. Ihre Augen stehen wieder voller Tränen. »Das war unglaublich«, flüstert sie.

»Oh, mein Gott!«, ruft Michael aus.

»Was denn?«, faucht Lola.

»Findest du nicht, dass du es ein bisschen übertreibst?«

Sie runzelt die Stirn. »Was meinst du?«

Uns gegenüber wechseln Jenna und Cariss einen amüsierten Blick.

Michael springt auf. »Mir reicht es. Ich gehe ins Bett.«

Lola bleibt regungslos sitzen und starrt vor sich hin.

Keiner sagt ein Wort, als Michael zur Jungshütte läuft und die Tür hinter sich zuschlägt.

»Alles okay mit dir?«, fragt Ruby.

Lola nickt mit ausdruckslosem Gesicht.

Todd beugt sich vor und fasst Lola an der Schulter. »Sicher?«

Jenna wirft ihm einen finsteren Blick zu.

Dan lässt die Gitarre sinken. »Danke«, sagt er ernst zu Ruby. »Das war großartig.«

»Ja, das war etwas ganz Besonderes«, sagt Floh. »Billie Holiday wäre stolz auf dich.«

Cariss seufzt hörbar auf. »Geht's vielleicht auch mal ein bisschen fröhlicher?«

Dan wirft ihr einen gehässigen Blick zu. »Die Afrikanisch-Amerikanische Geschichte lässt dich vermutlich kalt?«

»Das ist doch alles Vergangenheit«, sagt Cariss leichthin.

Dan starrt sie an. »Ach ja? In deinem Palast vielleicht.«

»Warum tanzen wir nicht einfach?«, platzt Lola hervor.

Ich werfe ihr einen erstaunten Blick zu und sie lächelt mich an. »Ja, genau, warum nicht?« Ich stehe auf. Es ist schön, dass sie wieder fröhlicher ist.

»Ich spiele Gitarre«, sagt Floh. »Allerdings kann ich nur die Akkorde zu *Blowin' in the wind*. Weiter ist mein Dad nicht mit mir gekommen, bevor er aufgegeben hat.«

Als Floh zu spielen beginnt, springt Dan auf und reicht Ruby eine Hand. Zu meiner Überraschung ergreift sie sie und Cariss' Augen verengen sich zu wütenden Schlitzen. Cruz springt ebenfalls lachend auf und zieht mich hoch. Alle beginnen zu tanzen, außer Todd, der mit geschlossenen Augen am Boden liegen bleibt und Belle, die zumindest ihren Kopf zur Musik hin- und herwiegt. Cruz nimmt meine Hand und drückt mich an sich.

Auf einmal wird die Musik lauter und schneller. Lola hat sich eine der Trommeln geschnappt, die Augen geschlossen und donnert drauflos – schlägt sich ihren aufgestauten Frust wegen Michael von der Seele. Sie macht das ziemlich gut, und schon tanzen wir alle mit geschlossenen Augen um das Feuer und geben uns dem Rhythmus hin. Cruz tanzt direkt hinter mir, was sich einfach großartig anfühlt. Als ich für einen kurzen Moment die Augen wieder öffne, sehe ich Ruby und Dan zusammen tanzen, völlig versunken in der Musik und ineinander. Sofort werde ich in die Realität zurückkatapultiert. Ich wirble herum zu Cruz, der mich sofort noch näher an sich drückt. Ich spüre seinen Atem an meinem Haar.

»Wir müssen uns heute Nacht treffen«, flüstert er mir ins Ohr.

»Beim Feuerholz«, flüstere ich zurück. »Und dann schauen wir uns den Altar an.«

Das Trommeln wird langsamer. Lolas Kopf sackt nach vorn, ihr Atem geht schwer. Als auch Floh sein Gitarrenspiel ausklingen lässt, kommen alle langsam zurück auf die Erde.

Floh strahlt Lola an. »Wow, das war echt mal etwas anderes.«

Auch Lola öffnet die Augen. Sie sieht jetzt viel besser aus, viel entspannter.

Während sich alle atemlos auf den Boden fallen lassen, bleibt Ruby kerzengerade stehen. Sogleich wirkt sie wieder so beherrscht wie gewöhnlich.

»Wir sollten jetzt zu Bett gehen«, sagt sie.

»Echt?« Dan scheint richtig enttäuscht zu sein.

Ruby nickt. Es ist, als hätten wir nie getanzt. »Wir haben einen anstrengenden Tag vor uns, schließlich müssen wir alles für die neuen Gäste vorbereiten.«

Cariss stöhnt. »Dass du es nur weißt, ich werde keine einzige Kuh mehr melken.«

Ruby wirft ihr einen kühlen Blick zu. »Kein Problem. Du kannst stattdessen die Toiletten reinigen.« Sie ignoriert Cariss' angewiderten Schrei und greift nach ihrer Gitarre. »Bis morgen dann.«

»Kann ich dir helfen?« Dan springt auf und schnappt sich die Bongos.

»Gern«, sagt Ruby über die Schulter, und beide trotten zur Hütte hinüber.

Ich sehe ihnen nach. Dan lehnt sich zu Ruby und flüstert ihr etwas ins Ohr, worauf sie den Kopf zurückwirft und tatsächlich lacht. Das Geräusch lässt mich bis ins Mark erschaudern.

# KAPITEL 17

Als wir im Bett sind, hört Jenna nicht auf, sich hin und her zu wälzen. Ich weiß, dass Cruz auf mich wartet, aber was mache ich jetzt mit ihr? Wenn ich ihr gar nichts sage und einfach verschwinde, schlägt sie vielleicht Alarm. Ich stehe auf und ziehe mir eine Jogginghose über, damit meine Beine im Wald nicht von den Dornen und Ästen aufgerissen werden.

Als ich meine Turnschuhe zubinde, hüstelt Jenna demonstrativ.

»Ich treffe mich mit Cruz«, flüstere ich ihr zu.

Statt zu antworten, rollt sie sich einfach auf die andere Seite.

Der Nachthimmel ist wolkenlos, und, obwohl der Mond jetzt nur noch eine schmale Sichel ist, mit glitzernden Sternen übersät. Auf Zehenspitzen laufe ich am Rand der Lichtung um die Schatten herum. Als ich mich dem Holzstapel nähere, entdecke ich Cruz, der daneben kauert.

»Hi«, flüstere ich.

Er greift nach meiner Hand. »Hi.«

»Ich hoffe, ich finde den Weg im Dunkeln«, sage ich, als wir zwischen den Bäumen verschwinden.

Im Wald ist es so laut, dass es sich anfühlt, als würden Hunderte unsichtbarer Kreaturen über uns lauern. Ich greife fester nach Cruz' Hand. Unsere Handflächen sind nass vor Schweiß.

»Geht es dir gut?«, wispert er.

»Hm, ja.« Endlich, der rote Farn. »Da vorne ist die Stelle, an der ich Ruby verloren habe. Wir müssen rechts gehen.«

Wir kämpfen uns weiter durch die Lianen. Im Dunkeln dauert es noch länger, schließlich aber gelangen wir an den schmalen Pfad, der zur Lichtung führt.

»Wir sollten lieber leise sein, nur für den Fall, dass …« Ich breche ab, schaffe es nicht, meine schlimmsten Ängste laut auszusprechen. *Für den Fall, dass Hortense hier ist.* Mein ganzer Körper wird schlaff vor Entsetzen, doch irgendwie finde ich den Mut, trotzdem weiterzugehen.

Als wir auf die Lichtung zukriechen, sehe ich ein Licht durchs Unterholz schimmern. Dann noch eins. Schließlich erreichen wir den Spalt zwischen den Bäumen – und halten beide unwillkürlich die Luft an: Der Altar ist von loderndem Kerzenlicht erhellt. Aber es gibt kein Anzeichen dafür, dass irgendjemand in der Nähe ist.

Ich stelle mich auf die Zehenspitzen und flüstere Cruz ins Ohr: »Wollen wir näher rangehen?«

Er nickt, und wir machen uns auf den Weg. Als wir ungefähr die Hälfte hinter uns haben, dringt mir der süßliche, Übelkeit erregende Geruch des Weihrauchs in die Nase, und sofort beginnt meine Haut zu prickeln. Wieder rechne ich damit, gleich Hortenses Stimme in meinem Kopf zu hören, doch es bleibt still, abgesehen vom Ächzen und Stöhnen des Regenwalds.

Als wir hinter dem Altar ankommen, spähe ich durch ein Loch in den Blättern: Die Lichtung ist zwar immer noch verlassen, aber irgendjemand muss die Kerzen angezündet haben. Was, wenn sie in der Nähe lauern? Ich sehe Cruz an. Er wirkt voll konzentriert.

»Was machen wir jetzt?«, flüstere ich.

Er nickt in Richtung Altar. »Wir müssen noch näher ran.«

»Und wenn sie zurückkommen?«

»Einer von uns sollte Wache halten, der andere geht nachsehen.«

Ich nicke. »Gut. Ich gehe – du wartest.«

Er nimmt meine Hand. »Bist du sicher?«

»Ja.« Ich atme tief durch. Mein Herz klopft so heftig, dass ich das Blut in den Ohren rauschen höre. Ganz vorsichtig, damit ich kein Geräusch mache, teile ich die Blätter vor mir und zwänge mich auf die Lichtung. Hinter mir höre ich Cruz rascheln. Dicke Weihrauchschwaden winden sich zu beiden Seiten des Altars und bringen mich zum Würgen. Ich folge dem Rauch und blicke noch ein letztes Mal zurück: Ist die Lichtung auch wirklich leer? Dann drehe ich mich zum Altar um und blinzle in das grelle Licht. Der Altar ist mit Teelichtern bedeckt, deren kleine Flammen flackern wie helles Gold.

Als meine Augen sich an die Helligkeit gewöhnt haben, entdecke ich eine Marienstatue, die genauso aussieht wie die aus der Höhle im Vulkan. Rote Farbe tropft ihr aus dem Auge wie Tränen aus Blut. Um sie herum hat jemand einen Ring aus Teelichtern drapiert, wie einen Schutzwall. Der restliche Altar ist mit einem Sammelsurium von Dingen bedeckt. Einem glänzenden roten Apfel, einem Bund getrockneter Kräuter, die mit einer Schnur zusammengebunden sind, einer alten Glasflasche, die mit etwas gefüllt ist, das Wasser sein könnte, großen roten Kerzen, an denen das Wachs so heruntergetropft ist, dass es aussieht wie hervorquellende Venen. Und ganz vorne auf dem Altar liegt eine Puppe. Wie jene, die Jenna über ihrem Bett gefunden hat, ist auch diese aus Stöcken und Stoffresten gearbeitet, hat aber kein blondes, sondern tiefschwarzes Haar. Mit zitternden Händen nehme ich sie hoch. Das Gesicht der Puppe ist glänzend und glatt und hat eine Nase und einen Mund aus Holz. Doch wo die Augen sein sollten, ragen nur zwei hohle Löcher hervor – als ob sie jemand herausgerissen hätte. Gerade als ich mir die Puppe noch näher anschauen will, höre ich ein lautes Zischen. Aus den Augenwinkeln nehme ich eine plötzliche Bewegung wahr: Eine riesige Schlange gleitet unter dem Altar hervor. Die Puppe an mich gepresst, weiche ich einen Schritt zurück. Wieder zischt die Schlange, streckt ihre schwarze Zunge heraus und zieht sich selbst so weit hoch, bis sie etwa halb so groß ist wie ich. Ich beiße mir auf die Unterlippe, um nicht loszuschreien. Schweiß überzieht meine Haut, als ich mir die Puppe in die Tasche stecke und vorsichtig den Rückzug antrete. Wieder zischt die Schlange, als würde sie den Altar bewachen. Ich tauche zwischen den Bäumen hindurch und renne direkt in Cruz hinein.

»Da ist eine Schlange«, keuche ich. »Unter dem Altar.«

Cruz nimmt meine Hand. »Hat sie dir was getan?«

»Nein, alles okay. Aber komm jetzt, ich will hier weg.«

Wir stolpern durch den Wald, ohne ein Wort zu wechseln, und konzentrieren uns darauf, den Weg zurückzufinden. Kein anderer Gedanke hat in meinem Kopf Platz, bis wir den Holzstapel erreichen. Dann endlich lehne ich mich an Cruz an und versuche, wieder Atem zu schöpfen.

»Ich muss dir etwas zeigen«, sage ich schließlich.

Cruz nimmt meine Hand. »Lass uns zum Wasserfall gehen, da hört uns keiner.« Wir schleichen durch die Schatten am Rand der Lodge zum Weg und schließlich zur Gumpe. Sobald ich das Rauschen des Wassers höre, atme ich erleichtert auf. Es ist, als würde sich eine Decke aus Lärm über uns ausbreiten. Dann klettern wir über die Steine zu unserer Nische.

Als wir uns endlich niedergelassen haben, sieht mich Cruz ernst an. »Also, was genau war da?«

Meine Herzfrequenz ist endlich wieder normal. »Da stand eine Marienstatue, die Tränen aus Blut geweint hat – wie in der Höhle. Weißt du noch?«

Cruz nickt nachdenklich.

»Und dann war da jede Menge normales Zeug – ein Apfel zum Beispiel, getrocknete Kräuter, eine Kanne mit Wasser. Aber vor allem das hier.« Ich fasse mir in die Tasche und ziehe die Puppe heraus. Da es ohne das Licht der Kerze unmöglich zu erkennen ist, dass ihre Augen fehlen, nehme ich Cruz' Finger und streiche damit über das hölzerne Gesicht.

»Fühlst du das? Die Augen sind herausgeschnitten.«

Cruz zieht seine Hand weg, als ob er sich verbrannt hätte.

»Was denn?«

»Belle«, flüstert er.

»Oh Gott, du glaubst doch nicht, dass sie dadurch blind geworden ist?«

Ich starre auf die Puppe. »Sie hat schwarzes Haar, wie Belle. Die andere Puppe – die über Jennas Bett – hatte blonde Haare. Genau wie Jenna.« Ich starre Cruz an. »Glaubst du, Hortense hat irgendeinen Fluch über sie ausgesprochen?«

Cruz zuckt mit den Schultern, aber seine Mimik sagt mir, dass er genau das denkt.

»Was sollen wir tun?«

»Wir müssen den Fluch brechen.«

»Aber wie?«

»Wir müssen die Puppe auseinandernehmen. So verliert sie ihre Magie.«

»Bist du sicher?«

Cruz nickt. »Ich hab das mal irgendwo gelesen. Oder gehört. Ich weiß es nicht mehr.«

»Und wenn wir Belle damit wehtun?«

Wir tauschen einen Blick.

»Ich wüsste nicht wie«, meint Cruz dann. »Schließlich haben wir den Fluch nicht gesprochen. Nur derjenige, der die Puppe hergestellt hat, hat eine derartige Macht über sie.«

»Also gut.« Ich ertaste das seidige Band, das die Stöcke zusammenhält. Schließlich finde ich das Ende und kann es aufziehen. Dann beginne ich ganz vorsichtig, die Puppe auseinanderzunehmen, bis ihr Körper in die einzelnen Holzstücke zerlegt ist. Ich ziehe so lange an der kreuzförmig gewickelten Schnur, die sie zusammenhält, bis sie sich löst, und reiße das schwarze Haar ab. Es fühlt sich echt an. Stammt es etwa von Belle? Hortense hätte ihr leicht ein Stück abschneiden können, als sie sie entführt hat. Bei dem Gedanken wird mir übel. Ich stecke mir die Haare in die Tasche und betrachte die einzelnen Puppenteile auf dem Stein vor uns. »Und was machen wir jetzt damit?«, frage ich.

Cruz nimmt einen Stock auf. »Ins Wasser schmeißen?«

Ich raffe alles zusammen und wir schleudern die Einzelteile der Puppe ins Wasser.

Dann kuscheln wir uns wieder in die Nische. Cruz setzt sich hinter mich und umfasst meinen Bauch.

»Was sollen wir tun?«, frage ich ihn. »Ruby muss in die ganze Geschichte verwickelt sein, oder? Sie ist seit Jahren hier. Der Altar ist zwar versteckt, aber trotzdem sehr nah an der Lodge. In all der Zeit muss sie einfach darübergestolpert sein.«

Ich spüre, dass Cruz hinter mir nickt. »Ich weiß. Aber wir sollten vorsichtig sein. Wir wissen nicht, wozu sie fähig ist.«

Ich wirble herum. »Aber irgendetwas müssen wir tun. Wenn sie tatsächlich mit Hortense in Kontakt steht, weiß sie auch über die Schalen Bescheid. Sie weiß, dass Hortense mich aus irgendeinem Grund zu sich locken will. Was ist mit den Leuten, die sie zu der Party erwartet? Was, wenn sie mit ihr unter einer Decke stecken? Müssen wir die anderen nicht warnen? Sollten wir nicht versuchen zu fliehen?« Panik überkommt mich.

»Vielleicht sollten wir Dan und Floh warnen«, überlegt Cruz. »Aber die anderen … ich weiß nicht. Überleg doch mal: Was passiert, wenn wir es ihnen sagen?«

Ich stelle mir vor, wie Cariss ausflippt. Und Belle noch mehr Angst bekommt. Und wie die anderen denken, ich hätte sie nicht mehr alle. »Ja, ich weiß, was du meinst.«

Cruz nimmt meine Hände in seine. »Tatsache ist, dass wir das letzte Mal, als wir mit dem Segelboot fliehen wollten, wieder zur Insel zurückgetrieben wurden. Ich denke, wir müssen uns damit abfinden, dass wir es hier mit einer Art … einer Art übernatürlicher Macht zu tun haben. Wir müssen einen Weg finden, Hortense mit ihren eigenen Waffen zu schlagen – ihre Magie zu brechen.«

Vor Angst bekomme ich am ganzen Körper Gänsehaut. »Was wird sie tun, wenn sie merkt, dass die Puppe fehlt? Was glaubst du?«

»Keine Ahnung. Begeistert wird sie sicher nicht sein. Wir sollten Ruby morgen sehr genau beobachten und schauen, wie sie sich verhält. Wenn sie mit Hortense verbunden ist, müsste sie sauer sein, oder?« Cruz küsst mich sanft.

Gerade will ich ihm antworten, als ich über das Rauschen des Wassers hinweg jemanden husten höre. Wie erstarrt rutschen wir tiefer in die Dunkelheit der Nische.

Eine Gestalt gleitet aus dem Wald und läuft auf die Gumpe zu. Ich erkenne die Silhouette sofort.

»Es ist Dan«, sage ich erleichtert. »Wollen wir zu ihm gehen? Wir könnten ihn gleich vor Ruby warnen.«

Dann aber bemerke ich eine zweite Gestalt. Groß und majestätisch. Das Haar umfließt ihren Kopf wie eine Aura.

Stumm vor Entsetzen sehe ich, wie Dan ins Wasser springt, sich umdreht und lachend die Arme in die Luft streckt.

Ruby läuft an den Rand des Wasserfalls. Für eine Sekunde legt sie den Kopf zurück und betrachtet den Mond, bevor sie sich mit einer schnellen Bewegung das Kleid herunterreißt und nackt ins Wasser steigt.

»Was sollen wir tun?«, zische ich Cruz zu. »Wir können nicht zulassen, dass Dan etwas mit ihr anfängt.«

Cruz sieht genauso panisch aus, wie ich mich fühle. Dann aber leuchten seine Augen auf. »Es gibt nur eine Möglichkeit«, flüstert er. Zu meinem großen Schrecken steht er auf und klettert an den Rand der Nische.

»Hey!«, ruft er Dan und Ruby zu. Dann dreht er sich um und gibt mir ein Zeichen. Verlegen schlüpfe ich neben ihn. Ruby und Dan stehen wie erstarrt mitten im Wasser und schauen uns an.

Es ist zu dunkel, um ihren Gesichtsausdruck zu erkennen, aber ich vermute, dass sie nicht gerade lächeln.

»Dürfen wir zu euch kommen?«, ruft Cruz, als wäre er der sorgloseste Mensch der Welt. Bevor sie antworten können, nimmt er meine Hand und zieht mich die Steine hinunter zur Gumpe.

Als wir ins Wasser gleiten, höre ich Dan aufseufzen.

»Zwei Doofe, ein Gedanke, was Bro'?« Er hält Cruz die Hand zum High Five entgegen.

Cruz zwinkert ihm grinsend zu.

Ruby starrt mich nur an. Dann dreht sie sich zu Dan um. »Weißt du was, ich bin ziemlich müde. Ich denke, ich gehe ins Bett.«

»Aber wir sind doch gerade erst gekommen ...« Dan bricht ab, als Ruby bereits den Rückzug antritt. »Soll ich dich zurückbringen?«

»Nein!«, faucht sie.

Ich schaue aufs Wasser und rufe mir selbst ins Gedächtnis, dass, egal wie unangenehm diese Szene auch sein mag, es um Längen besser ist, als wenn Dan sich mit jemandem einlässt, der mit Hortense unter einer Decke stecken könnte.

»Dann bis morgen – in aller Frühe«, sagt Ruby, bevor sie durchs Wasser gleitet und die Felsen hochklettert.

Dan blickt ihr nach. »Vielen Dank auch«, flüstert er uns zu. »Ich war nur noch Sekunden vom Touchdown entfernt, als ihr aufgetaucht seid.«

»Findest du nicht, dass du ...« Ich breche ab. Es ist mir einfach zu peinlich, den Satz zu beenden.

»Was? Soll ich warten, bis ich verheiratet bin?« Dan verzieht grinsend das Gesicht. »Gott, Grace, du bist doch sonst nicht so prüde.«

»Darum geht es nicht. Es ist nur ...«

»Ach, und übrigens, was habt ihr zwei denn hier getrieben?«, fällt mir Dan ins Wort. »Du bist eine ganz schöne Heuchlerin, oder?«

Mein Gesicht brennt. »Ich bin nicht prüde, aber … na ja, du kennst Ruby doch kaum, oder?« Ich stöhne innerlich auf. Ich klinge, als wäre ich Dans Mom.

»Stimmt. Aber du und Cruz, ihr kanntet euch richtig gut, als es mit euch was wurde, oder?« Dan schüttelt den Kopf.

»Es ist nur wegen der Insel«, sagt Cruz und legt mir den Arm um die Taille. »Du weißt schon, wegen all der merkwürdigen Dinge, die wir auf der anderen Seite erlebt haben. Woher wissen wir, dass Ruby damit nichts zu tun hat?«

Dan starrt Cruz an, als hätte er sie nicht alle. »Was? Ihr glaubt, Ruby hat etwas mit der alten Schachtel zu tun, die hinter uns her war? Ist das euer Ernst?«

Mit aufsteigender Panik sehe ich Cruz an. Er denkt einen Moment nach, beginnt dann plötzlich zu lachen und schlägt Dan auf den Rücken.

»Hey, tut mir leid. Du hast recht. Das ganze Theater stresst mich einfach total. Ich werde das Gefühl nicht los, dass wir ständig auf der Hut sein sollten.«

Dan überlegt einen Augenblick und nickt zu meiner Erleichterung schließlich. »Klar. Ich kapier, was du meinst. Aber echt jetzt, mit Ruby ist alles okay.« Er grinst. »Mehr als okay.« Er schwimmt ans Ufer. »Ich bin erledigt. Dann lass ich euch Turteltäubchen mal wieder allein.«

»Nein, warte, wir kommen mit«, sage ich und Cruz nickt. Ab sofort müssen wir an Dan kleben wie Kleister.

Als ich zur Mädchenhütte zurückkehre, ist in Jennas Bett alles ruhig. Belle hat das Haar offen, es ist über das ganze Kissen um ihren Kopf herum ausgebreitet. Sofort kommt mir wieder das Puppenhaar in meiner Tasche in den Sinn. Ob ich eine Möglichkeit finde, die Haare zu vergleichen, um festzustellen, ob sie von

Belle stammen? Ich lege mich ins Bett und decke mich zu. Heute Nacht ist die Luft nicht ganz so feucht wie gestern. Obwohl ich total erschöpft bin, muss ich sofort wieder an Mom denken, als ich die Augen schließe. Wir sind jetzt schon so lange verschollen, dass sie bestimmt durchdreht vor Sorge.

*Ich lebe noch, Mom,* erkläre ich ihr in Gedanken. *Und ich komme zu dir zurück. Das verspreche ich.*

Als ich endlich einschlafe, träume ich, dass ich ein Baby im Arm halte. Es blickt mit großen dunklen Augen zu mir auf und hält seine kleinen speckigen Hände in die Luft. Dann, ganz plötzlich, ist es weg, wird mir von einer unsichtbaren Person oder Kraft vom Arm gerissen. Ein Mädchen weint, jammert – und sofort sitze ich senkrecht.

»Jenna?« Ich starre in der Dunkelheit zu ihrem Bett. Nichts bewegt sich. Auch Belle scheint zu schlafen, ebenso Cariss. Ich muss geträumt haben. Aber das Weinen klang so echt, so unmittelbar. Seufzend lege ich mich wieder hin und denke an das zurück, was bisher geschehen ist. Wenn man alle Puzzleteile miteinander verknüpft, muss das Ganze irgendeinen Sinn ergeben. Ich denke an den Altar im Vulkan und auf einmal bleibt mir schier das Herz stehen. Hortense hat mich dorthin geführt und Belle als Lockvogel benutzt. Jetzt habe ich bei der Lodge einen zweiten Altar gefunden, diesmal mit Belles Puppe darauf. Braucht Hortense mich, als eine Art Opferlamm? Muss sie mich töten und hat mich deshalb hierhergebracht?

# KAPITEL 18

Auch wenn es mir vorkommt, als würde ich mich die ganze Nacht hin und her wälzen, muss ich irgendwann eingeschlafen sein, denn ich schieße erschrocken hoch, als auf dem Hüttendach ein Vogel schreit.

»Grace.«

Belle. Bei ihrem geflüsterten Ruf ist sofort alles wieder da: der Altar, die Puppe … Mein Magen krampft sich zusammen. Ich drehe mich auf die Seite. Belle sitzt auf der Bettkante und starrt ins Leere.

»Ist was?«, frage ich so ruhig wie möglich. Für einen verrückten Moment hoffe ich, dass sie wieder sehen kann, weil wir die Puppe zerstört haben. Doch sie blickt nur weiter blind vor sich hin und kneift die Lippen zusammen.

Ich wische mir enttäuscht mit dem T-Shirt-Zipfel den Schweiß von der Stirn. Da kommt mir eine Idee. »Hast du vielleicht Lust, zum Wasserfall zu gehen?«

Belle nickt lächelnd. So rote Wangen, wie sie hat, ist ihr sicher genauso heiß wie mir.

Ganz leise, um Cariss und Jenna nicht zu wecken, raffe ich unsere Sachen zusammen und helfe Belle aus der Hütte. Draußen trieft die Luft schier vor Feuchtigkeit. Als sich weder im Haus noch in der Jungshütte etwas bewegt, leite ich Belle zu dem Weg, der zum Wasser führt. Unterwegs mustere ich ihr Haar. »Kannst du mal kurz stehen bleiben?«, frage ich sie und halte an.

Belle nickt. »Klar. Ist alles in Ordnung?«

»Ja, ich schaue gerade nur, ob ich Shampoo eingepackt habe.« Ich taste in meiner Tasche nach dem Haar der Puppe, nehme es heraus und halte es so nah an Belle, dass ich sie gerade nicht berühre. Auch wenn ich es nicht ganz sicher wissen kann, sehen die Haare auf jeden Fall absolut gleich aus. Und Hortense hat viele Möglichkeiten gehabt, es ihr abzuschneiden, als sie Belle in ihrer Gewalt hatte.

Belle starrt ins Leere. »Und?«, fragt sie.

»Was, und?«

»Hast du das Shampoo?«

»Äh, ja.« Ich stopfe die Haare wieder in die Tasche, nehme ihren Arm und laufe weiter.

Das Wasser glitzert in der frühen Morgensonne. Es sieht wunderschön aus, aber wenn ich an heute Nacht zurückdenke, an Ruby und Dan, bekomme ich Gänsehaut.

»Hast du was?«, fragt Belle.

»Nein, wieso? Los, gehen wir rein.«

Ich ziehe mich aus, helfe Belle aus ihren Shorts und dem T-Shirt und führe sie zum Wasser. Ohne ihre Hand loszulassen tauche ich in dem kühlen Nass unter. Wie großartig es sich auf meiner heißen Kopfhaut anfühlt! Sofort habe ich einen klareren Kopf.

Belle steht reglos im Wasser und ich drücke ihre Hand.

»Soll ich dir die Haare waschen?«

»Oh ja. Bitte.« Sie nickt dankbar.

»Gut, dann tauch mal kurz unter, damit deine Haare nass werden.«

Sie geht unter Wasser und kommt lachend und nach Luft schnappend wieder hoch.

Ich drücke Shampoo aus der Flasche. »Ich stehe direkt hinter dir. Halt dich an den Steinen fest.« Dann nehme ich ihre Hand und führe sie, bis sie Halt findet, und beginne, ihr Haar einzuseifen.

»Das fühlt sich an, als wäre ich wieder ein Kind«, sagt Belle. »Ich hab das früher geliebt, wenn meine Mom mir die Haare gewaschen hat.«

»Ich auch«, sage ich. Als ich klein war, war die Badezeit für mich der schönste Moment des Tages, denn da hatte ich die ungeteilte Aufmerksamkeit meiner Mom, und meist hat sie dabei eine ihrer wunderschönen Geschichten erzählt.

Belle lehnt sich näher zu mir. »Erzähl mir von deiner Familie, Grace.«

»Ach, meine Familie ist ziemlich klein. Nur ich, meine Mom und mein Dad. Aber mein Dad wohnt gar nicht mehr bei uns. Er ist vor fast einem Jahr ausgezogen.«

»Ehrlich? Warum?«

»Er hat eine andere kennengelernt. Seine Allergologin, um genau zu sein. Er ist zu ihr gegangen, weil er dachte, dass er eine Weizenallergie hätte. Dabei war er eigentlich nur allergisch gegen Mom und mich.« Ich gebe mir nicht einmal die Mühe zu lachen. Der Witz war schon nicht mehr lustig, als ich ihn mir ausgedacht habe, jetzt kommt er mir pathetisch vor. Die Wahrheit ist, dass ich alles geben würde, um jetzt bei Dad zu sein.

Belle dreht sich um. Die weißen Schaumkronen auf ihrem Kopf sehen aus wie Marshmallows. »Das klingt übel«, sagt sie ganz leise.

Ich verspüre eine warme Welle der Dankbarkeit. Endlich habe ich das Gefühl, dass Belle und ich Freundinnen geworden sind. Ich nicke, doch dann fällt mir ein, dass sie blind ist, auch wenn sie mich direkt ansieht.

»Allerdings. Es war nicht gerade die tollste Zeit meines Lebens. Aber so ist das nun mal mit Eltern.«

Belle lächelt. »Es muss schön sein, so jemanden wie Cruz zu haben.« Sie schließt die Augen und ich seife ihr weiter das Haar ein.

»Es ist sehr … sehr schön. Bevor ich ihn getroffen habe, habe ich komischerweise immer gedacht, meine Eltern wären die wichtigsten Menschen in meinem Leben. Darum kam es mir wahrscheinlich auch wie das Ende der Welt vor, als mein Dad ausgezogen ist. Aber seit ich Cruz kenne, ist mir klar geworden, dass man sich auch einem anderen Menschen nahe fühlen kann. Irgendwie nimmt das Druck von meinen Eltern … macht das alles irgendwie Sinn?«

Belle nickt und ein Schaumtropfen läuft ihr das Gesicht hinunter. Ich wische ihn weg, bevor sie ihn in die Augen bekommt.

»Aber du kennst Cruz doch erst ein paar Tage. Sind deine Gefühle wirklich schon so stark?«

»Oh ja.« Ich bin froh, dass Belle nicht sehen kann, wie rot ich werde. »Ich weiß, es klingt verrückt, und ich habe auch schon überlegt, ob es einfach an dem Trauma mit dem Schiffbruch liegt und unsere Gefühle dadurch Achterbahn fahren oder so. Aber die Wahrheit ist, dass ich schon so gefühlt habe, bevor wir in den Sturm geraten sind. Schon im ersten Moment, als ich ihn getroffen habe.« Ich blicke verlegen zur Seite, aber ich will es ihr erzählen. Ich *muss* es ihr erzählen, um es für mich selbst auf die Reihe zu kriegen.

»Als ich Cruz das erste Mal gesehen habe, war es, als wäre da eine Verbindung zwischen uns. Aber jetzt hör ich lieber auf, das klingt langsam ziemlich kitschig.«

Zu meiner Überraschung füllen sich ihre Augen mit Tränen. »Das ist gar nicht kitschig. Ich verstehe dich.«

»Hattest du auch schon mal solche Gefühle für jemanden?«

Sie nickt, doch sie wirkt traurig dabei.

»Für wen denn?«

»Es ist schon lange her. Aber es hat nicht funktioniert.«

Sofort komme ich mir schlecht vor, weil ich das Thema angeschnitten habe. »Los, gehen wir zum Wasserfall und spülen das Shampoo aus.« Ich nehme ihre Hand. »Ich bin so froh, dass wir jetzt Freundinnen sind.«

Belle drückt meine Hand so fest, dass es wehtut. »Ich auch, Grace.«

Gerade als ich sie wegführen will, bemerke ich etwas, das mir das Blut in den Adern gefrieren lässt. Dort, im Wasser, tanzt der Kopf der Puppe direkt auf Belle zu. Ihre ausgehöhlten Augen sind nach oben gerichtet. Ich halte die Luft an und beobachte, wie der Kopf unmittelbar an uns vorbeitreibt, nur Zentimeter von Belle entfernt. Sie aber blickt nur weiter blind aufs Wasser hinab.

»Stimmt was nicht?«, fragt sie nach einer Weile.

Der Kopf der Puppe kippt weg und verschwindet am Rand der Gumpe unter den Felsen. Ich atme tief durch.

»Alles gut«, antworte ich, aber mein Herz klopft so heftig, als ob es gleich meine Rippen sprengen würde.

Als wir zur Lodge zurückkehren, kommt Lola aus der Mädchenhütte gerannt. Sie trägt ein ausgeblichenes T-Shirt und eine schlabberige kurze Schlafanzughose.

»Wo wart ihr denn?«, ruft sie. Sie wirkt gestresst.

»Am Wasserfall«, rufe ich zurück. »Wir sind beide ganz früh aufgewacht und es war so heiß. Da haben wir uns ein bisschen abgekühlt. Ist irgendwas nicht in Ordnung?«

Lola seufzt auf. »Ich bin nur in Panik geraten, weil ihr nicht da wart, als ich euch wecken wollte.«

Ich mustere sie. Ihre Augen sind verquollen und ihr kurzes blondes Haar steht in alle Richtungen ab. Sie sieht aus, als hätte sie heute Nacht nur wenig geschlafen.

»Tut mir leid. Aber wir wollten niemanden wecken.«

Lola entspannt sich sichtbar. »Nein, mir tut es leid, ich wollte euch nicht anpampen. Es ist nur … Ruby flippt schon halb aus und wir sollten schnell frühstücken, damit wir noch alles schaffen.«

Ich starre sie an. »Warum flippt sie denn aus?«

»Ach, einfach weil sie glaubt, dass wir die Lodge nicht rechtzeitig fertig kriegen.«

Ob das der wahre Grund ist? Oder hat sie schon bemerkt, dass die Puppe fehlt?

»Guten Morgen, die Damen.«

Wir drehen uns um. Floh kommt in Boxershorts aus der Jungshütte und schwenkt seinen Hut.

»Hi, Jimmy! Wir waren am Pool«, sagt Belle freudig.

»Ohne mich?« Floh springt herüber wie ein Welpe. »Wie gemein!«

Belle kichert, als er sie umarmt.

Ich lasse ihre Hand los. »Soll ich dir beim Frühstück helfen?«, frage ich Lola.

Sie lächelt mich an. »Ja, sehr gern. Ich wollte Obstsalat machen.«

»Perfekt, Obstsalat ist meine Spezialität.« Ich hake sie unter und wir laufen zur Küche. Als wir an der Mädchenhütte vorbeikommen, taucht Jenna auf.

»Guten Morgen«, sage ich.

»Morgen«, murmelt sie und blickt zur Jungshütte, aus der gerade Todd herausstolpert. Er blinzelt ins helle Sonnenlicht.

»Gibt es hier eventuell Kaffee?«, fragt er uns.

»Ja, wenn du Lust hast, welchen zu machen«, ruft Lola ihm lachend zu.

Todd kommt herübergetrottet. Seine Haare sind fettig und die Schatten unter seinen Augen scheinen noch dunkler geworden zu sein.

»Wie geht es dir?«, frage ich ihn leise.

Er lässt den Kopf hängen und hat Tränen in den Augen.

Ich nehme seine Hand. »Komm mit.«

Zu dritt betreten wir die Küche. Hier ist es viel kühler. Ich schließe die Augen und atme den beruhigenden, vertrauten Geruch der Kräuter ein.

Lola häuft Mangos, Orangen und Äpfel auf dem Tisch auf. Dann zieht sie eine sehr alt aussehende Kaffeemühle aus einem Schrank. Sie ist schwarz und schmiedeeisern und auf eine angeschlagene Holzplatte montiert.

»Da sind die Bohnen«, sagt sie zu Todd und zeigt auf einen Tontopf auf dem Regal.

»Gott, wo habt ihr denn das Teil her?«, murmelt er. »Von der Arche Noah?«

Ich mustere die Mühle und mir wird eiskalt. An den Spänen im Holz und an den Stellen, an denen das Eisen gebogen wurde, ist deutlich zu erkennen, dass dies definitiv kein nachgemachtes Retro-Exemplar ist. Aber warum sollte Ruby so eine alte Maschine haben, wenn sie erst seit zwei Jahren hier ist? Warum hat sie sich keine neue mitgebracht?

»Ruby liebt altes Zeug«, sagt Lola, als würde sie meine Gedanken lesen. »Du solltest sehen, was oben alles herumsteht.«

Todd mustert die Mühle prüfend. »Das ist dein Ernst, oder?« Er nimmt die Kaffeedose in die Hand und schöpft eine Handvoll Bohnen heraus. Als er sie in die Mühle schüttet und sich der Kaffeegeruch ausbreitet, läuft mir das Wasser im Mund zusammen. »Mmmm, das riecht einfach großartig.«

Todd nickt. »Und wie.«

Plötzlich verzieht Lola das Gesicht. »Mist, ich hab das Wasser vergessen.« Sie rennt zur Tür. »Bin gleich zurück.«

»Kein Problem.«

Als sie draußen ist, wird mir bewusst, dass Todd und ich zum ersten Mal seit unserer Trennung allein sind. Eifrig beginne ich, die Äpfel zu schneiden.

Todd scheint sich genauso unwohl zu fühlen, denn er mahlt den Kaffee mit einer Heftigkeit, dass ich fürchte, der Griff könnte abbrechen. Nach ein paar Minuten hört er stöhnend auf. »Mann, die müssen früher echt muskulöse Arme gehabt haben.«

Ich lache.

Auf einmal wird er ganz ernst. »Grace, kann ich dich etwas fragen?«

»Klar.«

»Glaubst du …« Er stockt.

»Was?«

»Glaubst du, Ron wusste, dass er sterben muss?« Todd lässt den Kopf sinken und seine Schultern beginnen zu beben.

»Ach, Todd.« Ich fasse ihn am Arm.

»Eigentlich war er ja völlig weggetreten durch das, was in der Flasche war. Vielleicht hat er es gar nicht mitbekommen. Vielleicht hat er gar nichts gespürt.« Todd sieht mich mit großen Augen an, eine Mischung aus Hoffnung und Verzweiflung im Blick.

»Bestimmt«, sage ich. »Ich bin sicher, dass er nichts davon mitgekriegt hat.« Ich drücke Todd an mich und spüre seine heißen, nassen Tränen an meiner Schulter.

»Es tut mir so leid, Grace«, schluchzt er. »Ich hab mich dir gegenüber echt idiotisch aufgeführt.«

»Schon gut«, sage ich. »Wirklich.«

Todd löst sich von mir und wischt sich mit dem Handrücken übers Gesicht. »Das mit dir und Cruz, das ist okay für mich. Ich möchte, dass du das weißt.«

»Danke«, flüstere ich und gebe ihm einen Kuss auf die Wange. Hinter uns hüstelt jemand.

Jenna blickt uns von der Tür aus geschockt an. Doch bevor ich etwas sagen kann, hat sie sich schon umgedreht und ist verschwunden.

# KAPITEL 19

Als ich das gesamte Obst geschnitten habe, gebe ich es in eine große Porzellanschüssel, decke ein Tuch darüber und trage es ins Freie. Mittlerweile sind auch Dan und Cruz aufgewacht und stehen neben den Resten des Lagerfeuers von gestern Abend. Und ich kann nicht anders, als sofort wie ein Honigkuchenpferd zu grinsen, nur weil Cruz da ist. Als ob er merkt, dass ich ihn ansehe, dreht er sich um und beginnt genauso breit zu strahlen. Ich unterdrücke den Drang, auf ihn zuzuspringen und schlendere stattdessen lässig in seine Richtung.

»Guten Morgen.« Ich stelle die Schüssel auf dem Boden ab.

»Guten Morgen.« Cruz legt die Arme um mich und drückt mich an sich.

»Hi!« Dan grinst mich an. Erleichtert stelle ich fest, dass er uns die Aktion von heute Nacht wohl verziehen hat. »Was ist da drin?«

»Obstsalat. War Lolas Idee, weil es jetzt schon so heiß ist.«

»Wie hast du geschlafen?«, fragt Cruz mich.

»Geht so, wenn die üblichen zwei Stunden nicht gewesen wären.«

»Schlecht geträumt?«, fragt Cruz sofort alarmiert.

»Nein, nicht wirklich.« Bei dem Gedanken an die vergangene Nacht zieht sich in mir alles zusammen. Wenn mich sonst nachts düstere Gedanken quälen, erscheinen sie mir am nächsten Tag meist völlig harmlos. Doch dieses Mal nicht.

Dan sieht zum Haus hinauf. Vermutlich hofft er, dass Ruby auftaucht.

»Ich hab nachgedacht. Ihr wisst schon, wegen dem, was ihr heute Nacht gesagt habt.«

Hoffnung keimt in mir auf. Hat er erkannt, dass wir Ruby nicht trauen dürfen? »Ja?«

»Vielleicht sollten wir Ruby und den anderen langsam mal erzählen, was da im Regenwald abgegangen ist. Als wir Belle gesucht haben.«

»Oh, ich weiß nicht …« Panisch werfe ich Cruz einen Blick zu

Doch er schafft es irgendwie, völlig unbeteiligt zu schauen. »Ach, ich finde, wir warten damit lieber noch«, sagt er ganz ruhig. »Wenn wir den anderen davon erzählen, flippen sie nur aus.«

Dan nickt langsam. »Ja, ich verstehe, was du meinst. Aber zumindest Ruby sollten wir es sagen. Ich wüsste nicht, was diese Frau in Panik versetzen könnte. Und wenn wir demnächst abhauen, können wir sie doch nicht mit dieser durchgeknallten Alten hier zurücklassen. Wenn ich denke, was mit Belle passiert ist …«

Ich drehe mich zu Belle um, die mit Floh vor der Mädchenhütte sitzt. Wie kann ich Dan klarmachen, dass Ruby möglicherweise etwas mit ihrer Entführung zu tun hat? Er würde mich für total bescheuert halten.

Da kommt mir eine Idee. Sie ist nicht gerade großartig, aber zumindest gewinnen wir dadurch ein bisschen Zeit.

»Hör zu, Lola hat mir gesagt, dass Ruby gerade total gestresst ist. Weil hier doch alles rechtzeitig für die neuen Gäste fertig werden muss. Wollen wir daher nicht bis heute Abend warten, wenn alles erledigt ist? Dann ist sie bestimmt entspannter.«

Zu meiner großen Erleichterung nickt Dan. »Klar. Macht Sinn.«

Cruz drückt meine Hand und ich drücke zurück. Morsecode für: *»Puh, das war knapp.«*

Lola taucht mit einer Kanne Wasser hinter uns auf.

Dan lächelt sie an. »Hi. Wo ist Ruby?«

»Sie ist bei den Tieren. Müsste eigentlich gleich zurück sein.«

Cruz und ich tauschen einen Blick. Ich weiß, dass er das Gleiche denkt wie ich. Hat Ruby schon bemerkt, dass die Puppe fehlt?

Todd kommt aus der Küche und nickt mir lächelnd zu.

Ich nicke zurück und verspüre plötzliche Dankbarkeit dafür, dass zwischen uns alles geklärt ist.

»Könnt ihr das Feuer anmachen?«, ruft er. »Ich würde gern Kaffee kochen.«

»Und ob!« Dan dreht sich zu uns um. »Schön, dass er wieder besser drauf ist«, flüstert er.

»Das kannst du laut sagen«, antwortet Cruz. »Kommt, holen wir Holz.«

Cruz, Dan und ich schlendern zum Holzstapel hinüber, jeder von uns nimmt einen Armvoll und wir machen uns auf den Rückweg. Doch als ich losgehen will, stolpere ich und lasse die Hälfte meiner Scheite fallen. Seufzend hocke ich mich hin, um sie wieder aufzusammeln – als hinter dem Holzstapel jemand hervortritt. Es ist Ruby, wie eine Riesin ragt sie direkt über mir auf. Sie trägt eine braune kurze Hose und ein grell orangefarbenes Oberteil. Ihr Haar hat sie mit einem schwarzen Tuch gebändigt.

»Oh, äh, hi!«, stottere ich. »Ich hab gerade … Wir holen Feuerholz.«

Sie sieht auf mich herab, und es ist, als würde sie durch mich hindurchblicken.

Sie muss über die Puppe Bescheid wissen. Was, wenn sie weiß, dass ich sie genommen habe?

»Okay. Toll«, murmelt sie. »Und jetzt entschuldige mich bitte.«

Sie läuft weiter, redet kurz mit Lola und klettert dann wie der Teufel die Leiter zu ihrem Haus hinauf – ohne Dan zu beachten, der ihr nachschaut wie ein liebeskranker Welpe. Ich tausche einen Blick mit Cruz und er hebt fragend die Brauen. Schnell raffe ich mein Holz zusammen und laufe zu ihm und den anderen hinüber.

»Ruby fühlt sich nicht so gut«, erklärt Lola, als ich bei ihnen ankomme. »Sie hat sich wieder hingelegt.«

Nach dem Frühstück geht Lola mit uns eine Liste mit Aufgaben durch, die zu erledigen sind. Cruz und ich melden uns dafür, eine der Hütten für die Neuankömmlinge zu reinigen.

»Glaubst du, dass Ruby von der Puppe weiß?«, frage ich ihn, sobald wir allein sind. »Glaubst du, deshalb hat sie behauptet, dass es ihr nicht gut geht? Ich hab sie aus dem Regenwald kommen sehen, und zwar aus der Richtung des Altars. Und sie machte einen ziemlich angespannten Eindruck.«

Cruz nickt langsam und bedächtig. »Möglich. Was ist denn mit Belle? Wirkt sie heute irgendwie anders?«

Ich schüttle den Kopf. »Nein, leider gar nicht. Unsere Aktion war sinnlos. Aber ich bin mir sicher, dass das Puppenhaar von ihr stammt. Es sieht exakt so aus wie ihres.«

Ich drücke meinen Schwamm im Wassereimer aus, gehe auf die Knie und beginne, die Bodendielen unter einem der Betten zu schrubben. Plötzlich löst sich eine Holzplanke. Ich beuge mich vor und drücke so mit der Hand auf das eine Ende des Bretts, dass es sich auf der anderen Seite anhebt. »Oh, eine der Dielen ist total lose«, sage ich und greife instinktiv darunter. Als ich ein Stück Papier ertaste, ziehe ich es heraus und stelle mich damit an einen Spalt in der Bambuswand, durch den Licht dringt.

Das Papier ist am Rand ausgefranst, als ob es aus einem Notizbuch herausgerissen wurde. Auf einer Seite steht oben ganz groß PELIGRO. Der Rest ist mit Bleistift geschrieben, die Schrift leicht verblasst, und ich erkenne sie sofort. »Um Gottes willen!«

Cruz, der dabei ist, eins der Betten zu richten, lässt alles stehen und liegen und kommt zu mir. »Was ist denn? Was hast du da?«

Ich halte ihm mit zitternden Fingern den Zettel hin. »Das ist die Schrift von dem Mann, oder? Von dem Mann, den wir im Wald getroffen haben. Dem Mann, der sich umgebracht hat.«

Cruz nickt wortlos. Dann nimmt er mir den Zettel ab und studiert ihn.

»Was steht da?« Meine Stimme überschlägt sich beinahe. »Was bedeutet *Peligro?*«

Cruz sieht mich todernst an. »Es bedeutet Gefahr.«

Während Cruz den Text liest, schlägt mein Herz bis zum Hals. Er murmelt etwas auf Spanisch vor sich hin. Was, kann ich nicht verstehen, aber am Klang seiner Stimme kann ich ausmachen, dass es nichts Gutes bedeutet.

»Was ist los?«

Noch nie habe ich Cruz so voller Angst erlebt – nicht einmal, als wir Belle auf dem Altar gefunden haben und dachten, sie wäre tot. Er blickt beunruhigt zwischen Tür und Zettel hin und her.

»*Ich schreibe diese Zeilen in Todesangst*«, beginnt er zu übersetzen. »*Und wenn Sie dies lesen, bete ich, dass es Ihnen hilft, Ihr Leben zu retten. Ich bin allein auf diese Insel gereist, fasziniert von der Legende um die Voodoo-Königin Hortense und entschlossen, herauszufinden, ob die Île de Sang wirklich existiert. Gefunden habe ich beide. Und jetzt bin ich mir nicht sicher, ob ich Hortense je wieder entkommen werde. Sie weiß nicht, dass ich ihre Identität kenne. Noch nicht. Sie glaubt, dass ich zufällig hier gestrandet bin. Sie denkt, dass ich ihr Märchen von der Lodge für Touristen glaube. Doch gestern Nacht habe ich gehört, wie sie mit der anderen gesprochen hat. Sie hat überlegt, von wem von uns sie als Nächstes Besitz ergreifen will. Als mein Name fiel, lachte sie und sagte, dass sie schon seit gut fünfzig Jahren kein Mann mehr gewesen sei. Sie spricht über andere Menschen, als wären sie Kostüme, die man anprobiert und wieder ablegt. Dann aber sagte sie: ›Wie froh werde ich sein, wenn die Auserwählte kommt und ich diese Scharade endlich beenden kann.‹ Das Ganze hat etwas mit einer kleinen Schale zu tun, soviel weiß ich, denn ich konnte erkennen, dass sie sie hochhielt, während sie sprach. Und sie hat die Inschrift vorgelesen, die in den Rand eingraviert ist. Nachdem sie weg waren, konnte ich kurz einen Blick darauf werfen. Die Inschrift ist französisch.*« Cruz sieht mich mit großen Augen an, bevor er weiterliest. »*Sie bedeutet: Für immer in der Dunkelheit des Mondes leben.*«

Ich keuche auf.

Cruz schaut vom Text auf. »Alles o.k. bei dir?«

Ich nicke. »Lies weiter.«

Cruz blickt wieder auf das Papier. »*Ihre Magie scheint mit dem Mondzyklus in Verbindung zu stehen. Als sie die Schale hochhob, sagte sie: ›Dies wird sie zu mir bringen, und dann kann ich endlich diese Insel verlassen. Ich kann wieder frei sein.‹ Ich habe keine Ahnung, was all das bedeutet. Aber ich weiß, dass ich heute Nacht fliehen muss. Ich habe gesehen, was mit den Menschen geschehen ist, die von ihr besessen waren. Ich habe ihre Gräber entdeckt. Ich muss hier weg und die Menschen vor ihr warnen. Wenn ihr Zauber wirkt und sie von hier fortgeht, wer weiß, welch grausame Dinge sie dann plant. Aber wenn ich das nicht schaffen sollte und Sie diese Zeilen jetzt lesen, weil Sie hier an diesem Ort zu Gast sind – und wenn Sie nichts über die Voodoo-Königin Hortense wissen – dann flehe ich Sie an, sofort zu verschwinden. Ihr Leben ist in größter Gefahr!*«

Cruz hört auf zu lesen.

Ich lasse mich auf das nächstbeste Bett fallen. Mein Hals ist so zugeschnürt, dass ich kaum Luft bekomme. »Es ist tatsächlich die Schale«, flüstere ich.

Cruz setzt sich neben mich.

»Es ist die Schale«, wiederhole ich, während meine Hände unkontrolliert zu zittern beginnen. »Und ich bin die Auserwählte, oder?« Ich starre Cruz an und hoffe, dass er mich für verrückt erklärt. Doch er legt nur den Arm um mich und drückt mich fest an sich.

»Das fühlt sich nicht echt an.« Ich gerate in Panik. »Nichts fühlt sich mehr echt an.«

Cruz greift nach meiner zitternden Hand. Er wirkt traurig. »*Das* ist echt«, sagt er sanft. »Wir. Du und ich. Das ist echt.«

Ich lehne mich an ihn und versuche, seine Kraft in mich aufzusaugen. »Danke«, flüstere ich.

Er legt meinen Kopf in seine Hand und küsst mich so sanft auf den Mund, dass ich aufstöhne.

»Ich liebe dich, Grace«, flüstert er.

»Ich liebe dich auch.« Tränen schießen mir in die Augen, als ich diese Worte ausspreche. Ich liebe Cruz, aber nichts hasse ich mehr als die Situation, in der wir uns befinden. Ich hasse es, hier festzusitzen, ohne zu wissen, was als Nächstes geschieht und ob wir hier jemals lebend wegkommen.

»Nein«, sagt Cruz, fährt mit dem Daumen über mein Gesicht und wischt die Tränen fort, die mir jetzt die Wangen hinunterfließen. Trotz seiner gebräunten Haut wirkt sein Gesicht aschgrau. »Nicht weinen.« Er zieht mich noch fester an sich. »Ich habe einen Plan«, flüstert er mir ins Ohr. »Eine Idee, wie wir fliehen können.«

»Was? Wie?« Neue Hoffnung keimt in mir auf.

»Wenn die Gäste kommen, werden sie ihr Boot in der Bucht zurücklassen. Warum schleichen wir uns während der Party nicht heimlich weg und nehmen es?«

»Aber wie soll das funktionieren, ohne dass es jemand merkt?«

»Wir sagen den anderen, dass sie nacheinander zur Bucht kommen sollen.«

Ich runzle die Stirn. »Aber müssten wir ihnen nicht erklären, warum sie uns folgen sollen?«

»Wir sagen es ihnen, wenn wir da sind.«

»Was, wenn sie uns nicht glauben?«

Cruz streicht sich die Haare aus dem Gesicht. »Die wollen doch alle unbedingt nach Hause, oder?«

Ich nicke.

»Wenn sie bereit sind, uns zu glauben, kommen sie mit. Wenn nicht …«

Über seinem Schweigen liegt die schreckliche Alternative: *Wenn nicht, lassen wir sie hier, bei Hortense.*

»Aber bis dahin müssen wir so tun, als wäre nichts.«

»Das wird hart.«

Er zuckt mit den Schultern. »Wir haben keine Wahl.«

»Glaubst du wirklich, dass Hortense in die Haut anderer Menschen schlüpfen kann?«

Cruz seufzt. »Wenn du mich das gefragt hättest, bevor wir hierhergekommen sind, hätte ich Nein gesagt. Aber jetzt …« Er bricht ab und sieht zur Tür. »Es sind so viele schreckliche Dinge geschehen. So viele Dinge, die man unmöglich erklären kann.«

Ich nicke. »Aber wer hat uns eigentlich im Wald verfolgt? Der Mann hat sie Hortense genannt.« Ich schaudere bei dem Gedanken an ihre verschrumpelte Haut, ihren rasselnden Atem und daran, wie der Mann starr vor Entsetzen dort gekauert hat.

Cruz blickt gedankenverloren vor sich hin. »Das muss ihr echter Körper gewesen sein – ihr früherer Körper. Und wann immer ihr danach ist, nimmt sie sich einen anderen.« Er schaut wieder auf das zerrissene Stück Papier. »Wie Kostüme, die man anprobiert und wieder ablegt.«

Ich nicke. Und dann kommt mir ein schrecklicher Gedanke. »Oh Gott! Wenn Hortense von den Körpern anderer Leute Besitz ergreifen kann, glaubst du, dass … glaubst du, dass sie in Rubys stecken könnte?«

»Ich weiß nicht.«

Angst steigt in mir auf. »Vielleicht höre ich ihre Stimme deshalb nicht mehr. Vielleicht muss sie nicht mehr in Gedanken mit mir sprechen, weil sie das jetzt von Angesicht zu Angesicht tun kann.«

Ich presse meine Hände zusammen, damit sie zu zittern aufhören.

Cruz greift nach ihnen. »Alles klar?«

Ich nicke. Ich darf nicht zeigen, wie groß meine Angst ist. Niemandem. Ich muss stark bleiben. Hortense darf nicht erfahren, dass ich etwas weiß – wer und wo Hortense auch immer sein mag.

# KAPITEL 20

Der weitere Vormittag fühlt sich seltsam und unwirklich an. Es ist, als wäre mein Körper auf Autopilot fahren, während mein Geist im Turbospeed unterwegs ist.

Nachdem Cruz und ich die Hütte fertig geputzt haben, holen wir uns etwas zu trinken und ein paar Früchte. Die Hitze ist inzwischen beinahe unerträglich, was die ganze Sache nicht besser macht. Das Sonnenlicht hat einen seltsamen, Instagram-artigen Schimmer, wodurch alles blass und verwaschen wirkt.

»Ich würde gern Belle und Floh erzählen, was geschehen ist«, flüstere ich Cruz zu. »Sie sind die Einzigen, die uns nicht für bescheuert halten werden. Und ich möchte sie gerne warnen.«

Cruz überlegt einen Moment. »Du hast recht«, sagt er schließlich.

»Hallo, ihr Turteltäubchen«, ruft Floh uns zu. »Kommt her und setzt euch zu uns in den Schatten.«

Wir lassen uns neben ihnen nieder und ich drücke Belles Hand. Sie lächelt mir zu.

»Wir müssen euch etwas erzählen«, flüstere ich und lasse den Blick über die Lichtung schweifen, um sicherzugehen, dass Ruby wirklich nicht in der Nähe ist.

»Habt ihr euch verlobt?«, quietscht Floh auf. »Oh. Mein. Gott. Wie romantisch. Verlobung beim Schiffbruch. Ich komme mir vor wie in einem Roman von Jackie Collins.«

Ich werde rot. »Nein! Wir haben uns nicht verlobt.«

Floh seufzt. »Schade. Eine Hochzeit würde diesem Ort sehr guttun.«

»Jimmy!«, ruft Belle. Dann dreht sie sich zu mir um. »Was ist denn, Grace?«

Ich spähe noch einmal über die Lichtung. »Ihr müsst schwören, niemandem ein Sterbenswort zu erzählen.«

»Natürlich«, flüstert Belle.

Ich hole tief Luft. »Wir haben herausgefunden, wer hinter den ganzen seltsamen Dingen steckt, die uns auf der anderen Inselseite passiert sind. Und auch, wer höchstwahrscheinlich Belle entführt hat.«

Floh nimmt seinen Hut ab und starrt mich todernst an.

Belles Augen weiten sich panisch. »Wer?«

Ein letzter Blick über die Lichtung.

»Ihr dürft wirklich niemandem auch nur ein Wort davon verraten«, sagt Cruz.

»Das tun wir nicht«, sagt Floh. »Ich weiß, dass ich viel labere, aber ich weiß auch, wann ich die Klappe halten muss.«

Cruz nickt, und alle Blicke richten sich auf mich.

»Das Ganze klingt ziemlich verrückt«, beginne ich.

Floh schüttelt den Kopf. »Süße, ich war dabei, als wir Belle gesucht haben. Ich weiß, was geschehen ist. Ich kann mit so was umgehen.«

»Wir glauben, dass es etwas mit einer Voodoo-Königin zu tun hat«, sage ich und winde mich innerlich, weil es so bescheuert klingt.

Aber Floh und Belle lachen nicht, sondern starren mich nur mit offenem Mund an. Also fahre ich fort. »Sie heißt Hortense, und wir glauben, dass sie hier auf der Insel lebt.«

Belle stößt einen ängstlichen Schrei aus.

»Heiliger Strohsack!«, ruft Floh und schlägt sich die Hand vor den Mund. Dann scheint er zu begreifen. »Das würde die Voodoo-Barbie erklären, die wir über Jennas Bett gefunden haben.«

Ich nicke. »Genau.«

»Und den Altar, auf dem Belle lag. Und das ganze gruselige Zeug in der Höhle.«

»So ist es. Erinnert ihr euch an das Amulett, das immer wieder aufgetaucht ist?«

Floh nickt.

»Darin war ihr Zeichen eingraviert – die Schlange über dem Buchstaben H.«

»Himmel!« Flo packt mich am Arm. »Und war sie das? Im Regenwald?«

Ich nicke. »Wahrscheinlich, ja. Die Sache ist ziemlich kompliziert, aber ich glaube, dass sie aus irgendeinem Grund hinter mir her ist.«

»Was meinst du damit?«, fragt Belle.

»Seit wir auf der Insel sind, höre ich ein Flüstern. Die Stimme einer Frau, die mir Anweisungen gibt, was ich tun soll.«

Floh starrt mich an. »Machst du Witze? Warum hast du nichts gesagt?«

Ich spüre, wie ich rot werde. »Weil ich dachte, dass ihr mich für verrückt haltet. Ich dachte ja selbst, dass ich verrückt bin.«

Floh schüttelt den Kopf. »Ach, Süße, hättest du es uns doch erzählt. Das muss ja entsetzlich für dich gewesen sein. Was hat sie denn zu dir gesagt?«

»Alles Mögliche. Dass ich in den Wald kommen soll. Dass sie meine Hilfe braucht.« Ich bekomme eine Gänsehaut, als ich daran denke, wie Hortenses tiefe Stimme sich in meinem Kopf ausgebreitet hat. Floh drückt meinen Arm ganz fest und ich lächle ihn schwach an. »Und erinnert ihr euch an die Schale, die wir auf dem Altar gefunden haben?«

Floh nickt »Die, die du für deine eigene gehalten hast?«

»Ja. Na ja, natürlich kann es nicht meine gewesen sein, aber sie sieht wirklich ganz genauso aus wie die, die ich von meinem Dad bekommen habe. Er hat sie mir aus New Orleans mitgebracht – der Stadt, aus der Hortense stammt. Wir glauben, dass auf den Schalen irgendein Zauber oder Fluch liegt, der mich hierhergebracht hat.«

Cruz sucht die Lichtung mit den Augen ab, bevor er das zerknitterte Blatt aus seiner Tasche zieht. »Vorhin haben wir eine Warnung von dem alten Mann gefunden, den wir im Wald getroffen haben. Der Zettel war versteckt unter einer Holzdiele«, flüstert er und zeigt in Richtung Hütte. »Der Mann hat hier übernachtet, hier in der Lodge. Und er war Hortense auf der Spur.«

Belle runzelt die Stirn. »Aber habt ihr nicht gesagt, dass der Mann verrückt war?«

Cruz nickt. »War er auch, als wir ihn getroffen haben. Vermutlich wurde er da schon so lange von Hortense verfolgt, dass er aus Angst verrückt geworden ist. Doch was er hier schreibt, ist ganz anders. Das klingt völlig klar.«

»Verdammt!« Floh starrt auf den Zettel und schüttelt langsam den Kopf. »Wir müssen den anderen davon erzählen.«

Cruz steckt das Blatt zurück in seine Tasche. »Nein. Noch nicht.«

Floh sieht ihn erstaunt an. »Warum denn nicht? Wenn hier eine durchgeknallte Voodoo-Tante durch die Gegend läuft und hinter Grace her ist, müssen wir von hier verschwinden. Wir könnten mit Ruby …« Er stockt. »Oh, Moment mal. Ihr glaubt doch nicht, dass Ruby etwas damit zu tun hat?«

Ich zucke mit den Schultern. »Doch, das wäre schon möglich. Aber wir haben keine Beweise. Darum können wir auch noch nicht darüber reden, nicht, solange wir nicht ganz sicher sind.«

Floh nickt. »Klingt logisch.« Er schaut Belle an. »Alles in Ordnung, Beau-Belle?«

Belle nickt, aber ihr Gesicht ist starr vor Angst. Ich streiche tröstend über ihre Wange. »Keine Sorge, Belle, wir haben einen Plan. Wir haben eine Idee, wie wir hier wegkommen.«

»Wirklich?«, platzt Floh laut hervor. »Sorry«, flüstert er gleich darauf. »Und wie?«

»Hi, Leute!«

Wir zucken zusammen. Auf der Lichtung steht Lola mit einem Korb voller Eier. Sie winkt uns zu und läuft weiter in die Küche.

»Hi!«, ruft Floh ihr nach. »Sollten wir Lola einweihen?«, flüstert er mir zu.

Ich schüttle den Kopf. »Noch nicht. Sie mag Ruby so sehr, dass ich ihr nichts sagen will, bevor wir den sicheren Beweis haben.«

»Aber wo willst du den herkriegen?«, fragt Belle mit zitternder Stimme.

»Wir müssen in ihr Haus«, antwortet Cruz.

Alle Blicke wandern zum Baumhaus hinauf, das über der Lichtung thront. Auch wenn niemand ein Wort sagt, könnte ich wetten, dass wir alle das Gleiche denken: *Wie zum Teufel sollen wir das hinkriegen?*

Lola kommt wieder aus der Küche und schlendert zu uns herüber. »Alles klar bei euch? Ihr wirkt so ernst.«

»Das ist nur die Hitze, Süße. Schlägt mir total auf die Stimmung«, sagt Floh.

Wir anderen beeilen uns, zustimmend zu nicken.

»Hm, vielleicht sollten wir alle in die Lagune zum Schwimmen gehen und uns ein bisschen abkühlen«, sagt Lola. »Ruby hat sicher nichts dagegen.«

In selben Moment kommen Dan und Todd aus der Hütte, die sie für die Gäste vorbereitet haben.

»Was geht?«, ruft Dan uns zu.

»Wir überlegen, ob wir schwimmen gehen sollten«, sagt Floh.

»Das ist das Beste, was ich heute gehört habe.« Dan zieht sein T-Shirt aus und wischt sich damit den Schweiß von der Stirn.

»Wenn ich groß bin, will ich auch solche Muskeln«, sagt Floh seufzend mit Blick auf Dan.

»Ich bin dabei!«, ruft Todd.

»Wo sind Cariss und Jenna?«, fragt Lola mich.

»Ich schätze, noch beim Kloputzen«, sagt Floh grinsend. »Tja …«

Ich stehe auf und nehme Belles Hand. »Komm, Belle, holen wir unsere Badesachen.«

In der Mädchenhütte setzt sich Belle auf ihr Bett und schlägt die Hände zusammen. »Ich glaube, ich bleibe lieber hier«, murmelt sie. »Ich fühle mich nicht so gut.«

»Ach, Belle.« Ich hocke mich neben sie und lege ihr den Arm um die Schulter. »Das wird schon alles wieder. Wir kommen hier raus, das verspreche ich dir.«

»Aber wie denn?« Belle sieht mich mit blinden Augen an.

»Cruz hat einen Plan.« Ich blicke zur Tür, um sicherzugehen, dass niemand kommt, und rutsche näher an sie heran. »Wir nehmen das Boot, mit dem die neuen Gäste morgen ankommen«, flüstere ich. »Während der Party verschwinden wir.«

Belles Augen werden groß. »Wie soll das gehen, ohne dass es jemand merkt?«

»Ich sag den anderen, dass sie sich einzeln nacheinander verdrücken und zur Bucht kommen sollen.«

»Seid ihr so weit?«

Wir springen beide abrupt auf. In der Tür steht Lola mit einer Handtuchrolle unter dem Arm.

»Fast.« Ich sehe Belle an. »Bist du sicher, dass du hierbleiben willst?«

Belle nickt. »Ja, es macht keinen Sinn. Ich kann sowieso nicht schwimmen.«

»Aber du könntest dich zumindest ein bisschen im Wasser abkühlen. Ich bleib auch bei dir.«

Belle lächelt. »Danke, aber ich bin müde. Ich leg mich hin und versuche zu schlafen.«

»Ich weiß nicht. Ich hab kein gutes Gefühl dabei, dich allein zurückzulassen.«

»Ist schon gut. Jenna und Cariss kommen bestimmt auch gleich wieder.«

Ich atme tief durch und versuche, klar zu denken. Selbst wenn Ruby und Hortense dieselbe Person sind, wird sie Belle jetzt nichts tun. Belle war für sie immer nur ein Lockvogel. Ein Lockvogel für mich.

Bei dem Gedanken zieht sich mir wieder einmal der Magen zusammen. Ich zwinge mich, Belle anzulächeln, doch dann fällt mir ein, dass sie mich nicht sehen kann. »Hmm. Also gut, wenn du meinst.«

Belle nimmt meine Hand. »Ganz sicher. Danke, Grace«, flüstert sie.

Ich drücke sie an mich. »Kein Problem.«

Was ich hier am meisten hasse, sind die widersprüchlichen Gefühle, die die Insel in mir auslöst. Die Lagune ist so atemberaubend schön, dass ich für einen Moment nur dastehe und wie verzaubert auf das klare, türkisfarbene Wasser blicke. Es ist beinahe unmöglich zu glauben, dass sich in etwas so Wunderschönem etwas so Grausames verbirgt.

Wir springen ins kalte Wasser und stöhnen vor Erleichterung auf. Es ist einfach großartig, der Hitze zu entkommen. Während die anderen anfangen, sich Wasserkämpfe zu liefern, schwimme ich quer durch die Lagune und deute Cruz an, mir zu folgen. Wie gut es sich anfühlt, Arme und Beine im Wasser auszustrecken, die Augen zu schließen und mir vorzustellen, dass ich mir den Weg in die Freiheit erkämpfe.

Doch schon nach einer Minute bin ich erschöpft. Ich öffne die Augen und blicke auf die steile Wand aus Grün vor mir, bevor ich mich zu Cruz umdrehe, der jetzt direkt hinter mir ist.

»Unser Boot ist weg«, flüstert er mir ins Ohr.

Sofort schnürt sich mir die Brust zu. »Na ja, spielt jetzt auch keine Rolle mehr«, sage ich und versuche, gleichgültig zu klingen, auch wenn es mir nicht gelingt. »Wir brauchen es sowieso nicht mehr.«

»Stimmt.«

Cruz' Hand umfasst unter Wasser meine Taille und ich lasse mich auf ihn zutreiben.

Über seine Schulter hinweg sehe ich, dass Todd im Wasser herumwatet und dabei mit Lola plaudert. Michael sitzt auf den Steinen am Rand der Lagune und beobachtet sie. Zwischen ihnen und uns schwimmen Dan und Floh im Kreis.

Cruz rinnt das Wasser über das gebräunte Gesicht. Unter anderen Umständen wäre ich durchgedreht vor Freude darüber, einen so süßen Typen wie ihn zum Freund zu haben. Aber nicht jetzt. Jetzt ist das einzige Gefühl, zu dem ich fähig bin, Angst.

»Und, wie ist dein Plan?«

Cruz wischt sich die nassen Haare aus den Augen. »Wenn Ruby heute Nachmittag mal weggeht, müssen wir versuchen, ins Haus zu gelangen.«

»Vielleicht könnte ich auch Lola bitten, es mir zu zeigen«, überlege ich.

Cruz schüttelt den Kopf. »Glaubst du echt, das würde sie machen? Ruby hat ihr doch bestimmt verboten, jemanden nach oben zu lassen.«

Ich nicke. »Da hast du recht. Gut, dann schleich ich mich heimlich hoch, wenn niemand in der Nähe ist, und du hältst Wache. Wenn ich Beweise für eine Verbindung zwischen Ruby und Hortense finde, erzählen wir dann Dan davon?«

»Unbedingt«, sagt Cruz.

Floh schwimmt zu uns herüber. »Houston, ich glaube, wir haben ein Problem«, sagt er und weist mit dem Kopf auf Dan, der immer noch in der Mitte der Lagune schwimmt.

Sofort spannt sich wieder alles in mir an. »Was denn?«

»Der Junge ist verknallt bis zu den Fußsohlen«, seufzt Floh.

»Er kann nur noch über Ruby reden. Ruby, Ruby, Ruby. Seid ihr sicher, dass ihr ihn nicht sofort vor ihr warnen solltet?«

Ich schüttle den Kopf. »Das haben wir gestern Nacht versucht, aber er wollte nicht hören. Wir brauchen Beweise.«

Floh sieht mich kritisch an. »Dann solltet ihr euch lieber beeilen, er hat nämlich jede Menge Pläne mit ihr, und damit meine ich keine Spaziergänge im Mondschein …«

Ich blicke zu Dan hinüber, der gerade mit Lola und Todd aus dem Wasser kommt und sich mit ihnen zu Michael gesellt.

»Auf geht's«, sage ich zu Floh und Cruz, und wir machen uns auf den Rückweg.

»Li-La-Lola trinkt gern Cola«, singt Dan, als wir aus dem Wasser kommen, und spritzt in Lolas Richtung.

»Na warte!« Lola grinst und versucht, ihn unterzutauchen.

Dan und Todd lachen.

»Unsere kleine Engländerin ist ganz schön frech!« Dan hebt sie leichthändig aus dem Wasser. »Ich glaube, wir sollten dich mal ordentlich durchkitzeln.«

»Geht's noch?«, faucht Michael. Er trägt seine Sonnenbrille und liegt auf dem Boden.

Todd schaut ihn fragend an.

Michael setzt sich auf. »Was ist denn so lustig?«

»Chill mal, Bro'«, sagt Dan. »Wir machen nur Spaß.«

»Echt, reg dich ab.« Todd hält abwehrend beide Hände vor sich, woraufhin Michael irgendetwas vor sich hin murmelt.

»Was hast du gesagt?« Mit versteinerter Miene macht Todd einen Schritt auf Michael zu.

»Ich hab gesagt, dass ihr euch verziehen sollt«, sagt Michael mit so bebender Stimme, als würde er gleich in Tränen ausbrechen.

»Michael!«, sagt Lola warnend.

Er dreht sich zu ihr um und nimmt seine Sonnenbrille ab. Sein Gesicht ist rot vor Zorn. »Was?«

»Sei nicht so fies.«

»Fies? Ich!« Michael lacht schrill und beinahe hysterisch auf. »Als ob ich fies sein könnte.« Er starrt Lola an, aber sein Blick ist gläsern und tränenverhangen. Sie öffnet den Mund, um etwas zu sagen, doch bevor sie ein Wort herausbringt, stellt sich Todd zwischen die beiden.

»Hör auf, dich so idiotisch aufzuführen«, sagt Todd Michael ins Gesicht. »Sie hat mit dir Schluss gemacht, okay. Und?«

»Und was?«, zischt Michael.

»Ja, genau, und was?«, wiederholt Todd.

Sie stehen sich jetzt Auge in Auge gegenüber. Ich mache einen Schritt auf Todd zu, aber zu spät. Michael schlägt ihm so heftig auf die Brust, dass Todd zurücktaumelt und gegen Lola stößt, die daraufhin zu Boden stürzt.

Michaels Augen weiten sich entsetzt. »Lola, ich …«

Ich helfe ihr auf. »Hast du dir wehgetan?«

Lola sieht sich verwirrt um. »Nein, ich glaube nicht …«

»Was sollte das denn?«, brüllt Todd Michael an.

Doch Michael hat nur Augen für Lola. Wieder macht Todd ein paar Schritte auf ihn zu.

»Wollen wir einfach alle zur Lodge zurückgehen?«, fragt Floh nervös.

»Sie hat dich verlassen!«, schreit Todd.

Michael zuckt sichtlich zusammen.

Dan und Cruz stellen sich neben Todd.

»Aber sie lebt noch und das ist auf dieser verdammten Insel nicht selbstverständlich!« Alle Wut strömt aus Todd heraus, bevor er in Tränen ausbricht.

»Schon gut. Ist schon gut«, sagt Cruz und legt den Arm um Lola.

»Lola?«, Michael sieht sie flehentlich an.

»Lass mich in Ruhe«, sagt Lola mit zitternder Stimme und reibt sich den Arm.

Michael streckt ihr die Hand entgegen.

»Ich meine es ernst.« Lolas Stimme wird eisig. »Lass mich in Frieden.«

Michael strömen die Tränen das Gesicht hinab. »Also gut. Wenn es das ist, was du wirklich willst …?« Er beugt sich vor und hebt seine Sonnenbrille auf. »Schon gut, ich lasse dich in Ruhe. Ich lass euch alle in Ruhe.«

Schweigend sehen wir ihm nach, wie er im Regenwald verschwindet.

# KAPITEL 21

Als wir zur Lodge zurückkommen, sitzen Cariss und Jenna schmollend am Feuer.

»Wo wart ihr?«, keift Cariss auch sofort los.

»An der Lagune«, antwortet Floh.

»Wie bitte? Ihr wart schwimmen, während wir die widerlichste Arbeit aller Zeiten erledigt haben?« Cariss sieht Jenna mit weit aufgerissenem Mund an.

Auch Jennas Blick verdüstert sich.

Todd legt Lola eine Hand auf den Rücken. »Geht es dir besser?«

Lola lächelt ihn an. »Ja. Danke. Und dir?«

Todd nickt. »Denke schon.«

»Habt ihr Michael gesehen?«, fragt Floh, unbeeindruckt von der Szene, die Cariss gerade veranstaltet hat.

Jenna und Cariss schütteln noch immer beleidigt den Kopf.

»Wo ist Ruby?«, will Lola wissen.

»Bringt frische Bettwäsche in die Mädchenhütte«, murmelt Jenna.

*Belle!*, denke ich, und sofort bricht mir der kalte Schweiß aus. Sie ist ganz allein dort drin.

»Ich räum schnell meine Sachen auf«, sage ich zu Cruz, und sein Blick sagt mir, dass er das Gleiche denkt wie ich.

So schnell ich kann, haste ich zur Hütte und reiße die Tür auf.

Belle liegt zusammengerollt auf ihrem Bett. Ruby hat ihr den Rücken zugedreht und beugt sich gerade über mein Bettzeug – meine Tasche liegt weit geöffnet vor ihr.

*Was treibt sie da?* Ich atme tief durch, versuche, die aufkommende Wut und Panik zu unterdrücken, und marschiere in die Hütte. »Kann ich dir irgendwie helfen?«, frage ich so freundlich und ruhig wie möglich.

Rubys Schultern zucken vor Schreck zusammen. Sie wirbelt herum. »Oh – nein danke. Ich wollte nur gerade … deine Bettwäsche wechseln.«

»Ach so! Klar. Danke. Ist aber nicht nötig.« Ich gehe einen Schritt auf sie zu und bleibe neben ihr stehen. Ich bin ihr so nah, dass ich ihr Parfüm riechen kann, eine Mischung aus Patschuli und Lavendel. Meine Sachen sind auf meinem Bett ausgebreitet, als wäre meine Tasche durchwühlt worden. Allerdings bin mir nicht sicher, ob ich das nicht selbst war, als ich meine Schwimmsachen gesucht habe. Die Shorts, die ich vorhin anhatte, liegt zerknautscht auf dem Bett. Die mit den Puppenhaaren in der Tasche. Hat Ruby die Hosentaschen durchsucht? Hat sie die Haare gefunden? Ich werfe einen Blick auf ihre Hände – sie sind leer. Hastig nimmt sie einen Stapel Wäsche vom Bett.

»Ich schätze, es ist langsam Zeit fürs Mittagessen«, sagt sie, viel freundlicher als sonst.

Sie dreht sich um, und ich sehe ihr mit flauem Gefühl im Magen nach, wie sie aus der Hütte stolziert. Dann greife ich schnell nach den Shorts und fasse in die Tasche: Die Haare sind noch da. Was nichts bedeuten muss – Ruby könnte sie trotzdem entdeckt haben. Um nicht auszuflippen, beginne ich, meine Sachen zu sortieren. Als ich die Shorts zusammenlege und in die Reisetasche zurückstopfe, fällt mir mein Handy ins Auge. Ich ziehe es aus der Tasche und schalte es an, um endlich mal wieder mein Hintergrundbild von Mom und Tigger zu sehen. Doch das Display bleibt schwarz. Plötzlich halte ich es nicht mehr aus vor Kummer. Er dringt in jede Faser meines Körpers ein, nimmt mir die Luft zum Atmen. Ich sinke auf die Knie und beginne zu weinen.

»Ist alles in Ordnung, Grace?«, flüstert Belle hinter mir.

»Oh, du bist wach.« Ich wische mir übers Gesicht und setze mich an ihre Bettkante.

»Was ist denn? Warum weinst du?«

Ich schlucke heftig. Jetzt, wo ich angefangen habe zu weinen, ist es schwer, wieder aufzuhören. »Ich vermisse gerade meine Mom so sehr.«

Belle beugt sich vor und legt den Arm um mich.

»Tut mir leid«, schluchze ich an ihre Brust. »Ich weiß, für dich muss es noch viel schlimmer sein, weil deine Mom krank ist und so, aber ich … es ist nur …«

»Schon gut.« Belle streicht mir übers Haar. Sie wiegt mich sanft hin und her, sodass ich mich binnen Sekunden besser fühle. Ich richte mich wieder auf und wische mir die Tränen ab.

»Entschuldige.«

»Hör bloß auf!«, sagt Belle bestimmt.

»Die Insel ist schuld«, sage ich.

Belle nickt. »Ich weiß. Aber wir sind nur noch einen einzigen Tag hier.« Ihre Stimme klingt so aufgesetzt fröhlich, als würde sie den letzten Tag des Schlussverkaufs verkünden.

Ich zwinge mich zu einem Lächeln. »Das stimmt. Nur noch ein einziger Tag.«

Belle lächelt mich traurig an. Auch sie scheint zu ahnen, dass alles nicht so einfach wird.

Leider hat Ruby beschlossen, uns beim Mittagessen Gesellschaft zu leisten. Und noch schlimmer: Sie nutzt die Gelegenheit, um mit Dan zu flirten. Ich versuche zu ignorieren, wie er sich vor ihr profiliert, und zwinge mich, etwas Obst zu essen. Ich muss einen Plan schmieden. Noch heute Nachmittag muss ich irgendwie in das Haus kommen und außerdem herausfinden, wo genau die Bucht ist, an der die Gäste ankommen werden. Mein Blick wandert zu Cariss und Jenna, die jetzt vor unserer Hütte sitzen und Äpfel essen. Die beiden brauche ich gar nicht erst um Hilfe zu bitten – entweder sie würden mich ignorieren oder mir massenhaft Fragen stellen, die ich nicht beantworten möchte. Also bleibt nur Todd. Wie aufs Stichwort steht er auf.

»Wer möchte Kaffee?«, fragt er.

»Das ist sogar für mich zu heiß heute«, sagt Floh betreten. »Und ich trinke sonst so viel Kaffee, dass meine Blutgruppe eigentlich Koffein positiv heißen müsste.«

»Ich hätte gern einen«, beeile ich mich zu sagen.

Todd nickt. »Okay. Und du, Lola?«

Sie schüttelt den Kopf. Irgendwie wirkt sie immer noch ziemlich durcheinander wegen der Sache mit Michael und auf ihrem Arm zeichnet sich deutlich ein Bluterguss ab.

Als Todd zur Küche läuft, gehe ich ihm nach.

»Kann ich dir helfen?«, frage ich.

»Nein danke, ich schaff das schon.«

»Geht es dir gut, Todd? Du weißt schon, wegen der Sache mit Michael?«

Er nickt. »Ich hätte mich nicht so gehen lassen dürfen, aber es ist so …« Er stockt und senkt den Blick.

»Ich weiß.«

Meine Mom hat mal gesagt, dass man dann zu einem anderen Menschen den richtigen Draht hat, wenn man gemeinsam schweigen kann, ohne dass es unangenehm ist. Als Todd und ich zusammen waren, habe ich es gehasst, wenn es zwischen uns still wurde, und immer das Gefühl gehabt, diese Stille sofort mit irgendeinem Geschwafel füllen zu müssen. Jetzt aber, hier in der Küche, fühle ich mich rundum wohl. Todd scheint das Gleiche zu empfinden, denn er lächelt mich an.

»Danke, Grace.«

»Hm.«

Ich gehe zu dem Regal mit dem Obst hinüber und tue so, als würde ich mir einen Apfel aussuchen.

»Wie weit ist diese Bucht eigentlich weg?«, frage ich wie nebenbei.

Todd sieht mich verwirrt an. »Welche Bucht?«

»Die, in die ihr euch gerettet habt, bevor ihr hierhergekommen seid.«

Todd zuckt mit den Schultern. »Kann ich gar nicht sagen. Ich war nicht wirklich bei mir, weil ... nach dem, was geschehen ist, du weißt schon.« Sein Gesicht verdüstert sich. »Ich weiß noch, dass Cariss rumgejammert hat, wie ewig wir laufen müssten, aber Cariss jammert eigentlich immer rum, oder?«

Ich muss grinsen. »Oh ja, allerdings. Musstet ihr denn quer durch den Regenwald?«

Todd überlegt kurz. »Ja, da war ein Weg ... Er führt von hier aus am Wasserfall vorbei und dann direkt zur Bucht. Ziemlich leicht zu finden eigentlich, soweit ich mich erinnern kann.«

Ich kann es kaum glauben. Endlich eine gute Nachricht! »Der Weg führt am Wasserfall vorbei?«

Todd nickt. »Ja, direkt dahinter. Warum fragst du das alles?«

Ich kann mich gerade noch zurückhalten, vor Freude in die Luft zu boxen.

»Oh, ich hab nur überlegt, wie lange wir wohl zum Boot laufen müssen, wenn wir von hier wegfahren.«

»Ach so, klar. Aber weißt du was? Selbst wenn es total weit wäre.« Er schaut auf einmal ganz ernst. »Ich würde den ganzen Tag laufen, um nach Hause zu kommen.«

Ich nicke.

»Sogar meine Schwester vermisse ich.« Seine Augen schimmern vor Tränen.

»Oh, Todd!« Ich lege meine Hand auf seinen Arm. »Ich weiß, was du meinst. Ich vermisse sogar die Freundin meines Vaters, obwohl ich sie gar nicht kenne.«

Todd lacht und wischt sich mit dem Handrücken über die Augen. »Wow, das will mal was heißen.«

Als ein Hüsteln erklingt, wirbeln wir herum. Jenna steht mit den Händen in der Hüfte auf der Schwelle.

»Wir haben uns nur unterhalten«, sage ich und ärgere mich im selben Moment über mich selbst. Wieso glaube ich, mich vor ihr rechtfertigen zu müssen – vor allem, wenn es um Todd geht?

»Ach ja?«, sagt Jenna frostig.

»Ja, sicher.« Ich laufe an ihr vorbei nach draußen. Ich kann es mir nicht leisten, mich über ihr selbstgefälliges Getue aufzuregen. Ich brauche alle meine Kraft.

»Hey, Grace«, ruft Lola mir zu. »Hast du Lust, mit mir ein paar Blumen zu pflücken?«

Ich weiß nicht, ob es ihr vornehm klingender britischer Akzent ist oder ihr offenes Lächeln, aber Lola hat irgendetwas an sich, was mich sofort beruhigt.

»Ja, logisch.« Ich lächle ihr zu und sehe mich nach den anderen um. Dan verteilt gerade die Angelutensilien an Floh und Cruz, während Ruby den dreien Anweisungen gibt.

»Sie holen noch mal Fisch«, erklärt Lola. »Ich hoffe, es ist okay für dich, wenn du mit mir kommst. Oder würdest du lieber angeln?«

Ich schüttle lächelnd den Kopf. »Nein, ist schon gut.« Und das meine ich ernst. Denn wenn ich in der Nähe der Lodge bleibe, findet sich für mich hoffentlich eine Gelegenheit, ins Haus zu gelangen. »Was ist mit Belle?«

»Oh, sie hat sich wieder hingelegt«, sagt Lola beiläufig.

Schon wieder? Mir kommt ein beunruhigender Gedanke: Steuert Belle etwa auf eine Depression zu? Wahrscheinlich sollte ich sie überreden, mit uns zu kommen, aber dann wird es noch schwerer für mich, mich davonzuschleichen, um einen Blick in das Haus zu werfen. Und außerdem – wenn unser Plan gelingt, sind wir morgen hier weg und Belle ist auf dem Weg zu ihrer Mom.

»Okay, lass uns gehen«, sage ich daher nur.

Lola und ich rufen den Jungs zu, dass wir aufbrechen, und spazieren in Richtung Garten. Sobald wir dort ankommen, weicht meine Anspannung. Selbst in der sengenden Sonne wirken die Blumen noch immer frisch und üppig. Wir pflücken einen ganzen Armvoll und tragen sie zur Bank, wo Lola mir zeigt, wie man sie zu Girlanden webt.

»Hast du Michael eigentlich noch mal gesehen, seit … du weißt schon?«, beginne ich nach einer Weile.

»Nein. Wahrscheinlich hockt er irgendwo und zeichnet. Das macht er immer, wenn er schmollt.« Lola sieht mich mit großen Augen an. »Es tut mir so leid, wie er sich benommen hat. Ich weiß nicht, was in letzter Zeit mit ihm los ist. Natürlich macht ihn unsere Trennung fertig, aber trotzdem … So krass habe ich ihn noch nie erlebt.«

»Du brauchst dich doch nicht für ihn zu entschuldigen.«

Lola lächelt mich traurig an. »Ich weiß. Aber ich fühle mich irgendwie immer noch mitverantwortlich.« Sie seufzt tief. »Und, wie läuft es zwischen dir und Cruz?«

Ich lächle. »Gut. Na ja, so gut, wie es unter diesen Umständen möglich ist.«

»Was meinst du?«

»Ach, du weißt schon, weil wir hier sind«, sage ich hastig. »Wir haben alle ziemlich Heimweh. Das zehrt an den Nerven.«

»Aber ihr fahrt doch bald.« Lola schaut mich erstaunt an.

»Ja.« Ich zwinge mich zu einem Lächeln. Vielleicht sollte ich ihr von Hortense erzählen.

Doch bevor ich etwas sagen kann, erscheint Ruby am Eingang des Gartens.

»Jenna, Cariss und ich gehen zu den Kühen«, sagt sie zu Lola.

»Ist gut«, antwortet Lola heiter.

Als Ruby weiterläuft, beginnt mein Herz zu rasen. Dies ist die Gelegenheit, auf die ich gewartet habe. Ruby ist aus dem Weg, und alle anderen haben zu tun – jetzt müsste ich es schaffen, ins Haus zu gelangen. Aber was mache ich mit Lola? Ich stehe auf und sag das Erste, was mir in den Sinn kommt.

»Entschuldige, aber ich muss mal kurz wohin.«

»Kein Problem«, antwortet sie und sieht nicht einmal von ihren Blumen auf.

Sobald ich außer Sichtweite bin, renne ich los. Ich will so schnell zur Lodge zurück wie möglich.

Als ich dort ankomme, blicke ich mich hastig um. Kein Lebenszeichen weit und breit. Die Hitze ist jetzt so drückend, dass sogar das Kreischen der Papageien gedämpft klingt. Ist es selbst für sie zu heiß, um richtig loszulegen? Ich trete ans Feuer und tue so, als würde ich nach etwas suchen, sehe mich ein letztes Mal um und schlüpfe hastig in die Schatten unter dem Haus.

Mit zittrigen Fingern fasse ich nach der Leiter. *Auf geht's, reiß dich zusammen*. Ich stelle einen Fuß auf die unterste Sprosse. *Aber was, wenn Hortense da oben ist?* Auf einmal erscheint mir das Ganze nicht mehr wie eine gute Idee. Doch wie sonst soll ich einen Beweis dafür finden, dass Hortense und Ruby etwas miteinander zu tun haben? Ich denke an Dan und wie er mit Ruby flirtet. Und an die Warnung des toten Mannes, und daran, dass sich Hortenses Netz um mich zuzieht. Wenn ich nicht beweisen kann, dass Ruby mit all dem zu tun hat, kann ich auch die anderen nicht davon überzeugen, und wir werden niemals fliehen. Ich atme tief durch und klettere nach oben.

Als ich eintrete, ist es so dunkel, dass meine Augen einen Moment brauchen, um sich daran zu gewöhnen. Nach und nach nehmen die Dinge Gestalt an – ein hohes, schmales Regal voller Bücher, eine Kommode aus Eiche, ein ausgezogenes Sofa, auf dem ein Berg Klamotten liegt. Eins von Lolas Tops hängt über dem Bett, offensichtlich schläft also sie hier. Ich blinzle ins Halbdunkel. Der Raum, ich dem ich mich befinde, nimmt das gesamte untere Stockwerk des Hauses ein. Die Wände sind mit dicken Tüchern in dunklen, saftigen Farben drapiert und der Boden besteht aus geschliffenen Holzdielen. In der gegenüberliegenden Ecke führt eine zweite Leiter zum oberen Stockwerk. Ich betrachte das Bücherregal genauer. Es ist mit einer Mischung aus alten, ledergebundenen Bänden und schwankenden Stapeln aktueller Taschenbücher vollgestopft. Gerade als ich eins der älteren Bücher in die Hand nehmen will, höre ich von oben ein Knacksen. Wie erstarrt schwebt meine Hand über dem Buch. Habe ich mir das eingebildet? Oder war es der Wind? Dann aber knarzt es wieder, und noch einmal, als ob jemand über mir zu der Ecke mit der Leiter läuft. Gelähmt vor Angst beobachte ich, wie sich plötzlich die Leiter bewegt, bis endlich mein Überlebensinstinkt erwacht und ich quer durch den Raum haste, um mich die Leiter nach draußen hinunterzustürzen – so schnell, dass ich eine der unteren Sprossen verpasse und auf dem Boden aufschlage. Ich bin voller Adrenalin, jeder Muskel ist bis in die Spitzen in Alarmbereitschaft. Ich richte mich auf, stolpere zur Küche und spähe von dort durch ein Loch in der Wand zum Haus hinauf. Wird der, den ich gehört habe, gleich herauskommen? Mit angehaltenem Atem starre ich weiter nach draußen, als ich aus dem Augenwinkel eine Bewegung wahrnehme. Ruby hat die Lichtung betreten und läuft auf das Haus zu. Sie klettert die Leiter hinauf und verschwindet im Inneren. Ich warte, aber es ist nichts zu hören.

Ich muss mich am Tisch festhalten, während mein Gehirn versucht, diese neuesten Entwicklungen zu verarbeiten. Irgendjemand ist im Haus. Und Ruby muss davon wissen. Aber wer könnte das sein?

In meinem Kopf hallt nur ein Name nach: *Hortense.*

# KAPITEL 22

Mein Blick ruht noch immer fest auf dem Haus, als Jenna und Cariss auf die Lichtung getrottet kommen. Sie tragen Milcheimer und wirken extrem genervt.

»Ich kann einfach nicht glauben, dass sie uns die ganze Arbeit hat machen lassen«, murmelt Cariss, als sie die Küche betreten. »Oh, Grace, was treibst du denn hier?«

Mit einem Griff ziehe ich eine Mango vom Regal. »Ich wollte nur schnell was essen.«

Jenna schaut mich nicht einmal an.

Ich hole mir ein Messer und beginne, die Mango zu schälen.

»Grace! Was war denn los? Ich hab mir Sorgen gemacht!«, ruft Lola von draußen. Sie steht mit dem Arm voller Blumen in der Tür.

»Tut mir leid, ich musste nur …«

»Sie hat sich nur etwas zu essen gemacht, während wir anderen uns den Arsch aufgerissen haben«, sagt Cariss schnippisch.

Ich werfe ihr einen finsteren Blick zu.

Lola sieht über ihre Schulter. »Belle? Brauchst du Hilfe?«, ruft sie.

Ich dränge mich an Cariss und Jenna vorbei zur Tür. Belle steht mitten auf der Lichtung. Sie wirkt benommen.

»Wo ist Grace?«, ruft sie.

»Ich bin hier, Süße«, antworte ich und laufe zu ihr.

»Ich hatte einen ganz merkwürdigen Traum«, sagt sie. »Von einem Feuer.«

Mir zieht sich der Magen zusammen. »Kannst du dich noch

an mehr erinnern?«, flüstere ich und denke an die Träume, die ich hatte.

Belle schüttelt den Kopf. »Nicht wirklich.« Sie überlegt. »Ach doch. Ein Baby hat geschrien.«

Ich hole tief Luft. »Jetzt bist du ja wach und …«

In diesem Moment ertönt Flohs Stimme und gleich darauf stürmen die Jungs aus dem Dickicht hervor. Ich seufze erleichtert auf. »Komm, schauen wir mal, was sie uns zum Abendessen mitgebracht haben.«

Sobald Floh sich Belle geschnappt hat, um ihr die neuesten glorreichen Anglergeschichten zu erzählen, packe ich Cruz am Arm und ziehe ihn zur Seite.

»Ich war im Haus«, zische ich.

»Was?« Er starrt mich an. »Ohne, dass ich Schmiere stehen konnte?«

»Ja. Es musste schnell gehen. Die Gelegenheit war einfach zu gut.«

Cruz seufzt auf. »Und, hast du etwas gefunden?«

»Nein. Es kam nicht mehr dazu. Da oben war jemand.«

»Was? Wer denn?«

»Weiß ich nicht. Ich weiß nur, dass es nicht Ruby gewesen sein kann und von uns auch niemand, und das bedeutet …«

Cruz reißt die Augen auf. »Es könnte Hortense gewesen sein.«

Wir starren zum Haus hinauf. Doch bevor wir mehr sagen können, gesellt sich Lola zu uns.

»Hey, Leute, wollen wir uns ans Kochen machen?«, fragt sie.

»Klar«, sage ich.

»Später dann«, flüstert Cruz mir zu.

Die Stimmung beim Abendessen ist, gelinde gesagt, verhalten.

»Meint ihr nicht, dass wir Michael suchen sollten?«, fragt Cruz, als alle fertig gegessen haben.

»Ach, dem geht es bestimmt blendend«, sagt Lola. »Wahrscheinlich hat er sich verzogen, um mir eine Lektion zu erteilen.«

»Er ist derjenige, dem man eine Lektion erteilen müsste«, murmelt Ruby. Sie starrt mit hartem Blick ins Feuer. »Wie geht es denn deinem Arm?«, fragt sie Lola.

»Alles gut.« Lola lächelt, aber es wirkt verkrampft.

»Männer, die Frauen Gewalt antun, verdienen alles, was ihnen widerfährt«, sagt Ruby und starrt die Jungs im Kreis unheilvoll an.

»Na ja, Gewalt hat er Lola nun nicht gerade angetan«, murmelt Floh.

»Aber mir«, erklärt Todd. »Der Typ hat sie einfach nicht alle.« Sein Blick fällt auf Lola. »Tut mir leid, aber so ist es nun mal.«

»Können wir das Thema wechseln?«, bittet Lola. Sie wirkt schon wieder niedergeschlagen.

»Vielleicht sollten wir heute früh ins Bett gehen. Morgen ist ein langer Tag – und nicht zu vergessen die Party«, sagt Ruby.

Mir wird sofort ganz anders. Es ist, als hätte sie meine Hinrichtung bekannt gegeben.

»Vielleicht können wir zwei uns ja noch ein bisschen unterhalten?«, fragt Dan Ruby.

Cruz und ich tauschen einen panischen Blick.

»Ich habe gesagt, dass wir *alle* früh ins Bett gehen«, faucht Ruby.

Dan hebt sichtlich genervt die Brauen. »Okay, schon gut. Kein Grund, mich anzukeifen.« Er steht auf und blickt auf Ruby hinab. »Schlaf schön«, sagt er wütend und rauscht zu seiner Hütte ab.

Ruby bleibt ungerührt sitzen.

Ich atme erleichtert auf.

Einer nach dem anderen bringt seinen Teller zur Küche und verschwindet in einer der Hütten. Schließlich bleiben nur Cruz und ich zurück.

»Wollen wir zum Wasserfall gehen?«, flüstert er, und ich nicke. Wir tragen unsere Teller in die Küche, von wo aus ich wieder mal durch den Spalt in der Wand nach draußen spähe. Ruby und Lola steigen die Leiter zum Haus hinauf. Ob die Person, die ich gehört habe, noch oben ist? Einen verrückten Moment lang frage ich mich, ob Lola womöglich über Hortense Bescheid weiß, so eng, wie sie mit Ruby ist, aber ich versuche, den Gedanken von mir zu schieben. Doch wenn nicht, müsste Ruby dann nicht Angst haben, dass Lola sie entdeckt? Warum hat sie sie überhaupt eingeladen, bei sich zu wohnen? Das Risiko erscheint mir enorm groß. Ich atme tief durch und versuche, mich zu entspannen. Wenn Lola nichts von Hortense ahnt, sucht sie auch nichts. Und deshalb geht Ruby davon aus, dass sie auf der sicheren Seite ist. Meine Panik verebbt langsam. Auf dieser Insel braucht es wirklich nicht viel, um paranoid zu werden.

»Haben wir freie Bahn?«, flüstert Cruz.

»Hm, ja.«

Wir schleichen uns schweigend durch die Schatten am Rand der Lichtung zum Pfad, der zum Wasserfall führt.

»Ich mache mir Sorgen um Michael«, sagt Cruz, sobald wir uns in die Sicherheit der Nische geflüchtet haben. Unter uns stürzt das Wasser hinab.

»Ich auch. Er kann unmöglich so lange verschwinden, nur weil er beleidigt ist.«

»Wenn er morgen früh nicht zurück ist, gehe ich ihn suchen«, sagt Cruz.

»Okay.« Ich seufze. »Glaubst du wirklich, dass unser Plan aufgeht?«

»Ja«, sagt Cruz bestimmt. »Er muss.«

Ich blicke zum Himmel hinauf. Hoch über uns leuchtet die Milchstraße wie ein weißes Band. Ich denke daran zurück, wie ich sie zum ersten Mal gesehen habe: am Strand, zusammen mit Cruz. Damals habe ich herausgefunden, dass er Englisch spricht.

»Mir kommt es vor, als würde ich dich schon immer kennen.« Ich kuschle mich an ihn.

»Vielleicht tust du das ja«, flüstert er zurück. Seine schwarzen Locken fließen seitlich an seinem Gesicht hinab. Obwohl es dunkel ist, kann ich erkennen, dass seine braunen Augen glitzern.

»Was meinst du?«

»Na ja, meine Mutter hat da eine Theorie …« Cruz blickt verlegen zur Seite.

»Sie glaubt an – du weißt schon, Wiedergeburt.«

»Wiedergeburt?«

»Ja. Und sie glaubt, dass jedes Mal, wenn wir ein neues Leben auf der Erde beginnen, eine Handvoll Menschen auf uns warten, die für uns bestimmt sind – in jedem Leben. Die Menschen, die wir am meisten lieben.«

Ich lehne mich in seinen Armen zurück und lasse seine Worte auf mich wirken. »Das heißt, du und ich, wir könnten uns in unseren früheren Leben schon einmal getroffen haben?«

»Genau. Wir wären zwar jedes Mal jemand anderes gewesen, mit verschiedenen Leben, aber wir hätten uns immer geliebt. Wir wären, du weißt schon – Seelenverwandte.«

»Ein schöner Gedanke.« Ich lächle. »Das würde erklären, warum wir so fühlen, wie wir fühlen.«

»Ja, allerdings.« Er zieht mich näher an sich. »Und stell dir vor – womöglich habe ich dir in all den anderen Leben auch mal das Leben gerettet.«

»Nein, bestimmt nicht«, sage ich und knuffe ihn scherzhaft in die Rippen.

»Ich wette, ich habe dir mehr als einmal das Leben gerettet.«

Cruz nimmt mein Gesicht in seine Hände. »Überleg mal, wie oft wir uns schon geküsst haben müssen«, flüstert er.

»Bestimmt eine Million mal«, sagt er. Dann schüttelt er den Kopf. »Nein, öfter. Was kommt nach Millionen?«

»Milliarden, Billionen, Billiarden, Fantastilliarden«, sage ich lachend.

»Fantastilliarden«, wiederholt er. »Ja, das klingt wahrscheinlicher.« Er küsst mich auf den Mund. »Fantastilliarde und eins«, murmelt er.

»Fantastilliarde und zwei«, sage ich und küsse ihn wieder.

Und dann hören wir auf zu zählen und es ist, als ob alles, was je war und je sein wird, unser Kuss ist. Die einzige Sicherheit in dieser chaotischen, furchtbaren Welt. Und als er mir das T-Shirt hochzieht und mir mit den Fingern den Rücken hinauf- und hinabfährt, kann ich nur noch an die Theorie seiner Mutter denken. Sie kommt mir kein bisschen verrückt vor.

Cruz beginnt, meinen BH zu öffnen, zieht dann aber die Hand weg.

»Nein«, murmle ich.

»Schon gut«, flüstert er.

»Nein, ich meine: ja.« Ich höre auf, ihn zu küssen und schaue ihm in die Augen. »Ich will, dass du weitermachst. Ich will dich. Jetzt.«

Cruz stöhnt auf und ich spüre, wie er zittert.

»Bist du sicher?«

Ich nicke und halte ihn, so fest ich kann. Noch nie in meinem Leben war ich mir mit irgendetwas so sicher.

Cruz zieht sein T-Shirt aus und presst mich an sich. »Ich liebe dich, Grace«, flüstert er mir ins Ohr. »Ich liebe dich so sehr.«

Seine Worte sind wie kleine Glühwürmchen, sie scheinen hell zu strahlen, als sie in mein Ohr dringen und meine Adern entlang bis zu meinem Herzen wandern.

»Ich liebe dich auch«, sage ich.

Cruz beginnt, mich sanft auszuziehen. Und für einen wundervollen, glückseligen Moment vergesse ich alles andere und küsse mich mit ihm durch die Jahrhunderte, bis die Zeit stillzustehen scheint.

# KAPITEL 23

Als es am Himmel hell wird und das erste Vogelkreischen ertönt, seufze ich verzweifelt auf.

*Bitte, bitte, bitte,* bete ich still, *bitte, schenk uns noch eine Stunde.*

Ich stelle sie mir bildlich vor, die Hüter der Zeit, auf einem gigantischen Ziffernblatt, irgendwo weit weg im Kosmos, und ich versuche, sie zum Erstarren zu bringen. Aber natürlich klappt es nicht, und so läuft die Zeit weiter und der Himmel wird immer heller und die Vögel immer lauter.

»Wir sollten aufbrechen«, flüstert mir Cruz ins Ohr.

Unsere Arme und Beine sind so fest miteinander verwoben, dass es sich anfühlt, als ob wir tatsächlich eins geworden wären.

Schon bei dem Gedanken, loslassen zu müssen, krampft sich in mir alles zusammen. Denn loslassen bedeutet, dass das nächste Kapitel in meinem Kampf gegen Hortense offiziell aufgeschlagen wird. *Das nächste und letzte Kapitel,* fügt meine innere Stimme ungefragt hinzu. Ich beginne unkontrolliert zu zittern.

»Hey, jetzt komm. Du brauchst ein bisschen Schlaf«, sagt Cruz und umarmt mich noch fester.

Ich nicke nur. Wenn ich etwas sagen würde, müsste ich sofort losheulen.

Als wir angezogen sind, laufen wir schweigend zur Lodge zurück.

»Ich liebe dich«, flüstert Cruz noch einmal, kurz bevor wir an meiner Hütte ankommen.

»Ich liebe dich auch«, sage ich, und ich meine es so, mit jeder Faser meines Körpers.

Als ich mich von ihm löse und die Hütte betrete, habe ich buchstäblich das Gefühl, ein Teil von mir würde weggerissen. Ich schleiche zu meinem Bett und lege mich hin. Meine Lippen brennen von der Fantastilliarde von Küssen und meine Glieder schmerzen. Meine Haut aber kribbelt, als ich mir vorstelle, dass Cruz' Fingerabdrücke überall auf mir nachglühen wie die Sterne der Milchstraße.

Und zum ersten Mal seit einer Ewigkeit überlagert ein anderer Gedanke meine allgegenwärtige Angst vor Hortense: Ich bin keine Jungfrau mehr.

So lange habe ich mich davor gefürchtet, meine Jungfräulichkeit zu verlieren, hab mir einen Kopf gemacht, weil ich nicht wusste, was auf mich zukommt, weil ich Angst hatte, mich lächerlich zu machen und davor, dass es fürchterlich wehtun könnte.

Als Jenna und ich ungefähr zehn Jahre alt waren, haben wir ein Pornoheft gefunden, das einer von Jennas »Onkeln« hinter dem Trockner im Wäschekeller versteckt hatte. Mit schweigendem Entsetzen haben wir die zerknickten Seiten mit den unglaublichen Bildern durchgeblättert, bevor Jenna die Zeitschrift zum Mülleimer getragen hat. Hinterher haben wir uns gegenseitig geschworen, dass wir, was immer auch geschieht, unsere Kinder adoptieren würden. Fünf Jahre später überwand Jenna ihr Entsetzen und verlor ihre Jungfräulichkeit an einen Hotelportier in Südkalifornien. Und jetzt, endlich, bin auch ich dran. Plötzlich überkommt mich eine tiefe Traurigkeit. Dies ist einer der Momente im Leben, in denen man unbedingt mit seiner besten Freundin reden und mit ihr teilen muss, was man erlebt hat. Seufzend blicke ich zur Decke.

»Alles in Ordnung?«, flüstert Belle in die Dunkelheit hinein.

Ich setze mich auf. »Oh, entschuldige. Hab ich dich geweckt?«

»Nein, ich konnte nicht schlafen.«

»Geht es dir gut?«

»Ja. Ich schätze, ich hätte mich gestern nicht so lange hinlegen sollen. Wo warst du denn?«

Ich stehe auf und schleiche zu ihrem Bett hinüber.

Belle rutscht zur Seite und hebt ihre Decke hoch, sodass ich darunterschlüpfen kann.

»Ich war mit Cruz am Wasserfall.«

»Aha.«

»Wir …«, ich stocke verlegen.

»Was?«

»Ich habe mit ihm geschlafen.«

Belle schweigt eine ganze Weile, und sofort bereue ich, es ihr erzählt zu haben. Ich bin noch nicht lange genug mit Belle befreundet für so ein intimes Gespräch. Dann aber tastet sie nach meiner Hand. »Wirklich? Und wie war es?«

Mehr Ermutigung brauche ich nicht. »Oh, Belle, es war unglaublich. Es war mein erstes Mal, aber es hat sich gar nicht so angefühlt. Es hat sich so richtig angefühlt. Aber Cruz hat da eine Theorie, oder besser gesagt seine Mom, und ich bin davon jetzt auch überzeugt: dass wir nach unserem Tod wiedergeboren werden und uns jedes Mal in die gleichen Menschen verlieben, immer wieder. Natürlich sind wir nicht immer genau gleich – logisch, jedes Leben ist anders – aber im Herzen sind wir dieselben, nur in einem anderen Körper wiedergeboren.« Ich mache eine Pause, um Luft zu holen.

Belle drückt meine Hand. »Du liebst ihn wirklich, oder?«

»Ja«, flüstere ich. »Und wie.«

Belle drückt meine Hand fester. »Vergiss niemals, was du jetzt fühlst.«

»Bestimmt nicht.«

Belle rutscht näher an mich heran. »Ich meine es ernst«, wispert sie mir ins Ohr. »Vergiss es nie, niemals. Liebe ist das Einzige, was zählt.«

Schließlich schlafe ich in Belles Bett ein. Als ich aufwache, liege ich eingerollt auf der Seite und drehe ihr den Rücken zu. Zuerst weiß ich gar nicht, was ich hier tue, doch als es mir wieder einfällt, sind meine Gedanken sofort bei Cruz. Ich lächle und kann gar nicht mehr damit aufhören.

»Grace?« Jennas Stimme durchbricht meinen glückseligen Nebel.

Ich öffne halb die Augen. Jenna steht mit den Händen in den Hüften vor meinem Bett. Sie trägt eins von Dans T-Shirts und eine Leggings. Das Haar hängt ihr schlaff über der Schulter.

»Warum liegst du in Belles Bett?«

Ich spüre, wie sich Belle neben mir bewegt.

»Wir haben uns unterhalten. Dann muss ich eingeschlafen sein«, murmle ich.

Für eine Sekunde nehme ich Schmerz in Jennas Augen wahr, doch der eisige Blick kehrt noch im selben Moment zurück.

»Ähm, ja, wie auch immer … Zeit fürs Frühstück«, sagt sie und stürmt aus der Hütte.

Ich drehe mich zu Belle um. Sie hat die Augen immer noch geschlossen, aber es ist eindeutig zu erkennen, dass sie grinst.

Nachdem ich Belle beim Anziehen geholfen habe, schlüpfe ich in ein sauberes Oberteil und Shorts und gehe mit ihr nach draußen.

Die Jungs sitzen um das erloschene Feuer herum und unterhalten sich mit gedämpften, verschlafenen Stimmen. Nur Cruz fehlt. Meine Augen schweifen hektisch über den ganzen Platz, dann entdecke ich ihn. Er steht ein Stück von den anderen entfernt und blickt zu unserer Hütte, als würde er auf mich warten. Sofort beginnt es in mir vor Aufregung zu brodeln und mein Mund verzieht sich reflexartig zu einem Lächeln. Cruz lächelt zurück, aber es wirkt gezwungen, als ob er sich um irgendetwas Sorgen macht. Eine neue Welle der Angst überkommt mich.

Ich führe Belle zu Dan und Floh und laufe dann zu Cruz.

»Stimmt was nicht?«

Er umarmt mich. »Doch, doch«, sagt er, aber es klingt wenig überzeugend. Dann zieht er mich noch enger an sich. »Michael ist immer noch nicht zurück«, flüstert er mir ins Ohr. »Und ich glaube nicht, dass er am Zeichnen ist, seine Zeichensachen liegen nämlich unter seinem Bett. Wie übrigens noch etwas anderes.«

Doch bevor er mir sagen kann, was es ist, klettern Ruby und Lola die Leiter vom Haus herunter. Beide tragen Bikinis.

»Hi!«, ruft Lola. »Wir wollen vor dem Frühstück noch schwimmen. Habt ihr auch Lust?«

Sofort werden alle munter, vor allem Dan und Todd, die Lola und Ruby mit untertassengroßen Augen anstarren.

»Und jetzt?«, zische ich Cruz zu.

»Denk dir irgendwas aus, um hierzubleiben«, flüstert er.

»Ich komme gleich nach«, rufe ich da auch schon. »Ich hol mir nur noch eine Mango aus der Küche.«

»Und ich muss noch mal aufs Klo«, sagt Cruz.

Ruby starrt uns einen Moment lang so intensiv mit ihren hellen Augen an, dass mein Herz zu rasen beginnt. Dann aber dreht sie sich um. »Gut, lasst uns gehen«, sagt sie.

Während die anderen sich noch schnell umziehen, marschiere ich in die Küche, spähe durch den Spalt in der Wand nach draußen und warte darauf, dass sie verschwinden. Nach ein paar Minuten brechen sie auf.

Einen Moment später hastet Cruz in die Küche, zieht ein Stück Papier aus der Tasche seiner Shorts und faltet es auseinander.

Das Blatt zeigt die Skizze einer Frau. An dem Heiligenschein aus Haar und der femininen Figur erkenne ich sofort, dass es Ruby ist. Sie steht so gerade und entschlossen da wie ein Krieger und blickt zum Himmel.

»Siehst du das?«, flüstert Cruz.

»Das ist Ruby«, sage ich.

»Ja, aber schau mal hier – an ihrem Hals!«

Ich nehme Cruz das Blatt ab und halte es gegen das helle Licht, das durch die Bambuswand fällt. Um den Hals hat Michael Ruby eine Kette mit Anhänger gezeichnet. Die Gravur auf dem Anhänger ist sehr blass, aber ich weiß trotzdem sofort, was es darstellt. Eine Schlange, die sich nach oben schlängelt, über dem Buchstaben H. Ich starre Cruz an. »Hortense«, flüstere ich.

Er nickt.

»Aber ich habe Ruby nie damit gesehen. Du?«

»Nein, aber Michael offensichtlich schon. Vielleicht, bevor wir hergekommen sind.«

Meine Hände werden feucht. »Glaubst du, er weiß über Hortense Bescheid?«

Cruz zuckt mit den Schultern. »Möglich, aber vielleicht hat er keine Ahnung, was der Anhänger bedeutet.«

»Aber er ist Ruby gegenüber ziemlich misstrauisch.«

Cruz nimmt das Bild wieder an sich und steckt es sich in die Tasche. »Ich muss ihn suchen.«

»Ich komme mit.«

»Nein. Wenn wir beide verschwinden, weiß Ruby, dass irgendwas im Busch ist.«

»Und wenn dir etwas passiert? Es ist zu gefährlich allein. Hortense könnte irgendwo da draußen sein.«

Cruz nimmt meine Hand. »Ich komme schon klar. Ich werde die Augen offen halten. Kannst du versuchen, noch mal ins Haus zu schleichen? Wir brauchen mehr Beweise, dass Ruby etwas mit Hortense zu tun hat, um mit den anderen reden zu können.«

Ich seufze auf. »Also gut. Aber bleib nicht zu lange weg.«

Er nickt. »Natürlich nicht. Und sei bitte vorsichtig. Geh nur ins Haus, wenn du ganz sicher bist, dass Ruby dich nicht erwischt, okay?«

»Natürlich.« Ich stelle mich auf die Zehenspitzen und küsse Cruz so fest auf den Mund, wie ich kann. Es ist, als wollte ich ihn mit einer Art Superkraft ausstatten, die ihn beschützt. Er legt die Arme um mich und erwidert meinen Kuss, tief und leidenschaftlich, wie um zu betonen, dass er wirklich etwas bedeutet. Ich kämpfe gegen den überwältigenden Drang an, loszuheulen. Nach dem, was letzte Nacht zwischen uns passiert ist, sollte das hier gar nicht geschehen. Eigentlich sollten wir heute in einer Art wundervollem Tagtraum durch die Gegend schweben. Und auf keinen Fall sollte ich die lähmende Angst verspüren, ihn vielleicht nie wiederzusehen – die lähmende Angst, dass er spurlos verschwinden könnte, wie Michael.

Wut überkommt mich. Ich hasse diese Insel und ich hasse Hortense.

»Und vergiss nicht: Ich liebe dich«, flüstert Cruz.

Ich ziehe ihn an mich. »Ich liebe dich doch auch.«

Dann zwinge ich mich, mich von ihm zu lösen, gehe zur Tür und spähe auf die Lichtung. »Okay, alles ruhig«, flüstere ich.

Cruz küsst mich auf die Stirn, bevor er die Küche verlässt, sich am Rand der Lichtung entlangdrückt und hinter dem Holzstapel verschwindet. Ganz offensichtlich ist er auf dem Weg zum Altar. Sofort wird mir schlecht vor Angst.

Ich brauche einen Moment, um mich zu sammeln, bevor auch ich schließlich die Küche verlasse. Belle lehnt mit geschlossenen Augen am Türpfosten unserer Hütte, ihr Gesicht ist der Sonne zugewandt.

»Hey, Belle, wolltest du nicht mit schwimmen gehen?«, rufe ich ihr zu.

Sie zuckt zusammen. »Grace?«

»Ja, ich bin's.« Ich mache einen Schritt auf sie zu, doch im selben Moment höre ich, dass sich hinter mir etwas bewegt. Erschrocken wirble ich herum und sehe Ruby an der Leiter unter dem Haus stehen. Sie starrt mich an – mit vollkommen ausdruckslosem Gesicht. Ich gebe mir größte Mühe, ruhig zu bleiben.

»Oh, ich dachte, du wärst beim Baden.«

»Ich hab mein Handtuch vergessen«, sagt Ruby kalt.

Shit! Shit! Shit! Sie war im Haus, als Cruz gegangen ist. Was, wenn sie ihn bemerkt hat?

»Kommst du?«, fragt sie mich und macht sich auf den Weg über die Lichtung.

»Ach, ich weiß nicht. Vielleicht bleibe ich hier und leiste Belle Gesellschaft.«

»Brauchst du nicht«, sagt Belle. »Ich sitze gern hier in der Sonne, solange es noch nicht so heiß ist.«

»Okay, wenn du meinst.« Mein Herz schlägt inzwischen Saltos. Eigentlich möchte ich Belle nicht allein lassen, aber wie soll ich ihr das klarmachen, wenn Ruby dabei ist.

»Wo ist eigentlich Cruz?«, fragt Ruby, die plötzlich direkt hinter mir steht.

»Er musste aufs Klo. Es ging ihm nicht so gut«, stottere ich und versuche, tief durchzuatmen. Auf keinen Fall darf ich mir etwas anmerken lassen.

»Ich zieh mich nur schnell um«, sage ich und lächle Ruby so breit an, dass mir der Kiefer wehtut.

# KAPITEL 24

Den ganzen Weg zur Lagune wechseln Ruby und ich kein einziges Wort. Auch wenn mein Kopf noch so voll ist mit Beschimpfungen und Gedanken daran, wie sehr ich sie hasse. Als wir ankommen, winke ich den anderen zu und springe in das türkisfarbene Wasser, als ob es nichts auf der Welt gäbe, das mir Sorgen macht. Dann schwimme ich eine Runde nach der anderen. Als ich endlich ruhiger geworden bin, lasse ich mich ans Ufer zurücktreiben. Jenna und Cariss sitzen ins Gespräch vertieft auf den Steinen.

»Es macht einfach überhaupt keinen Sinn«, höre ich Cariss sagen.

Ich fange ihren Blick ein. Sofort schaut sie weg.

Lola schwimmt hinter mir her und hievt sich elegant aus dem Wasser.

»Ich frag sie einfach«, sagt Cariss laut. »Hey, Lola!«

»Woher weiß Ruby eigentlich, wann ihre Gäste ankommen?«

Lola nimmt ein Handtuch vom Felsen und trocknet sich ab. »Das hat sie vorher abgesprochen – mit ihrem Freund Carlos, der die Gäste im Boot herbringt.«

Cariss verzieht das Gesicht. »Und was ist, wenn etwas dazwischenkommt? Was, wenn dieser Carlos es nicht rechtzeitig schafft? Oder sein Boot kaputtgeht? Wie teilt er ihr das mit?«

Lolas Lächeln schwindet. »Gar nicht.«

»Findest du nicht, dass das ein ziemlich dämliches System ist?«, fragt Jenna und schützt ihre Augen mit der Hand vor der Sonne.

»Nein, ehrlich gesagt nicht«, faucht Lola. »Ich finde es perfekt, hier in der Lodge im Einklang mit der Natur zu leben und vom Rest der Welt einfach nichts mitbekommen zu müssen.«

Jenna und Cariss sehen sich vielsagend an. Und auch wenn sie Lola richtig wütend gemacht haben, bin ich erleichtert, dass sie anfangen, misstrauisch zu werden. Das macht es viel einfacher, ihnen später von unseren Fluchtplänen zu erzählen.

Ein lautes Platschen ertönt, woraufhin wir uns alle umdrehen und aufs Wasser starren. Es ist Dan. Er gibt eine delfinartige Vorstellung, mit der er offensichtlich Ruby zu beeindrucken versucht.

»Diese Frau ist eine echte Plage«, murmelt Cariss.

»Sprich nicht schlecht über sie«, pampt Lola zurück und lässt das Handtuch sinken. Es überrascht mich, wie wütend sie ist. »Ihr solltet dankbar sein für alles, was sie für euch getan hat.«

»Sie ist nicht gerade die Gastgeberin des Monats«, murmelt Jenna.

»Und ihr zwei seid auch nicht gerade ihre Lieblingsgäste«, erwidert Lola. Ihr Gesicht ist leuchtend rot unter der Sonnenbräune.

»Wie kannst du es wagen!« Cariss springt auf und starrt Lola an. »Du hast keine Ahnung, was wir durchgemacht haben. Ist dir je der Gedanke gekommen, dass wir einfach nur hier wegwollen, statt mit deiner tollen Freundin tagelang festgesetzt zu sein?«

Lola ballt die Hände zu Fäusten, und ich beeile mich, dass ich aus dem Wasser komme. »Alles okay?«, frage ich sie und fasse ihr an die Schulter.

Sie lächelt verkrampft. »Alles bestens. Tut mir leid.« Sie senkt die Stimme zu einem Flüstern. »Ich bin nur ein bisschen durch den Wind wegen Michael, das ist alles. Vielleicht sollte ich lieber zur Lodge zurückgehen.«

»Soll ich mitkommen?«

»Nein, schon gut.« Lola rafft ihre Sachen zusammen und macht sich auf den Weg Richtung Pfad.

»Ach, Grace, du hast echt ein Händchen bei der Wahl deiner Freunde«, sagt Cariss boshaft.

»Was soll das denn heißen?«

»Erst diese Heulsuse namens Belle und jetzt diese eingebildete englische Tussi. Was ist mit Jenna, sie lässt du einfach so links liegen?«

Mein Blick wandert zu Jenna, doch sie sieht weg.

»Lass gut sein, Cariss«, murmelt sie.

»Wieso denn?«, fragt Cariss verständnislos. »Ich dachte, ihr beide seid beste Freundinnen. Doch seit wir hier sind, benimmt sie sich dir gegenüber wie die letzte Bitch.« Cariss schaut mich herausfordernd an. »Und wie du Todd behandelt hast! Bist mit einem kleinen Angestellten durchgebrannt, kaum dass wir Sand unter den Füßen hatten.«

»Ich hab gesagt, du sollst das lassen!«, schreit Jenna los.

Cariss seufzt theatralisch auf. »Wie auch immer!« Sie läuft die Steine hinunter und springt ins Wasser.

»Tut mir leid!«, murmelt Jenna und beißt sich auf die Lippe, wie sie es immer tut, wenn sie versucht, nicht loszuheulen.

»Geht's einigermaßen?«, frage ich leise.

»Kann dir doch egal sein«, brummt sie. Aber ihr Blick sagt mir, dass sie das Gegenteil hören will. Es ist wichtig für sie, dass ich mich um sie sorge.

»Ist es aber nicht«, sage ich daher auch.

Jenna blickt aufs Wasser, als ob sie überlegt, Cariss nachzugehen, bleibt dann aber sitzen. »Diese Insel macht mich verrückt«, murmelt sie. Ihre Stimme klingt klein und gepresst. »Irgendwie ist alles außer Kontrolle. Ich weiß nicht, wie ich damit klarkommen soll.« Ihre Stimme beginnt zu zittern. »Ich weiß einfach nicht mehr, was ich tun soll.«

Ich versuche, sie zu umarmen, was sie regungslos über sich

ergehen lässt. »Ist schon gut, mir geht es genauso«, flüstere ich ihr ins Ohr.

Sie macht sich los und sieht mich mit tränennassen Augen an. »Ehrlich?«

Ich nicke. »Ja. Und du wirst auch nicht verrückt. Hier geht etwas sehr Seltsames vor sich, was ich dir aber jetzt nicht erklären kann. Versuch einfach, dich zusammenzureißen, bis wir nachher eine Gelegenheit zum Reden finden. Es gibt da etwas, was du wissen musst.«

»Hat es mit ihr zu tun?« Jenna nickt in Richtung Wasser, wo Ruby mit Dan herumplanscht.

»Ja«, flüstere ich. »Mehr kann ich dir erst erzählen, wenn sie nicht dabei ist.«

Jenna schenkt mir ein schmales Lächeln. »Danke, Grace.«

Ich drücke ihre Hand. »Warum schwimmst du nicht noch eine Runde? Vielleicht fühlst du dich dann ein bisschen besser.«

Sie nickt. »Okay. Aber später reden wir, ja?«

»Ja. Auf jeden Fall.«

Jenna läuft bis zum Ende der Steine und lässt sich in die Lagune hinabgleiten. Im selben Moment kommt Floh heraus.

»Hi, Gracie, alles klar?« Er schüttelt sich das Wasser aus dem Haar.

»Ja, geht schon. Willst du zur Lodge zurück?«

»Klar. Ich muss nach Beau-Belle schauen.«

»Cool, ich komme mit.«

Unterwegs hake ich mich bei ihm unter. »Es ist etwas geschehen«, flüstere ich ihm zu, als wir bei den Bäumen sind.

Floh bleibt sofort stehen. »Was denn?

»Cruz hat Michaels Zeichensachen unter seinem Bett gefunden.«

»Er hockt also nicht irgendwo im Dschungel und malt?«

»Nein. Und Cruz hat noch mehr gefunden – in Michaels Skizzenheft.«

»Was?«

Ich schaue mir über die Schulter, um sicherzugehen, dass niemand in der Nähe ist. »Ein Bild von Ruby, auf dem sie einen Anhänger trägt. Einen, der genauso aussieht wie der, den wir immer wieder gefunden haben.«

Floh reißt den Mund auf. »Was? Den mit der Schlange und dem H?«

»Ja, genau.«

»Verdammt!«

»Du sagst es.«

Wir laufen weiter und Floh sieht sich verstohlen um. »Wo ist Cruz?«

»Auf der Suche nach Michael.«

»Ganz allein?« Floh klingt so erschrocken, dass sich in mir alles zusammenzieht.

»Ja. Er wollte nicht, dass Ruby etwas mitkriegt.«

»Trotzdem. Ich halte es für keine gute Idee, dass einer von uns ganz allein unterwegs ist. Was, wenn diese Psycho-Voodoo-Königin auf der Pirsch ist?«

»Ja, ich hab ihn auch gebeten, nicht zu lange wegzubleiben.«

Floh nickt. »Vielleicht ist er ja schon zurück.«

Doch als wir die Lichtung erreichen, muss ich enttäuscht feststellen, dass sie verlassen ist.

»Ich ziehe mich kurz um«, sage ich.

Floh nickt. »Ich auch. Frag doch mal, ob Belle Lust hat, rauszukommen.«

»Mach ich.«

Belle liegt auf dem Bett und hat die Hände zum Gebet gefaltet. Sie flüstert unhörbar etwas vor sich hin.

»Oh, entschuldige bitte«, sage ich.

»Grace, bist du das?«

»Ja. Tut mir leid, ich wollte dich nicht stören.«

»Schon gut, ich habe nur für meine Mom gebetet.«

Ein wehmütiger Stich durchfährt mich. Ich wünschte, ich hätte auch einen Glauben, an dem ich mich festhalten könnte, etwas, das mir jetzt Hoffnung geben würde.

»Cruz war hier«, sagt Belle.

»Ach ja?« Mein Herz macht einen Sprung. Ich hocke mich ans Bettende. »Wo ist er? Was hat er gesagt?«

»Ich soll dir ausrichten, dass er kein Glück hatte und es jetzt unten am Wasserfall versucht«, sagte Belle. »Er hat gemeint, du wüsstest, was das bedeutet.«

»Ja klar, er … er hat was verloren.« Ich kann meine Erleichterung kaum verbergen. Cruz hat es geschafft, unversehrt vom Altar zurückzukehren. Ich nehme Belles Hand. »Floh fragt, ob du dich zu ihm raussetzen willst.«

Belle nickt lächelnd. »Und ob.«

Als wir aus der Hütte treten, kommen die anderen gerade vom Baden zurück. Alle setzen sich um das Feuer und Ruby reicht eine große Schale Obst herum.

»Wo ist Lola?«, fragt sie stirnrunzelnd.

Cariss senkt den Blick.

»Sie ist früher zurückgegangen«, sage ich. »Vermutlich ist sie oben, im Haus.«

Alle blicken hinauf. Die dunklen Fenster starren uns an wie die hohlen Augen eines Totenkopfs.

Ruby nickt. »Gut, dann bringe ich ihr etwas zu essen. Danach muss ich zur Bucht und auf die Gäste warten.« Ihr Gesicht hellt sich auf. Sie so freudig zu sehen, ist ungewohnt und verstärkt meine Angst nur noch. Ich fühle mich wie ein Kaninchen, das schon mit einem Bein in der Falle steht und darauf wartet, dass der Peiniger kommt und sein Werk vollendet.

»Soll ich dir Gesellschaft leisten?«, fragt Dan, der die Zurückweisung von gestern Abend überwunden zu haben scheint.

»Nein, ist nicht nötig«, sagt Ruby gleichgültig.

Sichtlich verletzt blickt Dan zur Seite.

»Ich brauche dich zum Angeln, für heute Abend«, sagt Ruby. Auf einmal klingt ihre Stimme so weich wie Seide.

Sofort wird Dans Gesichtsausdruck gelöster. »Verstehe.«

Cariss seufzt.

Ruby nimmt eine Banane aus dem Obstkorb und klettert die Leiter zum Haus hinauf. Hoffentlich geht es Lola nach ihrem Ausbruch von vorhin gut. Dass Michael verschwunden ist, scheint ihr doch ganz schön zuzusetzen. Ich verspüre ein unruhiges Gefühl im Magen, als ich mir vorstelle, dass Cruz durch den Wald streift und Michael sucht. Um nicht ganz so zittrig zu wirken, setze ich mich auf meine Hände. Ich wünschte, er wäre schon wieder zurück.

Um mich herum bricht geschäftiges Treiben aus. Dan und Todd holen die Angeln, Cariss und Jenna beginnen vor der Mädchenhütte mit ihren Yoga-Übungen. Floh räumt das Frühstücksgeschirr ab und erzählt Belle dabei lautstark von einer Sendung, die er mal auf *Reality Channel* gesehen hat, in der ein Mann in seinem eigenen Geschirrspüler ertrunken ist. Ich aber kann nur eins denken: *Wo in aller Welt bleibt Cruz?*

Als die Jungs zum Angeln aufbrechen und Floh Belle zur Küche herüberbegleitet, stürzt plötzlich Lola aus dem Wald. Sie trägt noch immer ihren Bikini und ihre Arme und Beine sind mit Kratzern übersät.

Ich springe sofort auf. »Lola! Was ist passiert?«

Sie sieht mich mit großen, tränennassen Augen an. »Ich …«

»Lola!«

Der Klang von Rubys Stimme lässt mich zusammenzucken. Sie steht an der Leiter zum Haus. Ihren Badeanzug hat sie ausgezogen, sie trägt jetzt eine weite Leinenhose und ein enges T-Shirt.

»Ist was passiert?« Ruby hastet zu Lola und fasst sie am Arm.

»Nein, ich … ich hab nur schnell nach den Hühnern geschaut.«

»Im Bikini?« Ruby betrachtet Lolas Kratzer. »Warum hast du dich denn nicht umgezogen, bevor du in den Wald gegangen bist?«

Lolas Blick ist leer. »Ich weiß nicht. Hab irgendwie nicht nachgedacht.«

»Was du nicht sagst«, seufzt Ruby. »Komm, wir schmieren Salbe auf die Wunden.«

Völlig verwirrt sehe ich ihr nach, wie sie Lola ins Haus hinaufführt.

Warum sollte Lola zu den Hühnern gehen, ohne sich vorher umzuziehen? Warum ist sie so durch den Wind? Ich setze mich wieder hin und warte. Als Ruby und Lola endlich auftauchen, wirkt Ruby genauso angespannt wie zuvor Lola.

»Bis später«, murmelt sie, als sie an mir vorbeiläuft.

Lola lässt sich neben mir nieder. Sie trägt jetzt ein hellgrünes T-Shirt-Kleid und die Schrammen an ihren Armen und Beinen sind mit weißer Salbe bedeckt.

»Besser?«, frage ich sie mitfühlend.

Sie nickt und lächelt mich müde an.

»Warst du wirklich bei den Hühnern?«

»Ja.«

»Ganz ehrlich?«

Sie blickt auf den staubigen Boden. Nach einer langen Stille schüttelt sie den Kopf.

»Und wo warst du dann?«

»Ich habe Michael gesucht«, flüstert sie.

»Ah, verstehe.«

»Ruby ist überzeugt, dass er immer noch irgendwo eingeschnappt herumsitzt, aber ich bin mir nicht mehr so sicher. Er ist schon viel zu lange weg.«

Ich lege meine Hand auf ihren Arm. »Schon gut, mach dir keine Sorgen. Cruz ist auch auf der Suche nach ihm.«

»Was?«

»Wahrscheinlich hat es nichts zu bedeuten, aber er hat Michaels Zeichensachen unter seinem Bett gefunden. Darum glaubt er, dass er sich nicht zum Malen verkrochen hat.«

»Aber wenn er nicht zeichnet, was macht er denn dann? Wo ist er?«

»Keine Ahnung. Vielleicht hat er sich einfach irgendwo hinverzogen, um Dampf abzulassen. Keine Sorge, Cruz wird ihn schon finden.«

Lola starrt vor sich hin. »Ich sollte Ruby davon erzählen.«

»Nein!« Ich schaffe es auch mit größter Mühe nicht, die Panik in meiner Stimme zu unterdrücken.

»Warum denn nicht?«, fragt Lola erstaunt.

Ich durchforste hastig mein Gehirn nach einer Antwort, die nichts von meinem Misstrauen gegenüber Ruby verrät. »Ich will doch niemanden unnötig beunruhigen, schon gar nicht Ruby. Nicht jetzt, wo die anderen Gäste kommen. Vielleicht findet Cruz ihn ja und die beiden tauchen gleich wieder auf.«

Lola senkt den Blick. Schließlich nickt sie.

Ich lege ihr die Hand auf den Arm. »Kommst du klar?«

Erneut nickend springt sie auf. »Aber ich muss irgendwas tun, irgendetwas! Um nicht völlig auszuflippen. Sollen wir das Gemüse fürs Essen vorbereiten?«

»Gern.« Ich rapple mich auf und folge ihr in die Küche.

Die nächsten Stunden schleppen sich dahin, als wäre die Zeit zäh wie Sirup. Mit jeder qualvollen Sekunde, die ohne Zeichen von Cruz vergeht, fühle ich mich schlechter. Irgendwie schaffe ich es, höfliche Konversation mit Lola, Floh und Belle zu betreiben, doch die ganze Zeit über schreit eine Stimme in meinem Kopf: *Cruz müsste längst zurück sein. Warum ist er noch nicht wieder da?*

Als wir unsere Arbeit erledigt haben, setzen wir uns draußen auf den staubigen Boden ans Feuer. Gerade als ich mir eine

Ausrede überlege, um nach Cruz zu suchen, kommen die Jungs vom Angeln zurück.

»Noch keine Gäste da?«, ruft Dan und sieht sich neugierig um.

»Nein, noch nicht«, ruft Lola zurück.

Dan runzelt die Stirn. »Wo ist eigentlich Cruz?«

»Ähm, er …« Ich wechsle einen Blick mit Lola.

»Ja, wo treibt der sich eigentlich rum?«, fragt Todd und trägt einen Berg Meeresfrüchte zu uns herüber. »Ich hab ihn seit heute Morgen nicht mehr gesehen.«

»Stimmt«, sagt Dan. »Das letzte Mal, bevor wir schwimmen gegangen sind.«

»Er hat gesagt, dass er am Wasserfall irgendetwas suchen will«, sagt Belle. »Oder, Grace?«

Alle schauen mich an.

Ich laufe rot an. Keine Chance, jetzt muss ich es ihnen sagen. »Er sucht nach Michael«, murmle ich.

»Allein?«, fragt Dan.

Ich nicke.

»Vielleicht sollten wir nach den beiden sehen«, sagt Floh beunruhigt. »Am Ende haben sie sich im Urwald verirrt.«

»Was geht denn bei euch ab?«, fragt Cariss und trottet mit Jenna herüber.

»Cruz hat sich auf die Suche nach Michael gemacht«, erzählt Todd.

»Ja, und?« Cariss sieht ihn verständnislos an.

»Und er ist schon so lange weg, dass wir uns fragen, ob wir mal nachsehen sollten«, sagt Floh.

Allgemeines Schweigen setzt ein.

»Er hat gesagt, dass er zum Wasserfall will?«, hakt Dan nach.

Belle nickt.

»Los, Jimmy, da sollten wir mal nachschauen«, schlägt Floh vor.

»Ich komme auch mit«, sagt Todd.

Wir blicken den Jungs hinterher und ich atme erleichtert auf. Mit einem Korb voller Fische mache ich mich auf den Weg zur Küche.

Cariss seufzt übertrieben. »Ich weiß echt nicht, was das Theater soll.«

Sofort bleibe ich stehen und drehe mich zu ihr um. »Ach, nein? Du würdest sie einfach sich selbst überlassen, oder?«

Cariss starrt mich an, als hätte ich sie nicht mehr alle. »Warum denn nicht?«

»Machst du Witze?« Ich gestikuliere wild in Richtung Regenwald. Meine gesamte aufgestaute Angst entlädt sich in einem Wutausbruch. »Hast du überhaupt eine Vorstellung, was da draußen alles lauert? Hast du …«

Doch bevor ich sie weiter anschreien kann, kreischt plötzlich Jenna auf. Mit zitternden Fingern zeigt sie auf Belle, die noch immer im Schneidersitz auf dem Boden sitzt und blind auf die verkohlten Reste des Feuers blickt. Direkt hinter ihr gleitet eine riesige Schlange über den Boden auf Belle zu. Sie sieht genauso aus wie die, der ich in der Nähe des Altars begegnet bin. Ihre Fangzähne sind gefletscht und sie scheint bereit zum Angriff.

# KAPITEL 25

Eine Sekunde lang sind wir wie erstarrt vor Angst.

»Was ist?«, fragt Belle. »Wer hat geschrien? Warum seid ihr alle so still?«

»Da ist eine …«

»Halt die Klappe, Cariss«, zische ich und suche mit den Augen fieberhaft nach einem Stock oder etwas anderem, mit dem ich mich gegen die Schlange verteidigen kann.

»Ist schon gut«, sagt Lola mit betont ruhiger Stimme.

Jenna und Cariss keuchen auf, als sie einen Schritt auf Belle zumacht. Die Schlange reckt sich zischend in die Höhe.

Belle zuckt zusammen. »Was war das?«

»Nichts«, sage ich, bemüht um einen ruhigen Tonfall.

»Nimm meine Hand«, sagt Lola, die sich Schritt für Schritt nach vorne bewegt, und streckt den Arm nach Belle aus.

»Warum? Was ist denn?«

»Schon gut, tu einfach, was sie sagt«, beruhige ich sie.

Lola packt Belles Hand und zieht sie blitzschnell hoch. Die Schlange ist nur noch ein winziges Stück von ihnen entfernt. Alle halten den Atem an. Die kreischenden Geräusche aus dem Wald scheinen leiser zu werden, als ob jemand die Papageien zum Schweigen verdammt hätte. Alles, was ich höre, ist das Pulsieren des Bluts in meinem Kopf.

»Jetzt geh einfach mit mir zusammen geradeaus, ganz langsam«, sagt Lola und führt Belle vorsichtig auf uns zu.

Belle macht leicht taumelnd ein paar Schritte vorwärts. Die Schlange baut sich noch höher auf und zischt wieder.

»Was ist das für ein Geräusch?«, fragt Belle ängstlich.

Keiner sagt ein Wort.

Mit angehaltenem Atem verfolge ich, wie Lola Belle Zentimeter für Zentimeter auf uns zuführt, weg von der Schlange.

»Wir müssen sie töten«, sagt Cariss plötzlich ganz mutig, als wir auf die Küche zustolpern.

»Töten? Wen?«, fragt Belle mit angstverzerrtem Gesicht.

Ich hake sie unter. »Da war eine Schlange«, sage ich so ruhig, wie ich kann. »Sie war direkt hinter dir. Darum hat Lola dich von dort weggezogen.«

»Wir müssen sie töten!«, wiederholt Cariss mit noch mehr Nachdruck.

»Quatsch«, blafft Lola. »Sie hat niemandem etwas getan.«

Ich versuche immer noch, mein Herzrasen unter Kontrolle zu bekommen, als Stimmengewirr durch den Wald schallt. Alle Köpfe fliegen herum. Im ersten Moment denke ich, *hoffe* ich, dass es Cruz und Michael sind. Dann aber höre ich eine weibliche Stimme, die ich nicht kenne.

»Das müssen die Gäste sein!«, ruft Lola. Belle packt mich panisch am Arm. Ich drücke ihre Hand, teils, um sie zu beruhigen, teils, um mich selbst zu beruhigen. Wenn ich mit meinem Verdacht recht habe, wenn diese Leute Freunde von Ruby sind, dann könnten auch sie etwas mit Hortense zu tun haben.

Jenna blickt sich über die Schulter. »Oh mein Gott, die Schlange ist weg.«

»Wo ist sie hin?«, kreischt Cariss.

Die Stimmen werden lauter. Ich suche hektisch nach der Schlange, aber sie ist spurlos verschwunden.

»Sie muss wieder in den Wald zurück sein«, sagt Lola. Sie streicht sich das Haar glatt und blickt in die Richtung, aus der die Stimmen kommen. Als Erstes betritt Ruby die Lichtung, gefolgt von ungefähr zwanzig Leuten mit Rucksäcken, die sich lachend unterhalten. Als sie uns entdecken, verstummen alle.

»Hi, Leute«, ruft Ruby wie eine extrem lebhafte Version ihres gewöhnlichen Selbst. »Ich stell euch mal vor: Das ist Lola …« Alle Gäste nicken und lachen Lola an, als ob sie schon viel von ihr gehört hätten. »Das ist Belle.« Ruby tritt zu ihr und legt ihr die Hand auf den Arm. »Und das hier ist Grace.« Jetzt dreht sie sich zu mir um und schenkt mir ein strahlendes Lächeln. Alle starren mich an, und ich starre zurück, auf der Suche nach einem Hinweis dafür, dass sie etwas mit Hortense zu tun haben. Doch sie scheinen überraschend normal zu sein. Die meisten sind ziemlich jung, achtzehn bis höchstens Anfang zwanzig, und alle sind braun gebrannt und wirken mit ihren Piercings und Tattoos wie erfahrene Backpacker. Der Einzige, der herausfällt, ist ein älterer Mann mit schwarzen Locken und dunkler Haut. Ich vermute, dass dies Carlos ist.

»Ich bin übrigens Cariss«, faucht Cariss und wirft Ruby einen Blick zu. »Und das ist Jenna.«

Aber es ist, als würde niemand sie hören. Alle lächeln weiter nur Belle, Lola und mich an.

»Wollt ihr euch erst mal in der Lagune abkühlen?«, fragt Ruby.

Alle Gäste nicken so spontan, dass ich mich frage, ob sie wohl schon einmal hier waren.

»Willst du ihr nicht von der Schlange erzählen?«, wendet Cariss sich an Lola.

»Was ist?«, fragt Ruby.

»Ach, vorhin war da eine Schlange, aber jetzt ist sie weg«, sagt Lola beiläufig. Ich beobachte Rubys Gesicht, suche nach einer Reaktion. Doch es bleibt ausdruckslos.

»Ah. Okay«, sagt sie. »Das gehört zum Leben im Dschungel dazu, fürchte ich.« Dann wendet sie sich an die anderen. »Fühlt euch einfach wie zu Hause. Eure Hütten sind da drüben. Mädchen links, Jungs rechts.« Sie zeigt auf die Hütten, die wir gestern hergerichtet haben.

Die Gäste laufen an uns vorbei, und ich könnte schwören (oder werde ich langsam paranoid?), dass einige von ihnen mich im Vorbeigehen anstarren.

Kurz darauf kommen alle wild durcheinander schwatzend in ihren Badesachen wieder heraus.

»Also, auf geht's«, sagt ein großer blonder Kerl, den Arm voller Freundschaftsbändchen. Ohne zu zögern schlägt er den Weg zur Lagune ein. Sie waren also wirklich schon einmal hier.

Ruby sieht uns an. »Wollt ihr auch mitkommen?«

»Gern«, sagt Lola.

Belle drückt meinen Arm. »Können wir auch mit? Ich würde mich gern ein bisschen abkühlen.«

Bitte nicht, jetzt nicht. Das Letzte, wozu ich Lust habe, ist, mit Ruby und ihren Freunden zur Lagune zu laufen. »Ich weiß nicht recht. Ich bin ziemlich kaputt und …«

»Nach dem Schwimmen fühlst du dich vielleicht besser«, sagt Belle.

»Glaube ich nicht«, antworte ich mit leichter Panik in der Stimme. Langsam wird die Zeit knapp. Ich muss Cruz finden.

»Du kannst mit mir gehen«, sagt Lola und greift nach Belles Arm.

Belle lächelt sie an, aber es wirkt gezwungen. Egal. Alles, was jetzt für mich zählt, ist, dass ich Cruz suchen muss.

»Und ihr kommt auch aus Amerika?«, fragt Cariss auffallend lebhaft und macht einem großen dunkelhäutigen Typ, der weiter hinten in der Gruppe steht, schöne Augen.

»Na logo«, antwortet er mit starkem Südstaatenakzent, der so ähnlich klingt wie Rubys. Ich beobachte ihn, wie er Ruby ansieht und wissend lächelt.

*Jetzt geht schon,* würde ich am liebsten schreien.

Als sie endlich aufbrechen, bleibe ich zurück und blicke verzweifelt um mich. In welche Richtung soll ich laufen? Doch bevor ich mich entscheiden kann, betreten die Jungs die Lichtung. Aber weder Cruz noch Michael sind bei ihnen. In mir verkrampft sich alles. Es muss etwas Furchtbares geschehen sein, das spüre ich.

»Von beiden keine Spur«, gesteht Floh unglücklich.

»Die haben sich bestimmt verirrt«, sagt Dan. »Das müssen wir Ruby erzählen.«

»Sie ist gerade mit den neuen Gästen zur Lagune aufgebrochen«, berichte ich tonlos.

»Ach, sind die jetzt da?«, fragt Floh.

Ich nicke.

»Und? Wie sind sie?«

Ich zucke mit den Schultern. Mir ist so übel, dass ich kein Wort mehr herausbekomme. Niemals hätte ich Cruz allein ziehen lassen dürfen. Was habe ich mir bloß dabei gedacht? »Ich muss die beiden suchen«, sage ich.

»Nein!«, ruft Floh. »Auf keinen Fall. Was, wenn du auch noch verschwindest? Wir müssen auf Ruby warten und dann zusammen losgehen.«

»Auf gar keinen Fall«, schreie ich.

»Warum denn nicht?« Todd sieht mich an, als wäre ich verrückt geworden.

»Weil … weil … weil wir jetzt sofort etwas unternehmen müssen.«

»Aber wir haben sie doch gerade schon gesucht«, sagt Floh sanft.

»Ihr wart nur am Wasserfall, oder?«

Beide nicken.

»Gut, dann versuche ich es jetzt in der anderen Richtung.« Ich zeige auf das gegenüberliegende Ende der Lichtung. »Unten bei der Weide mit den Hühnern und Kühen.«

»Aber was, wenn du …«, beginnt Floh.

»Ich verirre mich nicht«, unterbreche ich ihn und zwinge mich zu einem Lächeln. »Versprochen.«

»Soll ich mitkommen?«, fragt Floh.

Ich schüttle den Kopf. »Nein, ist schon gut. Ich krieg das hin. Wenn ich an der Weide war, komme ich gleich zurück.«

»Hm. Also gut.« Floh wirkt noch unschlüssig, doch bevor er es sich anders überlegen kann, sprinte ich über die Lichtung in den Wald.

*Wo bist du?*, frage ich Cruz stumm und hoffe, dass er auf irgendeine seelenverwandte Weise meine Gedanken lesen und es mir mitteilen kann. Aber alles, was ich höre, ist der ohrenbetäubende Schrei eines herabschießenden Papageis direkt vor mir. Mein Herz schlägt so heftig, als wolle es gleich meine Rippen durchbrechen.

*Okay. Ganz ruhig. Einatmen durch die Nase, ausatmen durch den Mund,* beruhige ich mich und versuche, mich auf meine Atmung zu konzentrieren.

Als ich an der Weide ankomme, ist es dort unheilvoll still. Zuerst denke ich, dass die Kühe weg sind, aber dann sehe ich sie doch alle zusammen am anderen Ende der Wiese stehen. Ich blicke zum Vulkan hinauf, der über ihnen aufragt, und fühle mich sofort auf die andere Seite der Insel zurückversetzt, an jenen schrecklichen Tag, als wir Belle gesucht haben.

*Wo bist du?*, frage ich wieder stumm. Aber dieses Mal spreche ich zu Hortense.

Ein Blick zum Hühnerstall sagt mir, dass die Tür geschlossen ist, auch wenn kein Laut herausdringt. Als ich hinüberlaufe, bemerke ich, dass die Rampe, die zum Stall hinaufführt, voller Federn ist. Sofort wird mein Mund ganz trocken. Sind die Hühner in der Nacht angegriffen worden? Eigentlich unmöglich, die Tür ist immer noch verschlossen.

Ich öffne den Riegel. Der warme Geruch von Stroh schlägt mir ins Gesicht, doch der Stall ist komplett leer. Wo in aller Welt sind die Hühner? Ich blicke über die Weide, bis ich stechende

Kopfschmerzen bekomme und mich setzen muss. Was zum Teufel geht hier vor?

Gerade als ich wirklich das Gefühl habe, verrückt zu werden vor Panik, packt mich mein Überlebensinstinkt. Ich darf jetzt nicht durchdrehen. Ich muss daran glauben, dass ich Cruz finde. Ich werde nicht zulassen, dass Hortense mich kleinkriegt.

*Gutes Kind, Gracie!*, höre ich meinen Großvater sagen, als ich aufstehe und tief durchatme.

Mit Blick auf den Vulkan balle ich die Hand zur Faust.

»Du wirst nicht gewinnen«, zische ich und starre auf seine blutrote Spitze.

Ein plötzlicher Windstoß fegt über die Weide, sodass das hohe trockene Gras hin und her weht. Ich bleibe kerzengerade stehen und starre weiter zum Vulkan. Der Wind schlägt mir ins Gesicht, doch ich blinzle nicht einmal.

# KAPITEL 26

Nach einer Minute lässt der Wind genauso plötzlich nach, wie er aufgekommen ist. Merkwürdigerweise schöpfe ich dadurch Mut. Es ist, als ob ich einen kleinen, aber wichtigen Kampf gewonnen hätte. Und so beschließe ich, einen Blick ans andere Ende der Weide zu werfen, bevor ich zur Lodge zurückgehe. Diese Nähe zum Vulkan wirbelt in meinem Kopf Bilder auf, eine düstere Collage an Erinnerungen: das merkwürdige Trommeln, die Totenköpfe mit den Kerzen, Belle, die ausgestreckt auf dem Altar liegt, mit eiskaltem, wachsartigem Gesicht. Als ich näher komme, muhen die Kühe ängstlich. Ich ertappe mich selbst dabei, dass ich mit der sanften, schmeichelnden Stimme, mit der ich sonst mit Tigger rede, versuche, sie zu beruhigen: »Gute Kühe, liebe Kühe.« Was für eine bizarre Situation. Wo bin ich hier nur reingeraten? Wie kann all das real sein?

*Das ist echt – wir. Du und ich,* höre ich Cruz' Stimme in meinem Kopf und versuche, mich wieder zusammenzureißen.

Hier hinten wird die Weide von einer dicken Wand aus Büschen und Bäumen begrenzt. Ich suche nach einem Weg, kann aber keinen finden, und die Äste sind zu dicht, als dass ich mich hindurchzwängen könnte. Gerade als ich kehrtmachen will, finde ich doch noch eine Lücke zwischen zwei Bäumen. Die Gräser am Boden sind flachgedrückt, als ob auf ihnen herumgetrampelt worden wäre.

Gebückt spähe ich durch das Loch – und entdecke, dass es sich zu einem engen Tunnel weitet. Eiskalte Angst überkommt mich, doch ich mache mich trotzdem klein und schlüpfe hindurch. Schon nach wenigen Sekunden streift mich etwas am Arm. Aus dem Augenwinkel sehe ich einen langen Kratzer quer über dem Ellenbogen. Verdammt! Ich bin von irgendeinem Dorngestrüpp umgeben. Lola mit ihren vielen Schrammen kommt mir in den Sinn. Hat sie auch hier nach Michael gesucht? Ganz langsam krieche ich weiter. Es dauert eine gefühlte Ewigkeit, bis ich auf der anderen Seite ankomme, aber ich schaffe es ohne einen weiteren Kratzer und stolpere schließlich ins Freie. Als ich mich aufrichte, stehe ich auf einer weiteren Wiese unterhalb des Vulkans. Ich lasse den Blick schweifen – und keuche vor Schreck auf. Die Wiese ist mit aufgeschichteten Erdhaufen bedeckt, auf denen Holzkreuze prangen. Es ist, als ob eine eiskalte Hand nach mir greift. Ich stehe auf einer Art Friedhof. Aber wer liegt in den Gräbern? Als mir die offensichtliche Antwort dämmert, schnürt sich mir die Kehle zusammen – Hortenses Opfer. Die Nachricht des Mannes fällt mir ein: *Ich habe gesehen, was mit den Menschen geschehen ist, die von ihr besessen waren. Ich habe ihre Gräber entdeckt.*

Die Angst, die mich in diesem Moment erfasst, ist unbeschreiblich. Vor allem, als ein entsetzlicher Gedanke von mir Besitz ergreift. *Werde auch ich so enden? Begraben unter einem Erdhaufen auf einer grausamen Insel, unendlich weit von zu Hause entfernt?* Ich habe das Gefühl, keine Luft mehr zu bekommen, und für eine Sekunde fürchte ich, zusammenzubrechen. Dann aber fällt mir ein Erlebnis mit meinem Grandpa ein.

Als ich acht Jahre alt war, hat er Mom und mich zu einer Memorial-Day-Parade mitgenommen. »Hast du jemanden getötet, als du in der Armee warst, Grandpa?«, habe ich ihn gefragt. Er hat nicht geantwortet, jedenfalls nicht direkt. Aber er hat etwas gesagt, das mir in diesem Moment wieder glasklar vor Augen steht: »*Manchmal muss man töten, um selbst nicht getötet zu werden, Grace.*«

Eine seltsame Benommenheit legt sich über mich wie eine

Rüstung. Ich werfe einen letzten Blick auf die Gräber, dann drehe ich mich um und kämpfe mich durch die Büsche zurück.

Als ich wieder in der Lodge eintreffe, sind die anderen bereits vom Schwimmen zurück. Auf den ersten Blick sieht alles nach viel Spaß aus: Rubys Freunde stehen gut gelaunt und mit nassen Haaren um die Küche herum. Sie wirken, als hätte man sie direkt von einem Strand in Kalifornien gepflückt, aber so ist es nicht. Sie sind hier, um Ruby zu treffen. Sie sind hier, um die »Dark of the Moon«-Party zu feiern, und deshalb *müssen* sie etwas mit Hortense zu tun haben.

»Grace!«, ruft Lola, die gerade aus der Küche gekommen ist und eine Schüssel Mangos herumreicht. Ich tue so, als hätte ich sie nicht gehört, denn nicht einmal mehr bei ihr bin ich mir sicher, ob ich ihr trauen kann.

Vor der Jungshütte sind Todd und Dan intensiv ins Gespräch vertieft. Todd wirkt so locker wie seit Tagen nicht mehr und mir wird das Herz schwer. Wie gern würde ich direkt zu ihnen hinübermarschieren und ihnen erzählen, wie sehr ich Ruby misstraue. Mein Herz beginnt wieder zu rasen. Ich könnte ihnen die Gräber zeigen … Denn wie sollte Ruby sich da herausreden?

»Stimmt was nicht?« Ich zucke zusammen, als Lola mich an der Schulter berührt.

»Nein, ja, wieso?« Mein ganzer Körper prickelt vor Anspannung.

»Du wirkst so abwesend. Dabei geht doch die Party bald los«, sagt Lola lächelnd.

»Alles gut!«, antworte ich, aber meine Stimme klingt gepresst.

»Du hast doch irgendwas, oder?«, fragt Lola.

Ich hole tief Luft. »Nein. Bloß … es ist wegen Cruz und Michael. Sie sind immer noch nicht zurück. Darum bin ich nicht gerade in Partystimmung.«

Sofort schwindet Lolas Lächeln. »Ich weiß, aber …«

»Aber was?«

»Sie tauchen bestimmt bald wieder auf. Wie Ruby schon sagte, wo sollten sie denn hier auch hin.«

»Du hast Ruby davon erzählt?«

Lola sieht mich verblüfft an. »Ja klar, sie muss doch Bescheid wissen. Ich hab mir schließlich Sorgen gemacht.«

Wieder bricht mir der kalte Schweiß aus. »Was genau hast du ihr erzählt?«

»Dass Cruz auf der Suche nach Michael ist.«

Ich balle meine Hände zu Fäusten und versuche, mir nicht anmerken zu lassen, wie angespannt ich bin. »Und was genau hat sie gesagt?«

»Sie meint, dass Cruz nur seine Zeit verschwendet.«

Ich presse meine Hände so fest zusammen, dass sich mir die Nägel in die Handflächen bohren.

»Und was soll das heißen?«

Lola runzelt die Stirn. »Grace, bist du sicher, dass mit dir alles in Ordnung ist?«

»Ja, bin ich!« Ich schreie beinahe. »Was hat Ruby damit gemeint, dass er seine Zeit verschwendet?«

Lola lächelt mich geduldig an, so wie eine Mutter ihr Kind, das einfach nicht versteht, worüber die Erwachsenen reden. »Dass Michael offensichtlich immer noch wegen mir schmollt. Er taucht schon wieder auf, wenn er Hunger kriegt.«

»Aber er ist doch schon seit Ewigkeiten verschwunden. Er müsste längst kurz vorm Verhungern sein! Und vorhin hast du dir doch auch Sorgen gemacht.«

»Ja, aber da hatte ich noch nicht mit Ruby geredet.«

Langsam verstehe ich, warum Michael Lolas Schwärmerei für Ruby so gefrustet hat. »Wenn Ruby also sagt, dass alles okay ist, dann ist das so?«

Lola wird rot. »Nein, aber …« Sie blickt verletzt zur Seite und ich verspüre einen Hauch von schlechtem Gewissen. »Aber sie sieht die Dinge eben nicht so schwarz.«

»Okay.« Ich seufze und fasse den Entschluss, alles auf eine Karte zu setzen. »Wusstest du, dass es einen Friedhof auf der Insel gibt?«

Für den Bruchteil einer Sekunde scheint Lola ein Schock zu durchzucken, doch sie hat sich gleich wieder im Griff und nickt lächelnd, als wäre sie die Ruhe selbst.

»Ja.«

»Du wusstest das?«

»Ja. Ruby hat ihn mir gezeigt. Aber woher weißt du davon?«

Mir wird ganz flau. »Ich hab ihn vorhin entdeckt. Als ich Cruz gesucht habe«, murmle ich.

»Oh.«

Schweigen.

Ich mustere sie. »Und, wer liegt in diesen Gräbern?«

Lola bleibt ganz cool. »Die Menschen, die früher hier gelebt haben.«

»Was für Menschen?«

»Keine Ahnung. Ruby hat gesagt, dass hier früher eine große Gemeinschaft existiert hat.«

»Wie, und dann sind einfach alle gestorben oder was?«

Sie senkt den Blick und beginnt, mit den Zehen im Sand zu schaben. »Ja.«

»Gracie!« Beim Klang von Flohs Stimme wirbeln wir beide herum. Floh kommt von der Mädchenhütte mit Belle auf uns zu.

»Gott sei Dank bist du wieder da«, sagt er leise. »Ich könnte es nicht ertragen, wenn noch jemand von uns verschwindet. Vor allem du.« Er umarmt mich, aber ich lasse mich nicht fallen – ich kann einfach nicht. Es würde mich schwächen.

»Cruz und Michael geht es gut, ganz bestimmt«, sagt Lola zu ihm. Sie lächelt, aber ihre Stimme klingt gepresst. »Wahrscheinlich haben sie sich nur im Wald verlaufen.«

Mit meiner ganzen Kraft halte ich mich davon ab, *»Ach, hör doch auf!«* zu rufen.

»Wer weiß, wenn die Party beginnt und sie die Musik hören, finden sie vielleicht zu uns zurück«, sagt Belle leise.

»Genau«, bestätigt Lola beinahe trotzig. »Oh, schaut doch, Ruby macht Punsch!«

Wir drehen uns um und sehen, wie Carlos gerade Ruby dabei hilft, einen riesigen Kessel auf die Lichtung zu tragen. Lola springt hinüber und fasst mit an. Ganz offensichtlich kann sie nicht schnell genug von mir wegkommen. Ich starre ihr nach und versuche, mir einen Reim auf die neuesten Ereignisse zu machen. Ist Lolas Ehrfurcht vor Ruby wirklich so groß? Wieso erkennt sie nicht, wie merkwürdig es wäre, wenn sich sowohl Michael als auch Cruz verirrt hätten?

Langsam beginnt es zu dämmern. Einer der anderen Jungs entzündet am Feuer eine Fackel, läuft damit durch die Lodge und zündet die anderen Fackeln an, die dort aufgestellt sind.

»Es ist Partytime, würde ich sagen«, meint Floh trocken. »Zumindest bedeutet das, dass wir unserer Abfahrt von diesem ungastlichen Ort ein Stück näher kommen«, flüstert er.

»Jedenfalls, wenn Cruz wieder auftaucht«, antworte ich. »Ohne ihn fahren wir nicht.«

»Wollen wir immer noch ihr Boot nehmen?«, flüstert Belle.

»Ja, klar.« Ich blicke um mich, doch es ist niemand so nah, dass er hören könnte, was ich sage. Ich beuge mich näher zu den anderen. »Ich habe vorhin einen Friedhof entdeckt.«

»Was?« Floh bleibt der Mund offen stehen.

Belle keucht auf.

Ich sehe, dass Lola mit Ruby spricht, die daraufhin zu uns herübersieht. »Auf der anderen Seite der Weide, bei den Kühen«, flüstere ich.

»Oh Gott, glaubst du, das hat etwas mit der Voodoo-Königin zu tun?«, fragt Floh.

»Ja.«

Ruby ruft Dan und Todd zu sich und redet mit ihnen, worauf die beiden in der Hütte verschwinden, in der die Musikinstrumente aufbewahrt werden.

»Und, wie ist der Plan?«, fragt Floh. Er wirkt jetzt ganz ernst.

»Ohne Cruz und Michael können wir nicht abhauen. Also muss ich Ruby direkt zur Rede stellen, und zwar vor allen.«

»Aber was willst du ihr denn sagen?«, fragt Belle. »Du hast keine Beweise, dass sie mit dieser Hortense irgendetwas zu tun hat.«

»Ich muss heimlich in ihr Haus. Und dafür brauche ich eure Hilfe.« Ich sehe Floh an. »Jimmy, kannst du dafür sorgen, dass Ruby nicht hochgeht, während ich drin bin?«

Floh nickt.

»So, und jetzt muss ich mit Cariss und Jenna reden.«

»Sie sind in eurer Hütte«, sagt Floh.

»Was willst du ihnen denn sagen?«, fragt Belle.

»Ich will sie nur warnen, dass hier etwas vor sich geht. Sie sollten vorbereitet sein.«

Floh nickt. »Gute Idee. Was ist mit Dan und Todd?«

Unsere Blicke wandern in die Mitte der Lodge, wo die beiden gerade neben Ruby Trommeln auf dem Boden aufbauen.

»Ich denke, im Moment können wir da nichts machen. Dan ist zu vernarrt in Ruby. Ich brauche Beweise, bevor ich mit ihm sprechen kann.«

Floh packt mich am Arm. »Viel Glück, Gracie.«

Ich schlucke den Kloß in meinem Hals hinunter. »Danke.«

Belles Gesicht bleibt ausdruckslos. Ich beuge mich vor und küsse sie auf die Wange. »Keine Angst, Belle, wir bringen dich bald zu deiner Mom zurück.«

Sofort füllen sich ihre Augen mit Tränen. »Ich hab dich lieb, Grace«, flüstert sie.

»Ich dich auch«, sage ich.

Dann balle ich erneut meine Hände zu Fäusten, um nicht loszuheulen, und laufe zur Mädchenhütte.

Die Luft ist feucht und muffig. Jenna und Cariss liegen auf ihren Betten und starren an die Decke.

»Hi«, sage ich leicht nervös.

»Hi, Grace«, sagt Jenna. Cariss schweigt.

»Ich wollte euch nur vorwarnen, dass heute Abend vermutlich etwas passieren wird.«

Jenna richtet sich auf. Ihre Augen sind rot vom vielen Weinen. »Was meinst du?«

Ich gehe einen Schritt auf sie zu und senke die Stimme. »Erinnerst du dich, was ich gesagt habe? Dass hier etwas nicht stimmt?«

Sie nickt. Jetzt setzt sich auch Cariss auf. Zum ersten Mal überhaupt habe ich ihre ungeteilte Aufmerksamkeit.

»Haltet euch bereit.«

»Wie meinst du das?«, fragt Cariss.

»Ich glaube, dass Michael und Cruz irgendetwas zugestoßen ist. Und das werde ich Ruby ins Gesicht sagen.«

»Was ist passiert?«, fragt Jenna. Aus ihren weit aufgerissenen Augen spricht aufrichtige Sorge.

»Ich weiß es nicht genau. Ich brauche noch Beweise.«

»Beweise wofür?«, fragt Cariss.

Ich gebe mein Bestes, um ruhig zu bleiben. Ein Streit mit Cariss ist das Letzte, was ich jetzt gebrauchen könnte. »Ich bin mir nicht sicher, aber ich glaube, dass Ruby etwas damit zu tun hat. Und ich wollte, dass ihr das wisst und vorbereitet seid.« Ich bete, dass Cariss einfach akzeptiert, was ich sage.

Sie starrt mich an. Dann drückt sie ihr Kissen an sich. »Ich wusste, dass es mit ihr nur Ärger gibt«, sagt sie leise. Doch dieses eine Mal wirkt sie nicht selbstgefällig, sondern ernsthaft besorgt.

Jenna steht auf.

»Sei vorsichtig«, sagt sie. Mit ihrem ungeschminkten Gesicht und dem verstrubbelten Haar sieht sie aus, als wäre sie erst zehn Jahre alt – wie damals, als wir Freundinnen wurden. Bevor der ganze Mist mit ihrem Vater losging. Bevor sie sich verändert hat. Ich umarme sie ganz fest.

»Oh, Grace«, flüstert sie mir ins Ohr.

»Alles wird gut«, flüstere ich zurück. »Alles wird gut.« Dann nehme ich ihre Hand. »So, und jetzt lasst uns zu den anderen gehen. Und bitte tut so, als wäre nichts.« Ich sehe Carisa an, um abzuchecken, ob sie wirklich mitspielen wird. Und tatsächlich nickt sie kurz und springt vom Bett.

Draußen haben sich alle um Ruby versammelt. Als sie mich sieht, lächelt sie mich an, wie ein Krokodil, das seinem Opfer ein letztes Mal in die Augen blickt, bevor es zubeißt.

»Schön, jetzt sind alle da. Die Party kann beginnen!«

Einer ihrer Freunde, ein dünner blasser Junge mit Dreadlocks, schnappt sich eine der Drums und legt los.

»Bedient euch selbst mit dem Punsch!«, sagt Ruby und zeigt auf den riesigen Topf neben sich.

Dan und Todd greifen sofort zu und füllen sich am Kessel eine Tasse ab.

Floh und ich wechseln einen beunruhigten Blick.

»Ist das Alkohol?«, fragt Floh. Ganz offensichtlich denkt er das Gleiche wie ich.

Ruby schüttelt den Kopf.

»Nicht?«, fragt Dan deutlich enttäuscht.

»Alkohol führt euch in einen künstlichen Rausch«, sagt Ruby kryptisch. »Und heute Nacht braucht ihr keinen künstlichen Rausch, glaubt mir.«

Zustimmendes Gemurmel ihrer Freunde erklingt.

Dan zwinkert Todd grinsend zu.

Lola nimmt ein paar Tassen in die Hand. »Willst du auch, Grace?«

Ich schüttle den Kopf. Vermutlich würde ich eh keinen

Schluck runterbekommen, da ich so unter Strom stehe. Lola füllt die Tassen und reicht sie Jenna und Cariss.

Ich drehe mich um und lasse den Blick über die Lagune schweifen. Jetzt, wo sich die Dunkelheit über die Insel senkt, scheinen die Fackeln heller zu brennen. Meine Gedanken wandern zu Cruz, der immer noch irgendwo da draußen ist, auch wenn es dunkel wird und der Dschungel so richtig zum Leben erwacht. Allein die Vorstellung versetzt mich in Panik. Wieder atme ich tief durch und versuche, mich zu beruhigen. Ich brauche meine ganze Kraft für das, was ich tun muss. Die Zeit wird knapp.

# KAPITEL 27

Als ich klein war und die Ehe meiner Eltern noch intakt, fand bei uns zu Hause beinahe jedes Wochenende eine Party statt. Und es war schon fast Tradition, dass ich zu Beginn der Party heimlich nach unten schlich und alle so taten, als wären sie ganz aus dem Häuschen, dass ich so »überraschend« auftauchte. Am Anfang hat mir immer gefallen, dass all diese Erwachsenen so einen glücklichen Eindruck machten. Aber jedes Mal kam für mein fünfjähriges Ich der Punkt, an dem ich sie ein bisschen unheimlich fand. Wenn sie betrunkener und lauter wurden und ihr Blick immer wilder, habe ich mich schließlich jedes Mal in die Sicherheit und Stille meines Bettes zurückgeflüchtet. Jetzt, wo die »Dark of the Moon«-Party so richtig Fahrt aufnimmt, bekommt die Szene eine ähnlich albtraumartige Qualität. Die Musik ist zu laut, das Gelächter zu schrill, die Gesichter wirken hohl im Schatten der Lichter, und der Himmel über uns erscheint wie ein schwarzer Abgrund, der von keinem einzigen Stern durchbrochen wird. Dieses Mal aber habe ich kein gemütliches Zimmer, in das ich mich zurückziehen könnte.

Ich weiß nicht, wie lange die Party schon im Gange ist, bis sich mir endlich die Gelegenheit bietet, zum Haus zu gehen. Angst und Anspannung dehnen die Zeit wie Kaugummi. Ruby und die anderen tanzen zusammen mit geschlossenen Augen. Einige trommeln, andere haben die Arme in die Höhe gestreckt. Der hypnotische Rhythmus scheint sie allesamt in Trance versetzt zu haben. Mein Blick sucht Floh und schließlich entdecke ich seinen Hut in der Menge. Mist. Belle sitzt zwar allein im

Schneidersitz vor dem Feuer, aber sie kann ich schlecht bitten, Wache zu halten. Ich schaue zum Haus hinauf, das über uns lauert, und beschließe, das Risiko einzugehen. Vielleicht ist es die einzige Chance, die ich bekomme. Ich schleiche mich am Rand der Lichtung entlang, spähe mir noch einmal über die Schulter und sehe, dass noch immer alle selbstvergessen tanzen. Da klettere ich die Leiter hinauf.

Im Haus ist es unerwartet kühl. Die Trommeln draußen werden immer schneller, und es klingt, als ob die Insel von Hunderten von Herzen bevölkert wäre, die so laut pochen wie meins. Und da fällt es mir ein. Genau dieses Geräusch habe ich schon einmal gehört, damals, als wir Belle gesucht haben, im Urwald. »*Folge dem Klang der Trommeln*«, hat Hortense mir zugeflüstert. »*Folge dem Klang der Trommeln.*« Ich scanne das Baumhaus nach einem Lebenszeichen ab und wage mich an die Leiter zum zweiten Stock. Meine Kehle ist wie zugeschnürt und meine Handflächen sind schweißnass. Was, wenn Hortense dort oben lauert? Aber ich muss es tun. Ich habe keine Wahl. Obwohl die Panik mir die Luft abdrückt, zwinge ich meine Füße, weiter die Leiter hinaufzusteigen, während meine rutschigen Finger über das Holz gleiten. Am Ende der Leiter lasse ich meinen Blick durch den Raum schweifen. Er ist überraschend leer. Alles, was ich im Halbdunkel erkennen kann, sind ein Bett und ein alter Schreibtisch in der Ecke. Ich nehme die letzte Sprosse und schleiche hinüber. Die Schublade ist verschlossen. Verdammt! Ich suche auf der Tischplatte nach dem Schlüssel und finde keinen, dafür aber eine dicke Stumpenkerze und eine Streichholzschachtel. Ich ziehe ein Streichholz heraus und zünde die Kerze an. Bernsteinfarbenes Licht flackert auf und lässt die Schatten um mich herum tanzen. Und dann sehe ich etwas. An der Wand hängt das große Porträt einer Frau. Zuerst denke ich, dass es eine Abbildung von Ruby ist, aber als ich näher herangehe und die Kerze vor die Leinwand halte, erkenne ich, dass es jemand anderes sein muss. Ihr Haar ist zu festen kleinen Zöpfen geflochten, ähnlich wie bei der unheimlichen Frau, die uns durch den Wald gejagt hat. Aber anders als die verschrumpelte alte Gestalt ist diese Frau wunderschön. Sie hat glatte, braune Haut und dunkle, mandelförmige Augen. Ich kann mich dem Gefühl nicht erwehren, dass ich Hortense direkt in die Augen schaue. Und dass sie zurückschaut. Ich winde mich vor Unbehagen.

»Wo bist du?«, flüstere ich.

Mit der Kerze in der Hand haste ich zur Leiter, die zum obersten Stock führt, und klettere hinauf. Es geht sehr langsam voran, denn die Leiter ist wacklig und meine Nervosität tut ihr Übriges. Als ich oben ankomme, stelle ich die Kerze auf den Boden und ziehe mich mit beiden Händen hoch.

Als Erstes fällt mir das große Himmelbett in der Ecke ins Auge, das mit einem zarten Schleier verhüllt ist. Unterschwellig spüre ich die drohende Gefahr. Trotzdem schleiche ich weiter zum Bett. Durch das feine Gewebe kann ich die Silhouette einer Gestalt ausmachen, die regungslos auf dem Rücken liegt.

*Hortense.*

Mir wird so übel, dass mir die Galle hochkommt, und ich will nichts mehr, als mich umdrehen und einfach davonlaufen. Bis ich auf dem Schränkchen neben dem Bett etwas bemerke, das mir schier den Atem nimmt. Ein kleines rotes Licht, das blinkt wie das Signal eines Blackberrys. Aber wie kann das sein? Ich nehme meinen ganzen Mut zusammen und schleiche näher heran, ohne dass sich die Gestalt auf dem Bett regt. Ich halte die Kerze hoch – und lasse sie vor Schreck beinahe fallen. Auf dem Schränkchen liegt zwar kein Blackberry, aber ein Handy in der Größe eines Ziegelsteins mit einer langen, dünnen Antenne. Das rote Licht in der oberen Ecke blinkt erneut. Wie ist das nur möglich? Wieso ist hier oben ein Telefon? Als mir die Antwort dämmert, muss ich mich beinahe übergeben. Ruby hat gelogen, als sie behauptet hat, sie sei von der Außenwelt abgeschnitten. Ich beuge mich vor, greife nach dem Hörer, und kann mich mit letzter Kraft davon abhalten, loszuschreien. Im Kerzenlicht schimmern die grauen Zöpfe auf dem Kissen. Hortenses verschrumpeltes Gesicht mit den eingefallenen, hohlen Wangen ist nur ein paar Zentimeter von mir entfernt. Sie scheint zu schlafen. Aber wieso spürt sie nicht, dass ich ihr so nah bin? Ich mustere den Körper auf dem Bett ganz genau. Nicht das kleinste Anzeichen einer Bewegung, nichts. Nicht einmal ihre Brust hebt und senkt sich beim Atmen. Die Warnung des Mannes kommt mir in den Sinn und eine grauenvolle Ahnung steigt in mir auf. Vielleicht ist Hortense gar nicht wirklich hier. Vielleicht betrachte ich lediglich die leere Hülle ihres früheren Körpers. Vielleicht ist sie in diesem Moment im Körper eines anderen.

Aus den Augenwinkeln sehe ich wieder das rote Licht aufleuchten. Ich greife nach dem Telefon und laufe, so schnell ich kann, zur Leiter.

Taumelnd vor Angst und Adrenalin klettere ich zum zweiten Stock hinunter. Ich muss das Telefon ausprobieren. Aber auf der Insel gibt es keinen Empfang … oder etwa doch? Hat mein Dad mir nicht einmal etwas über Satellitentelefone erzählt, die überall auf der Welt funktionieren und von Journalisten benutzt werden, die an abgelegenen Orten arbeiten? Das würde erklären, warum das Telefon so groß ist und so eine riesige Antenne hat. Doch wie kann man es hier aufladen? Ich blicke mich um und entdecke schließlich in einer der dunklen Ecken einen vertrauten Gegenstand: einen Gasgenerator, genau so einen, wie ihn mein Opa in seiner Hütte in den Bergen hat.

Funktioniert das Telefon also tatsächlich? Ungläubig beginne ich, meine Nummer von zu Hause einzutippen. Als ich die erste Ziffer drücke, leuchtet das Display auf. Es geht! Meine Finger beginnen unkontrolliert zu zittern, doch ich schaffe es, zu Ende zu wählen und das Telefon an mein Ohr zu halten. Meine Hand zittert jetzt so sehr, dass ich es beinahe fallen lasse. Zunächst geschieht nichts. Nach einer gefühlten Ewigkeit erklingt ein hoher Ton, der jedoch bedeutet, dass die Verbindung fehlgeschlagen ist. Ich könnte schreien vor Frust. Doch halt – die internationale Vorwahl! In meiner Panik habe ich vergessen, sie einzugeben! Wie lautet sie noch mal? Verzweifelt versuche ich mich zu erinnern, doch meine Gedanken scheinen umherzuwirbeln. *Denk nach, denk nach!*

Auf einmal höre ich draußen Ruby rufen: »Wo ist Grace?«

Shit!

Und plötzlich weiß ich die Nummer wieder. Ich tippe die Ziffern so langsam wie möglich ein, um auf keinen Fall einen Fehler zu machen. Dann halte ich mir das Telefon wieder ans Ohr und warte ab. Und warte. Gerade will ich aufgeben, als ich das leise Schnurren des Klingeltons vernehme. Oh mein Gott! Ich stelle mir vor, wie das Telefon an der Wand in unserer Küche klingelt.

*Bitte, Mom, sei zu Hause. Bitte, geh jetzt ans Telefon.* Es klingelt immer noch. Warum habe ich sie nicht auf dem Handy angerufen? Was, wenn sie unterwegs ist? Was, wenn sie …

»Hallo?«

Beim Klang von Moms Stimme geben meine Knie nach und ich muss mich ans Bett anlehnen. Die Stimme ist weit weg und leise, aber es ist zweifellos ihre.

»Hallo?«, fragt sie wieder, dieses Mal lauter.

»M-mom?«

Am anderen Ende der Leitung erklingt ein Schrei. Sofort schießen mir die Tränen in die Augen.

»Grace? Bist du das? Oh mein Gott! Wo bist du? Was ist mit euch geschehen?«

Ich schlucke die Tränen hinunter. Jetzt muss ich mich zusammenreißen. »Mom, wir sind in einen Sturm geraten und mussten uns auf eine Insel retten.«

»Oh, Süße, ich wusste, dass du lebst. Ich wusste es!« Über

das Knacken in der Leitung hinweg höre ich, wie sie zu weinen beginnt. »Ich hab den anderen immer wieder gesagt, dass mein Baby noch am Leben ist. Ich habe nie aufgegeben.«

»Ich auch nicht, Mom.«

»Wo seid ihr?«

Unten bewegt sich etwas und die Leiter beginnt zu wackeln. Ich drücke das Telefon fester an mein Ohr.

»Mom, du musst mir zuhören. Es ist wirklich wichtig. Wir sind auf einer Insel irgendwo vor Costa Rica. Sie heißt Île de Sang.«

Das klackernde Geräusch der Leiter, die gegen den Boden schlägt, wird lauter.

»Hast du verstanden, Mom? Île de Sang. Ein paar Stunden mit dem Boot von Costa Rica entfernt.«

Schon kann ich Rubys Afrolocken erkennen.

»Geht es dir gut, Grace?«, fragt Mom plötzlich angespannt. »Ist irgendwas?«

»Wir werden hier festgehalten, Mom. Wir brauchen Hilfe. Hast du den Namen der Insel verstanden?«

»Oh, Grace. Oh nein.«

»Hast du den Namen?« Ich brülle beinahe ins Telefon.

»Île de Sang, vor Costa Rica.«

Mein Herz platzt beinahe vor Erleichterung: »Genau. Wir brauchen Hilfe. Dringend. Ich liebe dich, Mom …« Tränen strömen mir wieder in die Augen. »Ich liebe dich so sehr.«

Ruby kommt auf mich zu. Ihr Gesicht ist wutverzerrt. In ihrer Hand glitzert etwas Silbernes: ein Messer.

»Ich liebe dich auch, Süße«, sagt Mom mir ins Ohr. »Und keine Sorge, ich hole Hilfe.«

Ruby richtet das Messer auf mich und zeigt auf das Telefon.

»Ich liebe dich, Grace!«, höre ich Mom rufen, bevor Ruby das Telefon packt und den Anruf beendet.

# KAPITEL 28

Und mit einem Schlag bin ich zurück in meinem Jiu-Jitsu-Kurs in der Mittelstufe, und mein Lehrer, Mr Lewis, erklärt mir, was zu tun ist, wenn mich ein Verrückter mit einem Messer bedroht. Ich werfe mich auf Ruby, packe ihren Arm und drehe ihn brutal um. Es ist, als ob mir Moms Stimme neue Kraft geschenkt hätte. Aber Ruby ist so viel größer als ich. Als ich versuche, sie umzudrehen, kämpft sie sich frei und schiebt mich grob aufs Bett. Dann beugt sie sich über mich, das Messer noch immer in der Hand. Ich ziehe meine Knie an die Brust und schleudere sie ihr gleich darauf entgegen.

Mein Stoß ist so heftig, dass sie zurücktaumelt. Das Messer fällt klirrend zu Boden.

»Du dummes Mädchen«, keucht sie, rollt sich auf die Seite und fasst sich an den Bauch.

Den Blick fest auf sie gerichtet, beginne ich im Dunkeln herumzukriechen, auf der Suche nach dem Messer.

»Ich hab zu Hause angerufen«, erzähle ich ihr herausfordernd. »Und hab gesagt, wo wir sind. Und dass sie Hilfe schicken sollen.«

Ruby lacht. »Sie werden uns niemals finden.«

»Und warum nicht?«

»Weil uns niemand finden kann.«

Ich richte mich auf und starre sie an. »Was meinst du?«

»Hortense hat die Insel mit einem Kraftfeld versehen«, keucht Ruby. »Um Menschen von hier fernzuhalten.«

»Aber … so was ist unmöglich!«

»Ach ja?« Ruby setzt sich auf. »Und wieso hat euch dann bisher noch keiner gefunden?«

»Und wie sind deine Gäste hergekommen?«

»Sie waren eingeladen. Wenn jemand eingeladen ist, öffnet Hortense das Kraftfeld.«

»Und der Mann? Der Mann, dessen Boot wir gefunden haben?« Meine Stimme ist schrill vor Angst und Trotz. »Wir haben auch eine Nachricht mit einer Warnung von ihm gefunden. Er war ganz sicher nicht eingeladen.«

Rubys Gesicht verdüstert sich. »Der ist irgendwie mit durchgerutscht, als andere Gäste gekommen sind. Ein dummer Zufall. Es hätte nie passieren dürfen.«

Ich brauche einen Moment, um mich zu sammeln. »Was ist mit uns? Wir waren bestimmt auch nicht eingeladen.«

»Oh doch. Das wart ihr«, sagt sie ganz ruhig.

Ihre Worte lösen das pure Grauen in mir aus.

»Bist du es?«, frage ich und rapple mich auf die Füße.

Das Licht der Kerze flackert über Rubys Gesicht. »Wer?«

Ich schlucke heftig. »Hortense.«

Ruby lächelt. »Nein.« Sie schweigt einen Moment. »Aber ich wünschte, es wäre so.«

»Du wünschtest es?« Ich starre sie an.

Ruby nickt. »Hortense ist eine unglaubliche Frau. Ich kann nur davon träumen, so mächtig und weise zu sein wie sie.«

Ich verspüre den plötzlichen Drang, hysterisch aufzulachen. »Mächtig und weise?«

Ruby sieht mich ruhig an. »Ja.«

»Aber sieh doch, was sie getan hat!«

Ruby steht unter Stöhnen auf. »Was denn?«

Ich denke an die Warnung des Mannes und dass er lieber in den Tod gesprungen ist, als Hortense gegenüberzutreten. Und ich denke an das, was Cruz mir erzählt hat, als wir auf der Insel angekommen sind. »Sie schlüpft in die Körper anderer Menschen. Sie ist schuld, dass wir hier sind«, sage ich und beschließe, Ruby auf die Probe zu stellen. »Ich weiß alles über die Schalen.«

Ruby starrt mich unverwandt herausfordernd an. »Ach ja?«

»Ja. Und ich weiß, dass sie verflucht sind.«

»Weißt du auch, warum sie den Fluch aussprechen musste?«, zischt Ruby. »Weißt du, was mit ihr geschehen ist, bevor sie hierhergekommen ist?«

Ich schüttle den Kopf. Ich möchte hören, ob Rubys Version der Ereignisse zu dem passt, was ich gehört habe.

»Vor über zweihundert Jahren ist Hortense als Sklavin nach Amerika gebracht worden. Sie war erst vierzehn Jahre alt – ein Kind. Hast du eine Ahnung, wie Sklaven behandelt wurden?«

Ich nicke. »So ungefähr.«

Ruby hebt ihre dünnen Brauen. »Auf dem Schiff, das sie nach Amerika bringen sollte, wurde ihre Mutter krank. Pocken. Weißt du, was sie mit Sklaven gemacht haben, die an Bord krank wurden?«

Ich schüttle erneut den Kopf.

»Sie haben sie über Bord geworfen – lebendig. Hortense war also noch nicht mal vom Schiff runter und hatte schon mit ansehen müssen, wie ihre Mutter kaltblütig ermordet wurde.«

Ich schlucke. »Ich ...«

Ruby stemmt die Hände in die Hüften. »In Amerika wurde sie dann an einen französischen Plantagenbesitzer verkauft, François Buchet, vor den Toren von New Orleans.«

Ich nicke und versuche, mich an die Geschichte zu erinnern, die Cruz mir erzählt hat.

Ruby blickt zu dem Porträt an der Wand auf. »Hortense war eine wunderschöne junge Frau – Buchet war regelrecht von ihr besessen und hat sie zu seiner Geliebten gemacht.«

»Aber ...«

»Was?«

»Wie alt war sie da?«

»Hab ich dir schon gesagt. Vierzehn.« Ruby starrt mich durchdringend an. »Hortense war nicht die herzlose Hexe, zu der sie gemacht wurde. Sie wollte keine Ehe zerstören, sie war ein Kind, eine Waise, gestohlen aus ihrem Heimatland und verzweifelt auf der Suche nach Sicherheit. Sie liebte Buchet von ganzem Herzen. Aber er hat diese Liebe nicht verdient. Er war durch und durch böse.«

Auch ich blicke zum Gemälde hinauf. Irgendwie wirkt der Kummer in Hortenses Augen jetzt noch tiefer. »Sie wurde von ihm schwanger, stimmt's?«, flüstere ich.

Ruby nickt. »Mit Isaac. Als Buchets Frau das herausbekommen hat, hat sie dafür gesorgt, dass Hortense verstoßen wurde.«

»Und deshalb hat sie ihn verflucht?«

»Nein!«, schreit Ruby. »Es gab keinen Fluch. Nicht mal einen Grund dafür. Hortense hatte ihren Sohn. Weil Buchet sie entlassen hatte, war sie keine Sklavin mehr. Und durch ihre unglaublichen Kräfte war sie bereits auf dem Weg, eine anerkannte Voodoo-Königin zu werden.«

»Aber wie denn?«, unterbreche ich sie. »Sie war doch noch so jung.«

»Sie war von Geburt an mit Voodoo vertraut.« Ruby blickt mich an, als ob ich das eigentlich wissen müsste. »Voodoo war die Religion, der sie entstammt. Schon als Kind hatte sie bemerkenswerte Kräfte, wollte sie aber nur dafür einsetzen, anderen zu helfen. Sogar Buchet. Sie hat ihn immer noch geliebt. Sie hatte nicht den geringsten Wunsch, ihm etwas anzutun.«

»Aber ich dachte, seine Ernte ging kaputt und sein anderes Kind starb.«

»Das war reiner Zufall. Aber Buchet hatte dazu seine eigene Meinung.« Ruby beugt sich näher zu mir und ihre Augen glitzern im Kerzenlicht. »Er hat ihr Haus angezündet. Ihr Baby getötet. Hat versucht, auch sie zu töten. Er hat sie aus New Orleans weggebracht und allen erzählt, sie sei ein Monster. Und weil er so viel Macht und Einfluss hatte, wurden all seine Lügen geglaubt. Er hat dafür gesorgt, dass es für sie zu gefährlich wurde, jemals zurückzukehren.«

Ich denke an den Traum, den ich auf der anderen Seite der Insel ständig gehabt habe – der Qualm, der mir die Luft nahm, das weinende Baby.

Meine Wut vermischt sich mit Traurigkeit.

»Aber trotzdem!«

»Was?«

»Das rechtfertigt doch nicht, was sie getan hat. In die Körper anderer Leute zu schlüpfen, als wären sie … als wären sie Kleidungsstücke.«

»Die Leute, von denen sie Besitz ergreift, sind sehr sorgfältig ausgewählt. Es sind Menschen ohne Bindungen. Einzelgänger. Waisen. Menschen ohne Familie.« Ruby schaut mir fest in die Augen.

»Das macht es auch nicht besser. Sie stiehlt ihnen trotzdem das Leben. Sie tötet sie.«

Ruby seufzt. »Ihr Körper ist über zweihundert Jahre alt. Sie musste die anderen zu Hilfe nehmen, um weiterleben zu können.«

»Aber warum will sie das denn überhaupt?«

»Damit sie wieder mit Isaac vereint ist.«

»Was? Wie denn?«

»Buchet hat seine sterblichen Überreste irgendwo in New Orleans beerdigt. Als Hortense verstoßen wurde, hat sie geschworen, wiederzukommen und ihn zu suchen.«

»Und warum hat sie das nicht getan? Warum ist sie nicht zurückgekehrt, nachdem Buchet gestorben ist? Er war viel älter als sie. Er muss gestorben sein, als sie noch recht jung war.«

Ruby starrt mich an. »Hast du nicht gehört, was ich gesagt habe? Er hat die Gedanken der Menschen vergiftet. Es wäre viel zu gefährlich für Hortense gewesen. Noch heute wird ihr Name wie ein Fluch genannt.«

Ich denke daran, was Cruz über Hortense in einem Buch mit unheimlichen Seefahrerlegenden gelesen hat – dass sie eine böse Voodoo-Königin ist.

»Außerdem musste sie sowieso warten«, fährt Ruby fort.

»Worauf?«

»Darauf, dass ihre Kraft stark genug wird.«

»Stark genug? Wofür?«

Ruby lächelt. »Isaac wieder zum Leben zu erwecken.« Bei dem träumerischen Ausdruck, den ihr Gesicht bei diesen Worten annimmt, läuft es mir kalt den Rücken runter. Ich atme tief durch und versuche, ruhig zu bleiben. »Okay. Warum ist sie dann nicht einfach in einem anderen Körper zurückgekehrt?«

»Das konnte sie nicht – bis jetzt.«

Das Herz klopft mir bis zum Hals. »Was meinst du?«

»Keiner der Körper ließ sich länger als ein paar Wochen einnehmen. Und außerdem ist ihre Magie nicht stark genug, sie wirkt nur innerhalb des Kraftfelds, das sie hier auf der Insel errichtet hat.«

»Und was meinst du mit *bis jetzt*?« Aus Angst vor ihrer Antwort schlucke ich heftig.

Ruby beugt sich vor und lächelt herausfordernd. »Jetzt bist du da.«

Instinktiv weiche ich zurück. »Aber warum ich? Was habe ich denn mit der ganzen Sache zu tun? Ist es nur, weil mein Dad mir diese Schale mitgebracht hat?«

Ruby schüttelt den Kopf. »Nein. Andersrum. *Deshalb* hat er sie dir mitgebracht.«

»Das verstehe ich nicht.«

»Hortense kann diese Insel nur verlassen, wenn sie in den Körper eines Menschen schlüpft, der unter den exakt gleichen astrologischen Vorzeichen geboren ist wie sie.«

»Das heißt?«

»Jemand, der zur gleichen Zeit am gleichen Datum während der Dunkelheit des Mondes geboren ist.« Sie mustert mich. »Wann hast du Geburtstag?«

Vor lauter Angst bekomme ich kein Wort heraus.

»Am vierzehnten Februar«, beantwortet Ruby ihre Frage selbst. »Um eine Minute nach Mitternacht bist du geboren worden.«

Mir wird schlecht, als ich daran denke, wie witzig es meine Eltern immer fanden, dass ich gerade noch lange genug abgewartet habe, um ein Valentins-Baby zu werden.

»Während der Dunkelheit des Mondes«, fügt Ruby hinzu. »Der Zeit, wenn der Schleier zwischen der geistigen und der lebendigen Welt am dünnsten ist.«

»Für immer in der Dunkelheit des Mondes leben«, flüstere ich die Worte, die auf dem Rand der Schale stehen.

»Genau. Wenn Hortense sich deinen Körper zu eigen macht, kann sie endlich für immer leben und gehen, wohin sie möchte.«

»Aber …«

Rubys Augen glänzen in ehrfürchtiger Freude. »Endlich können wir sie nach Hause bringen.«

»Wir?«, frage ich schwach.

»Ihre Anhänger.«

Draußen erklingt Gelächter. Ich blicke zu dem verdunkelten Fenster. »Du meinst, sie alle …«

»Sie alle sind Anhänger ihres Kults. Und ich bin ihre Priesterin.«

»Bist du … Bist du ein Geist oder so?«

Ruby schüttelt lachend den Kopf. »Natürlich nicht.«

»Aber wie kannst du ihre Priesterin sein? Du bist so jung.«

Ruby lächelt wissend. »Ich bin erst seit zwei Jahren Priesterin. Aber in meiner mütterlichen Linie hat es Tradition. Die Urgroßmutter meiner Ururgroßmutter war Hortenses beste Freundin. Sie hat den Kult begründet, nachdem Hortense verbannt wurde. Sie war die erste Priesterin.« Ruby macht einen Schritt auf mich zu.

Angst dringt durch den surrealen Nebel in meinem Kopf und ich weiche zurück.

»Aus irgendeinem Grund mag Hortense dich wirklich«, sagt Ruby stirnrunzelnd.

»Was soll das heißen, sie mag mich? Sie kennt mich doch gar nicht.«

Ruby sieht mich an, als wäre ich schwer von Begriff. Dann bricht sie in Gelächter aus. »Oh doch, sie kennt dich«, sagt sie leise.

Wut durchzuckt mich. Nur weil Hortense Zugang zu meinen Träumen hatte und in meinem Kopf mit mir geredet hat, gibt ihr das noch lange nicht das Recht, so zu tun, als würde sie mich kennen oder mögen.

Ich gehe einen Schritt in Richtung Leiter, als ich etwas Kaltes und Hartes unter meinen Füßen spüre. Das Messer! Ich beuge mich hinunter und greife danach, bevor ich es gegen Ruby richte.

»Sie kennt mich nicht und sie wird mich auch nicht besitzen.«

Ruby aber zuckt nicht einmal mit der Wimper. Sie steht einfach nur ganz ruhig an.

»Willst du Cruz wiedersehen?«, fragt sie plötzlich mit süßer Stimme.

»Was?« Ich halte das Messer mit beiden Händen fest umklammert, damit sie nicht zu sehr zittern. »Wo ist er? Was hat sie mit ihm gemacht?«

»Er ist auf dem Altar – und wartet auf dich.« Ruby lächelt mich mit einem arroganten Glitzern in den Augen an. Sie weiß, dass sie gerade ihr Ass ausgespielt hat.

Ich stehe da wie erstarrt. Ist das eine Falle? »Woher weiß ich, dass du nicht lügst? Woher weiß ich, dass er wirklich dort ist?«

Ruby zieht eine kleine Digitalkamera aus der Tasche, dreht sie um und kommt auf mich zu, um mir das Bild auf dem Display zu zeigen: Cruz, der auf dem Altar liegt.

Ich halte mir entsetzt die Hände vors Gesicht.

»Oh mein Gott! Ist er tot? Hat sie ihn umgebracht?«

Ruby lächelt immer noch boshaft.

»Ist er tot?« Jetzt schreie ich beinahe.

Noch immer lächelt Ruby.

In diesem Moment sehe ich rot. Ich ziehe meinen Arm zurück und schlage ihr mitten ins Gesicht.

# KAPITEL 29

Halb klettere ich, halb falle ich die Leiter hinunter. Die anderen tanzen noch immer. Vor meinen tränenverschleierten Augen verschwimmen ihre Körper zu einer einzigen wogenden Masse. Ich stolpere an ihnen vorbei Richtung Holzstapel.

Todd packt mich am Arm. »Hey, willst du nicht tanzen?« Seine Stimme ist tief und lallend, seine Augen sind glasig. Ich denke an den Punsch. Hat Ruby doch irgendetwas hineingetan? Floh liegt bereits am Boden.

Ich reiße mich von Todd los. Er lacht: »Dann eben nicht.« Ich renne zum Holzstapel und in den Wald. Doch vor lauter Panik und Angst nehme ich am roten Farn die falsche Abzweigung.

*Bitte, bitte, bitte, mach, dass Cruz noch lebt,* sage ich in Gedanken immer wieder, als ich meinen Irrtum bemerke und umdrehe. Und da sehe ich etwas, das mich abrupt anhalten lässt. Eine bleiche Hand ragt aus dem Unterholz heraus, die Handfläche nach oben gedreht, als ob sie sich mir Hilfe suchend entgegenstreckt. Ich bücke mich langsam hinunter, berühre die Hand – und weiche unwillkürlich zurück. Sie ist kalt und hart wie Stein. Zitternd schließe ich die Augen und kann mich sekundenlang nicht rühren. Ich will nicht genauer hinsehen. Ich will nicht wissen, wer es ist, wer hier unter dem Farn begraben ist. Aber ich muss es tun. Ich schlucke heftig, nehme all meinen Mut zusammen, öffne die Augen, beuge mich vor und teile die Zweige.

»Oh nein!« Meine Stimme hallt wie von Ferne über die Bäume. Irgendwo hoch über mir höre ich Flügelschlagen. Michael liegt mit dem Gesicht nach oben auf dem Boden, seine Augen blind in die Weite gerichtet. Ich rutsche zurück und lasse die Zweige los, die sich sofort wieder wie eine Decke über ihn legen. Mein Blick fällt noch einmal auf Michaels Hand. Er ist tot. Michael ist tot. Auch wenn ein Teil von mir genau das von Anfang an befürchtet hat, war ich doch nicht darauf vorbereitet, dass es tatsächlich geschehen ist. Michael ist nicht mehr am Leben. Ich denke an Lola, die nichtsahnend in der Lodge tanzt. Und an Cruz. Schließlich rapple ich mich auf und renne weiter.

Als ich den Weg wiederfinde, der zum Altar führt, sehe ich ein schimmerndes Licht. Ich kämpfe mich durch die Lianen und es ist mir egal, dass sie mir die Haut aufritzen. Ein Kreis aus Fackeln brennt am Ende der Lichtung und die Flammen lecken an der nächtlichen Luft wie monsterhafte Zungen. Cruz liegt auf dem Altar, die Augen geschlossen. Rechts und links von ihm hängen zwei tote Hühner, unter denen sich Pfützen aus dunklem Blut auf dem Boden ausbreiten. Jemand hat ihnen die Kehlen durchgeschnitten.

»Cruz!«, rufe ich aus vollem Hals.

Keine Regung.

Ich laufe zu ihm und drücke ihn an mich. Er fühlt sich kalt und leblos an. »Nein!« Ich schüttle ihn. Seine dunklen Locken fallen ihm ins Gesicht. »Wach auf, bitte!« Ich atme tief durch und lege ihm einen Finger an den Hals. Kein Puls. Ich spüre keinen Puls. Cruz ist tot. Es ist, als wäre ich von einer Atombombe getroffen worden, die alles auslöscht.

Ich stehe auf und suche die Lichtung nach Hortense ab. Die Tränen brennen mir in den Augen. »Wo bist du, Hortense?«, schreie ich, außer mir vor Wut. »Zeig dich.«

Ich höre Schritte auf dem Weg. Sie kommen näher, ich balle meine Hände zu Fäusten und warte.

Eine Gestalt stürmt durch die Büsche.

Lola.

Ich denke an Michael, der ganz in der Nähe unter dem Farn verborgen daliegt. Wie soll ich ihr beibringen, dass er tot ist?

Sie bleibt stehen. Läuft dann auf mich zu. Da kommt mir ein entsetzlicher Gedanke. Was tut sie hier? Alle Zweifel, die schon früher an mir genagt haben, überfallen mich mit einem Schlag. Wie eng Lola mit Ruby ist, die Tatsache, dass sie als Einzige im Haus übernachten darf. Oder wie komisch sie reagiert hat, als ich ihr von dem Friedhof erzählt habe, und wie schnell sie sich wegen Michaels Verschwinden beruhigt hat. Mir fällt ein, dass Michael ihr vorgeworfen hat, sie habe sich so verändert. Hat sie sich verändert, weil sie unter Rubys Einfluss stand – oder weil sie von Hortense besessen ist? Ich denke an das, was Ruby mir vorhin im Haus erklärt hat. »Die Leute, die von ihr besessen werden, sind sehr sorgfältig ausgewählt. Es sind Menschen ohne Bindungen. Einzelgänger. Waisen. Menschen ohne Familie.« Lola hat keine Familie. Ich starre sie an, während das Entsetzen am ganzen Körper von mir Besitz ergreift.

»Grace«, sagt Lola leise.

Ich zücke das Messer und mache einen Schritt auf sie zu.

Lola reißt den Mund auf. »Was tust du denn da?«

»Ich weiß, wer du bist«, brülle ich ihr entgegen.

»Natürlich weißt du das«, sagt Lola lächelnd.

»Grace?«

Belles Stimme hinter Lola lässt mich zusammenzucken.

»Geh weg von hier, Belle. Es ist gefährlich«, rufe ich. »Hol Jimmy und Floh. Sag ihnen, dass ich Hilfe brauche.«

Lola starrt mich an. »Was tust du da?«, wiederholt sie.

»Was ich tue?« Ich versuche, gegen das Zittern in meiner Stimme anzukämpfen. »Und du? Was hast du getan?«

Lola kommt auf mich zu.

Ich richte das Messer auf sie, als plötzlich Belle angelaufen kommt.

»Hau ab«, kreische ich.

Doch Belle packt Lola von hinten und wirft sie zu Boden.

Geschockt starre ich sie an. »Belle, du kannst wieder sehen?«

Belle nickt und setzt sich auf Lola, bevor diese wieder aufstehen kann.

»Geh runter! Lass mich los!« Lola strampelt und versucht, freizukommen.

»Schnell«, sagt Belle. »Hilf mir, sie festzubinden.«

Ich lege das Messer auf den Altar und ziehe meinen Gürtel aus der Hose. Während Belle Lola zu Boden drückt, binde ich ihr die Hände hinter dem Rücken zusammen.

»Was soll denn das?«, schreit Lola.

»Gib mir die Flasche«, sagt Belle und zeigt mit dem Kinn auf die Glasflasche auf dem Altar. Als ich sie ihr reiche, gießt Belle sich ein paar Tropfen davon auf die Handfläche und drückt sie Lola aufs Gesicht. Lolas Körper erschlafft.

Belle rappelt sich seufzend auf.

Ich starre auf die Flasche. »Was ist das?«

»Ich habe es wiedererkannt, von damals am Vulkan«, sagt Belle. »Damit haben sie mich betäubt.«

»Oh.« Mein Blick fällt auf Cruz und ich beginne zu zittern. »Er ist tot«, keuche ich.

»Oh, Grace«, flüstert Belle und umarmt mich.

»Er ist tot«, schluchze ich. »Sie hat ihn umgebracht.«

Ich klammere mich an Belle fest, als mir das Ausmaß dieses entsetzlichen Grauens dämmert. Die ganze Zeit habe ich geglaubt, dass Lola meine Freundin ist. Ich habe ihr vertraut, mich auf sie verlassen. Und die ganze Zeit über war sie Hortense.

»Grace«, flüstert mir Belle ins Ohr. Aber ihre Stimme klingt seltsam. Ich schaue sie an. Sie hat mein Gesicht in ihre Hände genommen und wischt mir die Tränen vom Gesicht. »Vielen Dank«, flüstert sie. Und wieder ist da was mit ihrer Stimme. Sie klingt vertraut, aber nicht wie Belle. Die Stimme ist irgendwie zu tief.

»Aber …«, beginne ich.

»Liebe ist das Einzige, was zählt«, flüstert sie, und ihre Augen füllen sich mit Tränen.

»Belle?« Panik steigt in mir auf. Mein Blick wandert zwischen Lola und ihr hin und her.

»Keine Angst. Ich werde dir nicht wehtun«, sagt Belle. Aber es ist nicht Belles Stimme – es ist Hortenses.

»Du!«, keuche ich auf. Der Boden scheint unter mir nachzugeben und für einen Moment habe ich das Gefühl, vor Schock das Bewusstsein zu verlieren.

Sie packt mich fest am Arm.

»Aber wie lange … seit wann bist du schon Belle?«

»Seit jener Nacht, an der ihr den Strand verlassen habt. Als sie geschlafen hat, habe ich von ihrem Körper Besitz ergriffen.«

Ich erinnere mich, wie flach Belle in jener Nacht geatmet hat und wir gedacht haben, dass sie einen Albtraum hat.

Und ich denke an den Moment zurück, als Belle endlich aufgewacht ist – und wie erschrocken wir waren, als sie gesagt hat, sie sei blind. Dabei war sie gar nicht mehr Belle. Sondern Hortense.

»Hast du nur so getan, als ob du blind wärst?«

Sie schüttelt den Kopf. »Nein, ich habe einen Zauber auf mich gelegt.«

Mein Kopf fühlt sich an, als ob er vor Schock und Verwirrung kurz vor der Explosion steht. »Aber warum solltest du dich selbst blind machen?«

»Damit ihr nicht misstrauisch werdet.« Sie lächelt mich schmallippig an. »Ich hatte nicht damit gerechnet, dass ihr die Puppe finden und den Zauber brechen würdet.«

Ich erinnere mich, wie der Puppenkopf an der Gumpe direkt an Belle und mir vorbeigeschwommen ist. Eiskaltes Grauen läuft mir den Rücken herunter.

»Hast du den Puppenkopf gesehen? Im Wasser?«

»Ja. Indem ihr die Puppe zerstört habt, habt ihr den Zauber tatsächlich gebrochen.«

»Und von da an hast du nur so getan, als ob du blind wärst?«

Sie nickt.

»Aber wie wusstest du, was du tun und sagen musstest? Hast du Belles Gedanken gelesen? Ich verstehe nicht, ich …«

Hortense schüttelt lächelnd den Kopf. »Du vergisst, dass ich euch vorher beobachtet habe, die ganze Zeit, als ihr am Strand wart. Daher wusste ich meistens, was ich sagen sollte.«

Ich denke daran zurück, wie nah ich mich Belle an jenem Tag am Wasser gefühlt habe. Wie ich ihr die Haare gewaschen und ihr von meinen Eltern erzählt habe, von Cruz und wie sehr ich ihn liebe. Sie war so einfühlsam. So verständnisvoll. Ich habe sogar gedacht, dass wir Freundinnen sind! Mein Blick wandert zu Lola, die regungslos auf dem Boden vor uns liegt, und sofort zieht sich in mir alles zusammen. »Wusste Lola von dir?«

»Nein. Sie ist hergebracht worden, damit ich ihren Körper übernehmen kann. Aber dann kamst du. Jetzt brauche ich sie nicht mehr.«

»Oh mein Gott. Ist Lola … ist sie tot?«

»Mach dir um sie keine Sorgen«, sagt Hortense.

Ich starre sie an. Es ist zu viel, um alles zu begreifen. »Aber warum Belle?«

Eine Träne löst sich aus Hortenses Auge und gleitet ihre Wange hinab. »Ich wollte dich richtig kennenlernen«, flüstert sie und zieht mich an sich. »Ich bin dir so dankbar. Du bist die Auserwählte.« Ich versuche, mich zu lösen, aber sie hält mich fest wie ein Schraubstock.

»Die Auserwählte, von der du Besitz ergreifen willst!«, kreische ich.

Da höre ich ein Scharren. Ruby und ihre Gäste strömen auf die Lichtung. Einige von ihnen tragen Trommeln. Während sie einen Kreis um uns bilden, beginnen sie zu singen.

Verzweifelt suche ich die Lichtung mit den Augen ab, aber es gibt keinen Fluchtweg. Ruby lächelt Hortense an, mit dem wissenden Lächeln einer engen Vertrauten, und ich muss auf einmal an das knarzende Geräusch denken, das ich im Haus gehört habe.

»Warst du das?«, frage ich Hortense. »Als ich im Haus herumgeschlichen bin? Warst du oben?«

Hortense nickt. »Da warst du kurz davor, mich zu erwischen. Von dem Zeitpunkt an musste ich sehr vorsichtig sein.«

Ich denke daran zurück, wie ich vom Haus zur Küche gerannt bin, und von dort aus Belle – Hortense – gesehen habe, mitten auf der Lichtung. Sie war gar nicht aus der Hütte gekommen – sondern aus dem Haus. Dann hat sie mir von ihrem Traum erzählt, von dem Baby und dem Feuer. Was für Sorgen ich mir deswegen gemacht habe!

Doch alles war nur ein Trick, um von sich abzulenken.

Alle Gespräche, die wir geführt haben, laufen in meinem Kopf ein zweites Mal ab. Wie oft habe ich sie getröstet, immer in sie und in das vertraut, was uns verbindet – oder von dem ich jedenfalls dachte, dass es uns verbindet. In meinem Kopf geht alles durcheinander. War das alles nur vorgetäuscht?

»Nein«, sagt sie leise, als ob sie meine Gedanken lesen könnte. »Es war echt.«

»Wie kannst du mir dann so etwas antun?« Meine Stimme zittert.

»Ich muss wieder mit meinem Baby vereint sein«, flüstert sie. Ihr Gesicht ist nur noch wenige Zentimeter von meinem entfernt. »Ich muss Isaac finden. Darum habe ich dir die Träume über ihn geschickt – damit du begreifst.«

»Und was ist mit meiner Familie?«

Der Gesang ist jetzt so laut, dass ich meine eigene Stimme kaum hören kann.

»Warum musstest du Cruz töten?«

»Auch ihr werdet wieder vereint sein«, sagt sie mit einem so wissenden Lächeln, dass ich sie am liebsten schütteln würde.

»Wo? Im Himmel?« Ich spüre nur noch Panik. »Vielen Dank auch.«

»Es tut mir leid, Grace«, sagt Hortense, zieht mich an sich und küsst mich hart auf den Mund.

Eine Wolke ihres süßlichen, Übelkeit erregenden Geruchs hüllt mich ein und dann wird alles schwarz.

# Kapitel 30

Mein Kopf fühlt sich an wie eins dieser altmodischen Radios, bei denen man mit einem Rädchen die Sender einstellt. Immer wieder nehme ich Geräuschfetzen wahr, doch dann wandern sie davon und ich vernehme etwas Neues. Ich höre Mom »Ich liebe dich, Grace« sagen. Dann Singen und Trommeln. Rubys Stimme. »Ist es so weit?« Dann Hortense: »Ja, es ist vollbracht.« Jubel. Mehr Trommeln. Ein Mädchen weint. »Ich liebe dich, Grace.« Ich versuche, »Ich dich auch, Mom« zu antworten, aber mein Körper ist wie gelähmt. Ein Mann ruft: »Bring sie her«, ein anderer: »Auf geht's.« Schritte entfernen sich. Und dann flüstert mir Hortense ins Ohr – oder ist sie wieder nur in meinem Kopf? »Leb wohl, Grace.«

Ich habe das Gefühl zu fallen, tief hinein in den Boden, mein Körper ist schwer wie Blei. Ein Teil von mir hat den Drang, dagegen anzukämpfen, sich zu wehren, aber der Sog ist zu stark. Und so lasse ich mich fallen.

Einige Zeit später – Minuten, vielleicht auch Stunden – höre ich ein lautes Kreischen. Ich fühle mich, als wäre ich betrunken. Was ist geschehen? Wo bin ich?

*Öffne die Augen*, befehle ich mir selbst. Doch meine Lider fühlen sich an wie zugeklebt. Schließlich feuere ich mich selbst an: eins, zwei, drei! Ich reiße meine Lider einen Spaltbreit auf und blinzle in das grelle Sonnenlicht. Ich liege auf dem Boden. Wo zum Teufel bin ich? Ich zwinge meine Augen, sich weiter zu öffnen, und drehe den Kopf. Und was ich dann sehe, lässt beinahe mein Herz stillstehen. Nur einen Meter von mir entfernt liegt Cruz. Sein Gesicht ist bleich, wie aus Wachs. Und dann, mit einem Schlag, sind alle Erinnerungen wieder da.

Es war Belle. Hortense war Belle. Ich blicke mich nach Lola um, aber ich kann sie nirgends sehen, genauso wenig wie den Altar oder irgendwelche anderen Dinge von vorhin. Meine Augen füllen sich mit Tränen. Er ist tot. Cruz ist tot. Aber warum bin ich immer noch hier? Und wieso bin ich noch am Leben? Hat Hortenses Magie nicht funktioniert? Konnte sie nicht von mir Besitz ergreifen? Und wo sind die anderen? Ich muss sie warnen! Doch schon die kleinste Bewegung erscheint mir zu anstrengend. Ich schließe die Augen wieder und versuche, all meine Kraft zu sammeln.

»Lola?«

Beim Klang von Cruz' Stimme durchfährt mich ein Ruck. Ich öffne die Augen. Er hat sich auf die Seite gedreht und starrt mich verwirrt an.

»Cruz?« Meine Stimme ist nicht viel mehr als ein Krächzen.

»Wo ist Grace?«, fragt er.

»Ich bin hier«, flüstere ich. Er lebt. Eine Welle der Erleichterung durchflutet meinen Körper. Aber kann das alles wahr sein? Sehe ich Dinge, die nicht da sind? Träume ich? Ich versuche, mich aufzusetzen, aber irgendetwas fühlt sich komisch an. Mein Körper kommt mir anders vor als sonst. Und das liegt nicht nur an der bleiernen Müdigkeit, vielmehr scheinen meine Glieder die falsche Größe zu haben.

Cruz richtet sich stöhnend zum Sitzen auf und sieht mich voller Angst an. »Wo ist Grace?«, fragt er wieder.

Ich schlucke heftig, um meinen trockenen Mund zu befeuchten. »Ich bin …« Ich stocke. Was ist mit meiner Stimme los? »Ich – bin – Grace!«, sage ich. Ich spreche mit britischem Akzent! Warum das denn? Die Panik scheint mir Kraft zu geben, denn ich schaffe es, mich auf die Seite zu rollen und auf meine Hände zu blicken. Auf dem Handgelenk prangt das Tattoo eines blauen Schmetterlings – Lolas Tattoo. Mir schnürt sich die Kehle zu. Ist dies ein Albtraum? Ein schrecklicher Albtraum? Oder bin ich vielleicht doch tot ... Ich führe meine Hände zusammen und drücke sie fest, spüre, wie die Finger auf die Knöchel pressen. Die Hände fühlen sich an, als wären sie meine eigenen – aber sie sind es nicht.

»Was ist geschehen?«, flüstere ich.

»Ich weiß es nicht«, antwortet Cruz. Er versucht aufzustehen, aber seine Beine geben nach und er fällt zurück auf den Boden. »Ich muss Grace finden«, murmelt er.

Irgendwie schaffe ich es, seine Hand zu greifen. »Ich bin Grace«, sage ich, dieses Mal etwas lauter.

Cruz zieht seine Hand weg und sieht mich an, als wäre ich verrückt. »Warum sagst du das?«, fragt er wütend.

»Weil es wahr ist.« Es gibt so vieles, was ich ihm erklären möchte. Die Wörter tanzen in meinem Kopf, aber mein Gehirn ist immer noch so vernebelt, dass ich nicht weiß, wie ich sie sortieren muss.

Cruz starrt mich an.

»Ich dachte – du – wärst – tot«, keuche ich und schaffe es gerade so, die Worte herauszubringen. »Ich dachte – ich – sehe dich – nie wieder.«

»Lola?«

»Nein.«

Cruz steht auf.

»Geh nicht!«

»Ich muss Grace suchen.« Er taumelt an mir vorbei.

»Komm zurück! Bitte!«

Aber er ist schon weg.

Mit letzter Kraft schaffe ich es, mich auf die Füße zu stellen, doch sobald ich stehe, kippe ich wieder um. Ein merkwürdiges Gefühl. Aber der Drang, Cruz nachzulaufen, ist so stark, dass ich mich wieder aufrapple und von der Lichtung torkle.

Zum Glück ist Cruz genauso wacklig auf den Beinen und er ist noch nicht wirklich weit gekommen.

»Cruz«, rufe ich mit Lolas Stimme. »Bitte!«

Er dreht sich um.

Ich stolpere den Weg entlang auf ihn zu. Ich muss etwas sagen, wodurch er weiß, dass ich es bin. »Seelenverwandte – in – jedem Leben. Fantastilliarden Küsse«, rufe ich ihm zu. Mein Gott, ist das anstrengend. Ich schließe die Augen, sinke auf die Knie und hole Luft. Seine Schritte kommen näher und er kauert sich neben mich.

»Was hast du gesagt?«

»Wir haben uns – eine Fantastilliarde Mal geküsst«, stottere ich. »Du hast mir das Leben gerettet.«

»Aber …« Er sieht mich verwirrt an. »Grace?«

Ich bringe meinen Kopf dazu, zu nicken. »Das ist Hortenses Werk.«

Cruz zieht mich hoch und schaut mir tief in die Augen.

Erinnerungen an ihn und mich drängen sich in meinem Kopf. »Die Milchstraße«, murmle ich. »Phantasiefreundin Phoenix.«

Seine Augen werden glasig und eine Träne rollt ihm die Wange hinab.

»Ich liebe dich«, flüstere ich.

Er umarmt mich so fest, dass ich kaum noch Luft bekomme. »Ich liebe dich auch.«

»Ich … ich dachte, du wärst tot«, sage ich unter Tränen. »Ich dachte, sie hat dich umgebracht. Was ist passiert?«

Er zuckt mit den Schultern. »Ich weiß es nicht. Ich erinnere mich nur noch daran, dass ich losgegangen bin, um Michael zu suchen.«

Da kommt mir ein Bild in den Sinn – eine weiße Hand, die aus den Büschen herausragt.

»Ich glaube – ich glaube, Michael ist tot«, flüstere ich.

Cruz weicht vor Schreck zurück. Dann nimmt er ganz vorsichtig meine Hand, noch immer nicht ganz sicher, ob ich es wirklich bin. »Wie bist du in Lolas Körper geraten?«, fragt er verwirrt

Ich schüttle den Kopf. »Keine Ahnung. Das muss Hortense gewesen sein. Sie war Belle. Sie war die ganze Zeit Belle.«

Cruz' Augen werden groß. »Was?«

»Sie hat von Belles Körper Besitz ergriffen, in jener letzten Nacht am Strand, als Belle diesen Albtraum hatte und wir sie nicht wecken konnten.«

»Aber …« Er stockt. »Wieso war sie dann blind?«

»Sie dachte, dass wir dadurch nicht misstrauisch werden. Mit der Puppe, die wir gefunden haben, hat sie einen Zauber auf sich gelegt.«

Cruz starrt mich an. »Das ist doch total verrückt! Das kann nicht sein.«

Ich nehme seine Hand. »Aber das hier ist echt«, sage ich zärtlich. »Du und ich. Wir. Das ist echt.«

Seine Augen füllen sich mit Tränen, aber er lächelt. »Oh, Grace!« Dann küsst er mich so heftig, dass ich mir sicher bin, dass er mir glaubt. Nach einer Weile löst er sich von mir.

»Und was jetzt?«

Mir tut regelrecht das Gehirn weh, als ich versuche, einen Plan zu formulieren. »Wir müssen die anderen suchen … Aber dabei sehr vorsichtig sein. Wegen Hortense.«

Cruz nickt, und ganz langsam machen wir uns Arm in Arm zurück auf den Weg zur Lodge.

Als wir dort ankommen, herrscht unheilvolle Stille.

Cruz hastet sofort zum Brunnen und holt uns beiden einen Becher Wasser. Und schon beim ersten Schluck fühle ich mich wieder menschlicher – und zugleich noch hilfloser wegen der unglaublichen Dinge, die geschehen sind. Ich stecke in Lolas Körper. Ich blicke zum klaren blauen Himmel hinauf. Die Sonne verschwindet hinter dem Wald. Ein Schock durchzuckt mich, als mir klar wird, dass es bereits Nachmittag ist.

»Lass uns ins Haus hochgehen«, sage ich mit ungewohnt britischem Akzent.

Das Haus ist wie ausgestorben.

Als wir gerade vom zweiten Stock wieder herunterklettern wollen, höre ich von unten Stimmen. Sofort hasten wir zum Fenster.

Floh und Todd kommen aus ihrer Hütte. Sie reiben sich die Augen und halten sich den Kopf, als ob sie den schlimmsten Kater ihres Lebens hätten.

Todd sagt irgendetwas von Kaffee und läuft zur Küche.

Floh geht zur Mädchenhütte. »Ladies, seid ihr angezogen?«, ruft er, bevor er darin verschwindet.

»Was sollen wir tun?«, frage ich Cruz.

Doch bevor er antworten kann, erklingt ein Schrei. Todd kommt sofort aus der Küche gerannt. »Was ist los?«, ruft er.

»Es ist Beau-Belle! Sie kann wieder sehen«, ruft Floh aus.

Ich zucke zusammen. Belle lebt! Aber ist sie immer noch Hortense?

Im nächsten Moment stolpert sie ins Sonnenlicht. »Wo sind wir?«, fragt sie und schaut sich panisch um.

»In der Lodge, Süße«, sagt Floh. »Hast du sie dir so vorgestellt?«

»Was für eine Lodge?«, fragt Belle.

Floh blickt nervös von einem zum anderen.

»Der Punsch war ziemlich stark«, sagt Dan lachend.

»Aber echt, wenn er sogar Blinde sehend macht«, ruft Floh aus, umarmt Belle überschwänglich und schwenkt sie hin und her.

Jenna und Cariss kommen blinzelnd aus der Hütte.

»Was ist denn hier für ein Lärm?«, faucht Cariss. »Meine Güte, mein Kopf bringt mich um.«

»Belle kann wieder sehen«, sagt Floh.

»Was? Echt jetzt?« Cariss starrt sie an.

»Wow! Das ist ja der Hammer!«, sagt Jenna aufrichtig begeistert.

Belle reibt sich die Augen. »Was soll das heißen, ich kann wieder sehen?«

Floh berührt sie sanft am Arm. »Du warst blind, Beau-Belle. Schon vergessen?«

Belle sieht ihn verständnislos an. »Wovon sprichst du?«

»Hat sie etwa ihr Gedächtnis verloren …?«, überlegt Floh.

»Sieht so aus, Bro'«, erwidert Dan ratlos.

»Könnt ihr vielleicht nicht über mich reden, als ob ich nicht da wäre?«, keift Belle. »Wo ist der Strand?«

»Was ist das Letzte, an das du dich erinnerst?«, fragt Floh vorsichtig nach.

»Dass ich mich am Strand schlafen gelegt habe.« Belles Blick fällt auf Cariss und Jenna. »Wo kommen die denn her? Und wo sind wir?«

»Heiliges Kanonenrohr!«, ruft Floh. »Da gibt es aber viel zu erklären!« Er sieht Jenna und Cariss an. »Hey, ihr zwei, holt doch mal Grace. Sie wird begeistert sein.«

»Ist sie noch nicht auf?«, fragt Jenna beunruhigt. »Im Bett ist sie jedenfalls nicht.«

Floh schüttelt den Kopf. »Hier war sie auch nicht. Und wenn ich es mir recht überlege – ich kann mich nicht erinnern, dass sie auf der Party war.«

»Ich habe so eine ganz vage Erinnerung, dass sie irgendwann im Wald verschwunden ist«, sagt Todd. »Aber andererseits bin ich mir auch sicher, dass ich am Brunnen Feen gesehen habe, die Breakdance getanzt haben. Also war es vielleicht doch nur Einbildung. Was war bloß in diesem Punsch?«

Floh lässt den Blick über die Lichtung schweifen. Wie gern wäre ich hinuntergeklettert und hätte ihm gesagt, dass alles in

Ordnung ist – dass mit mir alles in Ordnung ist – aber wie sollte ich?

»Verdammt, ihr glaubt doch nicht, dass sie wieder Cruz suchen gegangen ist, oder?«, fragt Todd plötzlich mit ernstem Gesicht.

»Hat ihn einer von euch gestern Abend gesehen?«, fragt Floh. »Ist er irgendwann zurückgekommen?«

»Und was ist mit Michael – und Lola?«, fragt Todd.

»Wer sind Michael und Lola?«, fragt Belle.

Alle anderen beginnen sich nervös umzuschauen.

»Sollen wir runtergehen?«, flüstere ich Cruz zu.

»Ich glaube schon«, antwortet er. Doch bevor wir auch nur einen Schritt machen können, stößt Floh einen Jubelschrei aus.

»Grace! Gott sei Dank. Wir wollten gerade schon einen Suchtrupp ausschicken.«

Mit trockenem Mund beobachte ich, wie alle sich umdrehen. Ich beuge mich leicht vor, um ihrem Blick zu folgen – und sehe mich selbst mit strahlendem Lächeln auf die Lichtung schlendern.

# KAPITEL 31

Entsetzt muss ich den Anblick ertragen, wie Jenna auf mich zuläuft.

»Wo warst du denn?«, fragt sie.

Ich spüre, wie Cruz neben mir erstarrt. Sein Blick wandert zwischen mir und »Grace« hin und her.

»Das bin ich nicht«, flüstere ich.

»Ich weiß«, flüstert er zurück. »Aber trotzdem …«

»Ich habe die anderen verabschiedet«, höre ich meine Stimme über die Lichtung schallen. Mich überkommt das seltsame Gefühl, das ich immer habe, wenn ich ein Handyvideo von mir anschaue, nur dieses Mal ist dieses merkwürdige Gefühl eine Million Mal stärker.

»Was soll das heißen?«, kreischt Cariss.

»Ruby hat mich darum gebeten«, antworte ich – antwortet Hortense – seelenruhig.

»Und was ist mit uns?«, fragt Jenna mit schriller, panischer Stimme. »Ruby hat doch gesagt, dass wir mit den anderen zusammen wegfahren.«

»Wo ist sie eigentlich?«, fragt Dan verwirrt.

»Sie musste mit. Bei ihr zu Hause gab es wohl irgendeinen Notfall.«

»Und warum haben sie uns hiergelassen?«, fragt Jenna hysterisch.

Ich kann gar nicht hinsehen, als Hortense ihren Arm berührt. »Keine Angst. Sie haben die Küstenwache alarmiert, dass sie uns holen sollen.«

»Und wie haben sie die Küstenwache alarmiert?«, fragt Jenna aufgelöst.

Für den Bruchteil einer Sekunde schweigt Hortense. Dann lächelt sie. »Über den Funk an Bord.«

»Wir müssen runter. Wir müssen sie warnen«, sage ich und laufe zur Leiter.

»Nein!« Cruz packt mich am Arm.

»Aber sie dürfen nicht mit ihr mitgehen. Wir müssen ihnen sagen, wer sie wirklich ist.«

»Nein«, Cruz schüttelt entschlossen den Kopf. »Sie werden dich für verrückt erklären.«

»Aber du kannst es ihnen doch sagen.«

»Dann denken sie, dass wir beide spinnen.« Er sieht sich in dem leeren Haus um. »Wir haben keine Beweise. Sie haben alles mitgenommen. Aus irgendeinem Grund hat Hortense uns am Leben gelassen. Also sollten wir dafür sorgen, dass das auch so bleibt.«

»Was ist das für ein Geräusch?«, fragt Dan.

Aus der Ferne erklingt ein Surren. Es wird immer lauter.

»Ein Hubschrauber!«, ruft Todd.

Alle beginnen wild durcheinanderzuschreien. Das Geräusch wird so laut, dass mir die Ohren wehtun. Ein Schatten fällt auf die Lichtung und der Wind der Rotorblätter rauscht durch die Bäume und ins Haus.

Ich blicke nach oben, wo der Hubschrauber in der Luft schwebt. Jemand ruft etwas herunter.

»Oh mein Gott! Wir kommen wieder nach Hause!« Floh springt auf und ab, weint und lacht gleichzeitig vor Aufregung. Dann verdüstert sich sein Gesicht wieder. »Was ist mit Michael, Cruz und Lola?«

Er läuft zum Hubschrauber und ruft der Crew etwas zu. Dann kehrt er zu den anderen zurück. »Ein zweiter Hubschrauber ist auf dem Weg. Er wird nach ihnen suchen.«

Ich kann den anderen an ihren Gesichtern ablesen, dass ihnen der Gedanke, uns zurückzulassen, gar nicht behagt.

»Ich würde lieber bleiben und bei der Suche helfen«, ruft Todd.

Dan nickt.

»Spinnt ihr jetzt völlig, oder was?«, brüllt Cariss.

»Hilfe ist unterwegs«, sagt Hortense und fasst Todd am Arm. Bei dem Anblick zieht sich mir alles zusammen.

»Aber willst du denn nicht hierbleiben und Cruz und Lola suchen?«, fragt Todd verwirrt.

*Danke.*

Hortense runzelt die Stirn. Dann fasst sie sich an ihren Kopf.

»Grace, hast du was?«, fragt Todd alarmiert.

Ich muss mir auf die Zunge beißen, um ihm nicht zuzurufen »*Das ist nicht Grace!*«.

»Ich weiß nicht. Irgendwie geht es mir nicht so gut.«

Todd seufzt. »Das war bestimmt der Punsch. Okay, komm, lass uns von hier verschwinden.«

Fassungslos sehe ich zu, wie er sie zum Hubschrauber führt.

Floh tritt zu Dan. »Die Küstenwache sagt, dass wir alle mitmüssen. Und dass ein Suchtrupp auf dem Weg hierher ist.« Er zeigt zum Himmel. »Die kommen gleich.«

Dan seufzt. »Also gut.«

Ich sehe Cruz flehend an.

»Wir warten auf den nächsten Hubschrauber«, sagt er.

Da überkommt mich eine neue, furchtbare Erkenntnis. Ich kann immer noch nicht nach Hause zurück. Nicht in Lolas Körper. Ich kann meine Eltern noch immer nicht wiedersehen. Und etwas noch Schlimmeres dämmert mir. Wenn Hortense jetzt ich ist, wird sie dann zu mir nach Hause fahren?

»Ich muss sie aufhalten«, schreie ich und stürze zur Leiter.

»Warte!«, ruft Cruz mir nach. Aber ich kann nicht. Ich kann sie nicht gehen lassen.

Ich klettere die Leiter zum ersten Stock hinunter, verliere aber auf halbem Weg den Halt und stürze zu Boden. Diese kurze Verzögerung gibt Cruz Zeit, mir nachzukommen.

»Wir müssen sie gehen lassen«, sagt er sanft.

»Und ich?«, rufe ich. »Wie bekomme ich mein Leben zurück?«

»Du kommst mit mir nach Costa Rica. Dann überlegen wir uns, wie es weitergeht.«

Ich laufe zum Fenster. Alle stehen um eine Strickleiter herum, die der Hubschrauber heruntergelassen hat. Als Floh hinter Belle hinaufklettert, ist es, als würde mir das Herz aus der Brust gerissen.

Cruz stellt sich hinter mich und legt die Arme um meine Hüften. »Du bist immer noch am Leben und wir sind immer noch zusammen«, flüstert er mir ins Ohr. »Wir finden einen Weg, wie du dein echtes Leben zurückbekommst. Das verspreche ich dir.«

Schweigend beobachte ich, wie Jenna und Cariss die Leiter hinaufklettern, gefolgt von Todd. Dan zeigt Hortense an, vor ihm hochzusteigen, doch sie lässt ihn passieren. Cruz lässt mich wieder los und tigert unruhig durch den Raum.

Ich starre aus dem Fenster zu der Gestalt in meinem Körper, die jetzt mit meinen Freunden in mein Leben fliegt. Warum hat Hortense sich die Mühe gemacht, mich am Leben zu lassen, wenn ich es in diesem absonderlichen Zustand führen muss?

»*Aus Liebe*«, höre ich plötzlich ihre geflüsterte Stimme in meinem Kopf. »*Darum habe ich auch ihn am Leben erhalten. Erinnerst du dich? Liebe ist das Einzige, was zählt.*« Sie dreht sich langsam um, blickt direkt zu mir herauf und lächelt. »*Leb wohl, Grace*«, flüstert sie in meinem Kopf. Dann wird ihre Stimme vom Dröhnen des Hubschraubers übertönt, der den Motor wieder hochfährt. Sie dreht sich um und klettert die Leiter hinauf.

# EPILOG

Hortenses Blick wandert über die Ankunftshalle. Ihre Handflächen beginnen zu schwitzen. Wie groß hier alles ist. Und wie laut. Wie hell und grell die Lichter. Sie atmet tief durch. War es ein Fehler, Grace und den Jungen am Leben zu lassen? Wird sie ihre Entscheidung irgendwann bereuen? Nein. Bis Grace nach Los Angeles zurückkehrt, ist sie längst fort. So bald wie möglich wird sie zu Ruby nach New Orleans reisen, wo sie endlich mit ihrem Baby vereint sein wird. Ein Teil von ihr kann immer noch nicht glauben, dass es wirklich geschehen wird, dass der Zauber nach all den Jahren tatsächlich funktioniert hat.

Der schmale Junge neben ihr, Floh, zeigt auf ein blasses, dünnes Paar, das auf die Gruppe zuläuft. »Da sind meine Eltern!«, ruft er und umarmt erst Belle, dann Hortense. Sie zwingt sich zu einem Lächeln und drückt ihn an sich.

»Ich ruf dich später an, Gracie«, sagt er, bevor er auf seine Eltern zuläuft.

Hortense greift in ihrer Tasche nach dem Anhänger und streicht darüber.

Belle kreischt auf und läuft auf eine pummelige Frau mit Kopftuch zu. Ihre Mom. Hortense lächelt. Schon allein dieser Moment war es wert, Belle am Leben zu lassen. Hortense sieht zu Jenna hinüber, die nervös in die Halle starrt, und spürt das vertraute Gefühl von Hass in sich aufsteigen. Noch immer kann sie nicht verstehen, warum Grace ihrer angeblichen Freundin verziehen hat. Wenn sie an ihrer Stelle gewesen wäre …

»Grace!«

Eine Frau mit langem rotblondem Haar kommt auf Hortense zu. Die Tränen strömen ihr das Gesicht hinab. Neben ihr läuft ein Mann. Auch er weint.

»Oh, Grace«, schluchzt er. »Gott sei Dank, du lebst.«

Die Frau ist zuerst bei ihr und schließt sie fest in die Arme. Hortense versucht sich zu entspannen, so gut es geht.

Die Frau lässt ihren Tränen freien Lauf.

Hortense denkt an Isaac und bringt sich ebenfalls zum Weinen.

Schließlich löst sich die Frau von ihr und schaut ihr ins Gesicht. »Ich liebe dich, Grace«, wispert sie.

Hortense lächelt sie an. »Ich liebe dich auch, Mom.«

# DANKSAGUNG

Mein großer Dank gilt Ali Dougal und Jenny Hayes und dem restlichen Team von Egmont. Dank auch all den großartigen Bloggern und Lesern, die so sehr hinter *Shipwrecked* standen. Durch euch war es das reinste Vergnügen, dieses Buch zu schreiben. Ich habe versucht, euch bei der Fortsetzung mit so vielen Wendungen wie möglich zu belohnen. Auch all meinen Freunden bin ich so dankbar: dafür, dass sie mir so toll geholfen haben, das Buch zu promoten. Ein Gruß geht an meine Kumpels aus Nower Hills – Lara, Lesley, Claire Gee-Gee, Gill, Michelle, Pete, Gra & Shirl und »Captain« Scarlett. Lieben Dank auch an Stevie O' Toole, Tina, Brenda, Charlotte, Marj, Wally, Jan, Sara, Lexie und Flynnie. Und einen ganz besonderen Dank an Stuart Berry, der mir verraten hat, wie Agatha Christie auf die Wendungen in ihren Geschichten kam – wodurch ich das ganze verdammte Buch noch einmal umgeschrieben habe! Vielen, vielen lieben Dank an Jack Philiips. Und an Katie Bird. Und an den Rest meiner Familie. Und an Aaron Daniel – dafür, dass er mir geholfen hat, ein »tanzendes, glückliches Gänseblümchen« zu werden.